BASTEI
LÜBBE
TASCHENBUCH

Weitere Titel der Autorin:

Kalter Grund
Engelsgrube
Blaues Gift
Grablichter
Tödliche Mitgift
Ostseeblut
Düsterbruch
Ostseefluch
Ostseesühne
Ostseefeuer
Ostseetod
Ostseejagd

Dornteufel

Titel auch als Hörbuch und E-Book erhältlich

Über die Autorin

Eva Almstädt, 1965 in Hamburg geboren und dort auch aufgewachsen, absolvierte eine Ausbildung in den Fernsehproduktionsanstalten der Studio Hamburg GmbH und studierte Innenarchitektur in Hannover. Seit 2001 ist sie freie Autorin. Eva Almstädt lebt mit ihrer Familie in Schleswig-Holstein.

Eva Almstädt

OSTSEE-MORDE

Zwei Fälle für
Pia Korittki

BASTEI
LÜBBE
TASCHENBUCH

BASTEI LÜBBE TASCHENBUCH
Band 27 167

Dieser Titel ist auch als Hörbuch und E-Book erschienen

MIX
Papier aus verantwortungsvollen Quellen
FSC® C083411
www.fsc.org

Dieses Werk wurde vermittelt durch die
Literarische Agentur Thomas Schlück GmbH, 30827 Garbsen

Titelillustration: © shutterstock/Ralf Gosch; shutterstock/Daniiel;
shutterstock/Dudarev Mikhail; shutterstock/Hans Christiansson
Umschlaggestaltung: Christin Wilhelm, www.grafic4u.de
Satz: Urban SatzKonzept, Düsseldorf
Gesetzt aus der Garamond
Druck und Verarbeitung: CPI books GmbH, Leck – Germany
Printed in Germany
ISBN 978-3-404-27167-2

1 3 5 6 4 2

Sie finden uns im Internet unter
www.luebbe.de
Bitte beachten Sie auch: www.lesejury.de

Eva Almstädt

EISIGE WAHRHEIT

1. Kapitel

Der erste Schnee fiel, als sie von der Bundesstraße auf die schmale, gewundene Straße in Richtung Küste abbogen.

»Siehst du, Pia, wir haben doch das richtige Auto genommen.« Lars Kuhn schaltete die Scheibenwischer des alten Landrovers auf die zweite Stufe. Die kurzen Wischerarme ruckten hektisch hin und her, doch die dicken Schneeflocken nahmen ihnen trotzdem beinahe die Sicht.

Pia Korittki warf einen Blick nach hinten zu ihrem dreijährigen Sohn. »Schade, dass Felix eingeschlafen ist. Der würde sich bestimmt über den Schnee freuen.«

»Hat Felix überhaupt schon einmal richtig viel Schnee erlebt?«

Pia ließ die letzten drei Jahre Revue passieren. »Nein, bisher blieb es, glaube ich, immer nur bei Schneematsch.«

Wie schnell die Zeit vergangen war! Pia arbeitete als Kriminalkommissarin bei der Lübecker Bezirkskriminalinspektion, zwar mit reduzierter Stundenzahl, doch es war immer zu wenig Zeit, sowohl im Beruf als auch für Felix und nicht zuletzt für ihren Freund Lars. Umso mehr freute Pia sich auf die gemeinsamen Urlaubstage am Meer. Ihr Reiseziel lag an der Ostseeküste, nicht weit von Lübeck entfernt. Sie hatten nicht noch unnötig Zeit mit einer langen Anreise vergeuden wollen.

»Vielleicht bleibt der Schnee ja liegen.« Lars steuerte sein Lieblingsgefährt mit einem zufriedenen Lächeln über die kurvige Landstraße. Er deutete über den Ersatzreifen auf der

Motorhaube nach vorn. »Schau mal den Himmel dort hinten an. Da kann noch einiges an Schnee herunterkommen.«

Seine beinahe kindliche Freude über die schwierigen Straßenverhältnisse war ansteckend. »Ich versteh schon. Du möchtest endlich mal wieder deinen Allradantrieb einschalten müssen«, neckte Pia ihn. »Hast du denn auch alles dabei? Eine Winde und einen Spaten, um uns frei zu schaufeln. Die Sandbleche und so?«

Er lachte auf. »Klar. Das werden ein paar superschöne Tage, Pia.« Lars legte die Hand auf ihr Bein und drückte leicht zu. »Wir lassen uns durch nichts stören, okay?«

Eine Viertelstunde später, nachdem sie den Küstenort Hochfeld hinter sich gelassen hatten, tauchte auf der linken Seite ein kleiner Hafen auf. Viele der Schiffe befanden sich im Winterlager, und auch die grün gestrichenen Bootsschuppen sahen verwaist aus. Kurz darauf bogen sie in einen Schotterweg ein, der zu zwei reetgedeckten Bauernhäusern führte. Hinter dem flachen Dünengürtel und der Ostsee türmten sich graue Wolken. Die beiden Häuser duckten sich unter mächtigen Linden, und die dazugehörigen Gärten waren von einem Lattenzaun und einer hohen Hecke eingefasst. Ihr Feriendomizil sah so urig und gemütlich aus, dass Pia den spontanen Wunsch verspürte, wirklich für ein paar Tage hier eingeschneit zu werden.

Lars parkte neben dem Fachwerkhaus, in dem sie eine Ferienwohnung gemietet hatten. Den Schlüssel hatten sie in Hochfeld im Büro der Ferienhausagentur von Wiebke Schütz abgeholt. Pia schloss auf und trat mit Lars, der den schlafenden Felix auf dem Arm trug, ins Haus.

Sie schaltete das Licht ein und sah sich um. Holzdielen, Sprossenfenster, offene Balken, mit kariertem Stoff bezogene Polstermöbel und ein aus Backstein gemauerter Kamin. »Das hast du gut ausgesucht«, sagte sie erfreut.

»Und es ist absolut ruhig hier. Wir haben endlich mal Zeit für uns.«

Pia sah sich in der Küche um. Sie meinte, einen herausfordernden Ton in Lars' letzter Bemerkung herauszuhören, und lächelte. »Weißt du, selbst wenn mir gleich aus diesem Backofen eine abgehackte Hand entgegenfällt: Es gilt das Tatortprinzip. Da wären die Kollegen aus Kiel gefordert.«

»Du willst doch hier nicht etwa backen oder kochen?«, fragte Lars mit gespieltem Entsetzen.

»Warum nicht? Traust du mir das nicht zu?«

»Wir haben Urlaub«, sagte er.

Felix blinzelte und rieb sich die Augen. »Ich hab so 'nen Hunger«, murmelte er.

Sie sahen einander an.

»Ich habe im Ort eben noch eine offene Pizzeria gesehen«, sagte Lars.

»Eigentlich wollte ich mich hier heute gar nicht mehr vom Fleck rühren.« Die letzten Wochen im Kommissariat waren hektisch gewesen. Pia sehnte sich danach, sich im Haus einzuigeln. Je ungemütlicher das Wetter derweil draußen war, desto besser.

»Vielleicht gibt es ja auch Pizza zum Mitnehmen?«

»Himmelherrgott, Sacklzement!« Fiona Rogge blickte in ein Chaos aus wirbelnden weißen Flocken, die so dicht fielen, dass sie den vor ihr aufragenden Kirchturm der Markuskirche nicht sehen konnte, sondern gerade noch die alten Grabkreuze jenseits des Weges. Sie fluchte auf einem Kirchhof? So weit war es also schon mit ihr gekommen. Aber es war ja eine evangelische Kirche, also zählte das bei ihr vielleicht nicht.

Im Gemeindehaus war gerade die Chorprobe des Markus-Chors zu Ende gegangen. Fiona hatte es eilig. In nur fünf

Minuten war sie mit Michael verabredet. Und jetzt würde sie zu spät kommen, denn mit Schnee hatte sie nun wirklich nicht gerechnet.

Als sie vor gut zwei Stunden vom Behning-Hof, auf dem sie ihr landwirtschaftliches Praktikum absolvierte, mit dem Fahrrad hier angekommen war, war es ein ganz normaler Dezembernachmittag in Norddeutschland gewesen: feucht und grau und viel zu windig. Wo kam auf einmal der viele Schnee her? Wenn der jetzt liegen blieb und die holsteinischen Hügel plötzlich weiß wurden, würde sie bestimmt Heimweh nach Bayern bekommen. Die viele Weihnachtsbeleuchtung, der man in Hochfeld und auf den umliegenden Höfen auf Schritt und Tritt begegnete, war schon schlimm genug.

Fiona arbeitete und wohnte seit gut fünf Monaten auf dem Bauernhof der Familie Behning. Sie mochte Ilka und Jörn Behning und ihre kleine Tochter Lina wirklich gern, trotzdem quälten Fiona immer wieder Anfälle von Heimweh, und wenn das so war, dann wollte sie am liebsten ihren Koffer packen und sofort nach Hause fahren. Es dauerte anscheinend, bis man Gleichaltrige kennenlernte, bei denen der Kontakt über ein »Moin« und »Tschüss« und »Wie geht's?« hinausging. Und wenn dann doch mal mehr draus wurde, konnte Fiona oft nicht richtig einschätzen, ob derjenige ernst meinte, was er sagte, oder sich nur einen Spaß mit ihr erlaubte. Ironie war ja noch nie so recht ihr Ding gewesen. Außerdem war sie wohl zu schüchtern. Fiona hatte es sich einfacher vorgestellt, Kontakte zu knüpfen. Zum Beispiel sang sie wahnsinnig gern, und das schon, solange sie denken konnte. Aber selbst im Chor fühlte sie sich nach wie vor nur wie ein gern gesehener Gast. Vielleicht lag es auch daran, dass alle außer Carola, der Tochter des Kantors, und Tobias Hollmann, dem Nachbarssohn, deutlich älter waren als sie. Doch seit ein paar Tagen gab es Anlass zur Hoffnung, und die hieß Michael.

Michael Hollmann wohnte seit Kurzem auf dem Nachbarhof. Bisher hatte Fiona dort nur Hedda und Karl Hollmann sowie Heddas stieseligen Sohn Tobias angetroffen. »Stieselig«, den Ausdruck hatte sie von Ilka Behning, und er passte so haargenau, als wäre er für Tobias erfunden worden. Seit sie mit ihm zusammen im Chor sang, verfolgte er sie mit seiner Aufmerksamkeit. Leider war er zu sehr von sich eingenommen, hatte Mundgeruch und schwitzte stark, sogar im eiskalten Gemeindehaus.

Michael Hollmann war Tobias' Stiefbruder und ein paar Jahre älter als er. Er war erst vor einigen Wochen wieder auf den elterlichen Hof zurückgekehrt. Vorher hatte er in München gelebt. Michael musste mal irgendwann etwas Blödes angestellt haben, so wie sie alle über ihn redeten. Doch das war Fiona egal. Vielleicht waren die Leute auch nur neidisch, weil er gut aussah, witzig und charmant war und schon etwas von der Welt gesehen hatte. Oder weil er einen alten Porsche fuhr, ergänzte sie in Gedanken. Und ausgerechnet mit ihr wollte Michael ausgehen!

Fiona wischte den Schnee vom Zahlenschloss des Fahrrads und versuchte, im Dämmerlicht die richtige Zahlenkombination einzustellen. Sie hatte Michael vor ein paar Tagen in der einzigen geöffneten Kneipe von Hochfeld kennengelernt. Die Frau, mit der sie eigentlich verabredet gewesen war, war früh nach Hause gegangen, und so hatte Fiona sich irgendwann mit ihm unterhalten. Und dann hatte er sie gefragt, ob er ihr die Gegend zeigen dürfe. Fiona hatte während ihrer Zeit im Norden bisher nicht einmal Lübeck oder den Hamburger Fischmarkt gesehen. Da die Behnings den kürzlich heimgekehrten Nachbarssohn anscheinend nicht mochten und die Abneigung bei seinen Eltern in Bezug auf die Behnings offenbar auf Gegenseitigkeit beruhte, waren Michael und sie übereingekommen, dass er sie besser nicht direkt von zu Hause abholen sollte. Schade eigentlich, aber Fiona wollte nicht mit den Behnings diskutieren, warum sie sich ausgerechnet mit Michael Hollmann traf. Er hatte sie auch nicht vor dem Gemeindehaus treffen wollen.

»Zu nah an der Kirche«, hatte er spöttisch gesagt. »Der liebe Gott und ich sind nicht gerade so.« Dabei hatte er zwei überkreuzte Finger hochgehalten. Sie würden sich hinter der Feldscheune der Behnings treffen, wo niemand sie sehen konnte, und von dort aus losfahren.

Fiona hob das Fahrrad aus dem Ständer und winkte Wiebke und Carola Schütz zu, die nun ebenfalls das Gemeindehaus verließen. Bei diesem Wetter würde sich die Gruppe schnell auflösen, weil alle wieder zurück auf ihr gemütliches Sofa wollten.

Sie schob das Rad durch die Pforte, schloss sie gewissenhaft hinter sich und sah dann hoffnungsvoll zum Himmel. Das Schneetreiben war bestimmt gleich wieder vorbei. An der Straße schwang Fiona sich auf das Herrenrad, das die Behnings ihr zur Verfügung gestellt hatten, und fuhr die Hauptstraße entlang durch den Ort. Am Ortsausgang trat sie kräftiger in die Pedale. Sie wollte nicht verschwitzt und außer Atem bei Michael eintreffen, aber verpassen wollte sie ihn auch nicht.

Als Fiona die kleine Anhöhe hinuntersauste, schneite es immer noch, doch zumindest der Schnee auf der Straße schmolz schon wieder weg. Rutschig war es trotzdem. Sie hörte ein metallisches Scharren, bremste ab und geriet ins Schlingern. Fiona riss den Lenker nach rechts, um nicht auf die Fahrbahn zu geraten. Sie hatte für die abrupte Lenkbewegung zu viel Schwung, und das Vorderrad stellte sich quer.

Himmelherrgott!, dachte sie zum zweiten Mal an diesem Nachmittag. Sacklzement! Der Sturz lief wie in Zeitlupe ab.

Ein filmreifer Salto über den Lenker. Abrollen!, dachte sie noch und landete nach einer klassischen Judorolle im Straßengraben.

Im ersten Moment hoffte Fiona, ihr sei nichts passiert. Sie sortierte ihre Gliedmaßen aus dem Fahrradrahmen, schob das Rad beiseite und rappelte sich auf. Dann kroch sie aus dem Graben hinauf auf den Fahrradweg. Ein weißer Kombi fuhr langsam an ihr vorbei. Es war schon zu dunkel. Sie konnte die Person am Steuer nicht erkennen, aber Fiona winkte, als wäre ihr nichts geschehen. Hoffentlich hielt der Fahrer oder die Fahrerin nicht an! Der Sturz war Fiona peinlich. Sie wollte kein Aufsehen erregen. Im nächsten Moment wurden ihr die Knie weich, und sie sackte auf dem Asphalt zusammen wie eine Marionette. Ihr rechtes Knie und ihr Ellenbogen taten so fies weh, als hätte jemand mit einem Mal eine Art Schmerzregler voll aufgedreht. Entsetzt sah Fiona, wie sich in Kniehöhe auf ihrer Jeans ein Blutfleck ausbreitete. Auch ihre Hände brannten, und aus den Schrammen sickerte Blut. Oh Gott, sie hatte doch ein Rendezvous ... Vor ihren Augen flimmerte es, die Landschaft kippte nach links, und es wurde dunkel.

Als Fiona die Augen wieder aufschlug, sah sie dunkelgrauen Himmel, in dem vereinzelt Schneeflocken schwirrten. Dann tauchte ein ihr unbekanntes Gesicht über dem ihren auf.

»Hallo, können Sie mich hören?«

Sie zitterte. Was war passiert? Der Fahrradunfall! War sie etwa ohnmächtig geworden? Sie versuchte, schnell wieder hochzukommen, doch eine Hand auf ihrer Schulter hielt sie unten. »Nicht so hastig. Ganz langsam. Sie waren kurz weg. Geht es wieder?« Es war eine tiefe, vertrauenerweckende Stimme.

Der Mann sah gut und auch ausgesprochen nett aus. Er war

schätzungsweise Anfang vierzig, mit etwas längeren hellbraunen Haaren und einem Bartschatten. Unter der olivfarbenen Jacke trug er ein helles Hemd, und er roch nach etwas Leckerem zu essen. Als er ihr hochhalf, als wöge sie nichts, spürte sie, wie kräftig er war.

»Danke! Mir geht es gut.« Sie sah an sich hinunter auf die blutige und zerrissene Jeans, dann auf das Fahrrad der Behnings. Das Vorderrad und der Lenker waren verbogen, das hintere Rad hing lose im Rahmen. »Jedenfalls besser als dem Fahrrad.«

»Haben Sie Kopfschmerzen?«, fragte der Unbekannte.

Sie fasste sich ins Haar. Kein Blut, keine Beule fühlbar. Vorsichtig schüttelte sie den Kopf. »Ich hab mal Judo gemacht. Ich kann fallen.«

»Na, Gott sei Dank! Schauen Sie mir mal in die Augen!«

Seine waren graublau, leicht gesprenkelt, mit gebogenen Wimpern und Lachfältchen drum herum.

»Ihre Pupillen sehen gleich groß aus«, sagte er. »Vielleicht ist es ja doch keine Gehirnerschütterung. Was meinen Sie? Soll ich Sie zum Arzt fahren?«

»Nein! Ich wohne gleich hier die Straße runter auf dem Hof der Behnings.« Das Treffen mit Michael konnte sie knicken, so wie sie sich fühlte und aussah. Sie wollte sich nur noch in ihrem Zimmer im Bett verkriechen, nachdem sie eine Hand voll Schmerztabletten eingeworfen hatte, wenn möglich.

»Okay, ich weiß, wo das ist«, sagte er. »Da steht doch dieses große Tor an der Straße, stimmt's? Moment, ich helfe Ihnen ins Auto. Das Rad kann ich hinten einladen. Sollte passen, so wie Sie es zerlegt haben.« Er lächelte aufmunternd und half ihr, sich auf den Beifahrersitz seines Geländewagens zu hieven.

»Wonach riecht es hier?«

»Ich hab gerade für meine Familie Pizza gekauft.«

»Oh! Bestimmt in der Casa Roma. Die ist gut.«

Der Unbekannte lud ihr Fahrrad ins Auto und fuhr sie die Straße hinunter und dann den Feldweg entlang zum Behning-Hof. Er schien ihren Arbeitgeber, Jörn Behning, zu kennen, auch wenn der reichlich überrascht war, ihren Retter auf seinem Hof anzutreffen. Doch die Behnings kannten in der Gegend viele Leute, weil sie schon immer hier gewohnt hatten. So ähnlich ging es ihr zu Hause in Bayern ja auch.

Als Fiona mit von Ilka Behning fachmännisch versorgten Wunden, ein paar Schmerztabletten und etlichen Kühlkissen in ihrem Bett lag, fiel ihr ein, dass sie den unbekannten Mann nicht einmal nach seinem Namen gefragt hatte. Überhaupt, alles war schiefgelaufen! Vor allem ihr Treffen mit Michael hatte sie verpasst. Das tat am meisten weh. Da lernte sie endlich mal wieder einen interessanten Mann kennen, freute sich tagelang auf die Verabredung mit ihm, und dann versetzte sie ihn. Was er nun wohl von ihr dachte? Dass sie wegen der dummen Gerüchte über ihn kalte Füße bekommen hatte? Hielt Michael sie nun für eine arrogante Ziege oder für ein verschrecktes Huhn? Sie musste ihm eine Nachricht schicken und es erklären, obwohl er sicher längst nicht mehr hinter der Feldscheune auf sie wartete. Schon gar nicht bei diesem Mistwetter. Ihr Mobiltelefon befand sich in ihrer Tasche, und die lag neben dem Sessel in Sichtweite. Fiona wollte aufstehen, um das Handy zu holen, doch sie stöhnte auf und sackte in die Kissen zurück. Tränen brannten in ihren Augen. Heute ging gar nichts mehr.

Der Porsche 911 Carrera schnurrte die Landstraße entlang. Die Geschwindigkeit, die Straßenlage des Wagens, der förmlich auf dem Asphalt klebte, und das Röhren des Boxermotors versetzten Michael Hollmann sofort in bessere Laune. Er drehte die Musik lauter und schlug mit der flachen Hand im Takt auf das Lederlenkrad. Die Investition hatte sich gelohnt. Nicht nur, weil die Nachbarn sich erwartungsgemäß über seinen Wagen das Maul zerrissen, neidisch, wie sie waren. Auch sein Vater war auf den alten Trick hereingefallen und glaubte, dass er in München gutes Geld verdiente, da er ansonsten kein so kostspieliges und unvernünftiges Auto fahren würde. Wirtschaftlicher Erfolg schien ihm zumindest Respekt für Michael abzuringen, wenn schon nicht Liebe. Und Respekt war wohl das Mindeste, was er als einziger Sohn erwarten durfte, wenn er nach so vielen Jahren der Abwesenheit wieder nach Hause kam. Michael war jetzt zweiunddreißig, und der Grund, warum er damals bei Nacht und Nebel abgehauen war, erschien ihm inzwischen lächerlich. Diese blöde Weibergeschichte. Und um Geld war es natürlich auch gegangen. Sein Pech, dass sein Vater und der Filialleiter der Sparkasse einander so gut kannten. Sein Vater hatte ihn zwar »ausgelöst«, ihm aber danach den Hof verboten.

Doch in der Zwischenzeit hatten sich Hedda und ihr Sohn Tobias so richtig ins gemachte Nest gesetzt und seinen Alten bearbeitet, damit Tobias den Hof erbte und nicht er. Allein die Tatsache, dass Tobias sich hatte adoptieren lassen und nun auch Hollmann hieß! Und er, Michael, sollte nur einen Pflichtteil bekommen. Er hätte brechen können, wenn er nur daran dachte. Erbost schlug er auf das Lenkrad. Diese Schmarotzer würden sich nicht an seinem Erbe bereichern! Da musste er sich bald etwas einfallen lassen. Die Zeit drängte, wenn das Testament wieder geändert werden sollte. Sie sagten es ihm nicht, aber seinem Vater ging es offensichtlich gesundheitlich nicht besonders gut.

Michael sah die Zufahrt zum Behning-Hof im Scheinwerferlicht vor sich auftauchen, und hinter der nächsten Kurve führte der Feldweg zur alten Scheune. Er bremste, der Wagen schlitterte im Schneematsch, und er bog in den schmalen Schotterweg ab. Die Qualität des Straßen- und Wegenetzes hatte in den letzten Jahren ganz schön gelitten. Oder er war damals noch geländegängigere Vehikel gefahren. Seinen geliebten Golf GTI zum Beispiel. Michael grinste und steuerte den Sportwagen behutsam um die Schlaglöcher des Feldwegs herum. Warum hatte er das Mädchen nicht vorn an der Straße auflesen können? Das Gerede der anderen konnte ihnen doch nun wirklich egal sein. Aber es war wohl klüger, mit Provokationen zu warten, bis sein Vater sein Testament wieder zu seinen Gunsten geändert hatte. Er würde die Kleine, Fiona hieß sie, schnell knacken. Sie kam aus Bayern und kannte hier keine Sau. Sie war einsam, das hatte er sofort gespürt – und sie stand auf ihn. Nur weil er hier ein paar Familienangelegenheiten regeln musste, brauchte er ja noch lange nicht zu leben wie ein Mönch.

Er hielt in einer Senke an, wo man den Porsche weder von der Straße noch vom Hof aus sehen konnte, schälte sich aus dem Wagen und sah zu der dunklen Feldscheune der Behnings hinauf. Warum war Fiona noch nicht da? Er war doch reichlich spät dran. Da sah er sie schon. Warum kam sie denn ohne ihr Fahrrad? War sie es überhaupt? Er kniff die Augen gegen den scharfen Wind und den Schnee zusammen, doch es war hoffnungslos.

Michael lehnte sich lässig an die Fahrertür und wartete. Die Gestalt kam näher. Es war nicht Fiona. War er so viel zu spät? Das Mädel würde ihn doch nicht etwa versetzen?

»Was soll das?«, rief er genervt, als er erkannte, wer da auf ihn zukam. »Und was soll dieser Aufzug? Ich hab keine Zeit. Ich hab heute Abend schon was Besseres vor.«

Aber da täuschte er sich.

2. Kapitel

Am nächsten Morgen nach dem Frühstück ging Pia mit Felix durch die Dünenkette hinunter an den Strand. Zu den Ferienwohnungen gehörte ein Stück Naturstrand, sodass sie eine Weile um die Findlinge und das Treibholz herumkraxelten. Danach suchten sie am Wassersaum nach heilen Muschelschalen und Hühnergöttern. Der Wind wehte kräftig aus West-Südwest, und die Ostsee war graugrün mit kleinen Schaumkronen. Als Pia und Felix wieder ins Haus kamen, waren ihre Gesichter gerötet, und Felix' Augen leuchteten.

»Ich hab drei Huhngötter gefunden!«, rief er Lars schon aus der Diele zu. »Guck mal!« Mit der einen Hand hielt er ihm den Leinenbeutel hin, mit der anderen riss er sich die Mütze vom Kopf, sodass seine feinen blonden Haare elektrisiert nach allen Seiten abstanden. Pia strich ihm sanft über den Kopf.

Lars betrachtete die Feuersteine mit den Löchern darin von allen Seiten. »Super. So viele auf einmal. Soll ich dir eine Schnur geben, damit wir sie hier irgendwo aufhängen können?« Und an Pia gewandt: »Ich weiß allerdings bis heute nicht, warum diese Steine Hühnergötter heißen.«

»Sie werden als Amulette verwendet und sollen das Hausgeflügel vor bösen Blicken schützen.«

»So Voodoo-mäßig?«

»Nein, das rührt angeblich von einem alten Volksglauben her. Abwehr von schädlichen Einflüssen, wie der Kikimora, einer slawischen Gottheit. Das ist eine Art Poltergeist, der auch die Hühner stiehlt oder am Eierlegen hindert.«

»Ah, dank deiner Hühnergötter haben wir morgen dann ein Frühstücksei«, sagte Lars zu Felix.

»Ich mag Eier«, antwortete Pias Sohn ernsthaft.

»Der Wind da draußen ging durch und durch. Wir wärmen uns jetzt erst mal mit heißer Schokolade und Milchkaffee auf«, schlug Pia vor. »Möchtest du einen warmen Kakao trinken, Felix?«

Es klopfte laut an der Tür. Pia, die mit den Jacken in der Hand in der Diele stand, öffnete.

Ein Mann, etwa in Lars' Alter, mittelgroß, mit einem offenen Gesicht, abstehenden Ohren und lichtem blondem Haar, grinste sie an. »Moin, ich bin Jörn. Ein alter Freund von Lars.«

Sein Händedruck ließ Pias Mittelhandknochen knirschen. »Hallo! Nett, dich kennenzulernen. Ich bin Pia.«

»Hab schon von dir gehört.« Er nickte Lars zu.

»Komm doch rein.«

Der Mann sah sich in der Diele um. »Tolles Haus. Super Lage. Und sie haben echt was draus gemacht. Ich war seit Ewigkeiten nicht mehr hier drin.«

»Ja, das war ein Glücksgriff«, bestätigte Lars.

Sie gingen in die Küche, wo Pia dem Besucher einen Platz anbot und fragte, was er trinken wolle. Lars setzte Kaffee auf und wärmte in einem Topf Milch für Felix' Kakao und Pias Milchkaffee. Pia, die nicht gewusst hatte, dass Lars hier in der Gegend Leute kannte, sah erwartungsvoll von einem zum anderen.

»Mir gehört der Hof ein Stück die Straße runter«, erklärte Jörn. »Der Behning-Hof. Unser Zufahrtstor sieht aus wie das zur Shiloh-Ranch.«

»Ja, das habe ich gesehen«, bestätigte Pia. »Und woher kennst du Lars?«

»Wir waren zusammen im Internat und sehen uns da hin

und wieder auf den Ehemaligentreffen, die einmal im Jahr stattfinden.«

»Oh!« Sie hatte nicht gewusst, dass Lars überhaupt mal im Internat gewesen war.

»Ich war nur kurz da«, sagte Lars. »Nur die letzten drei Jahre bis zum Abitur. Meine Eltern hofften, dass man mich dort vielleicht zum Lernen bewegen würde. Zu Hause sind sie an mir verzweifelt. Ich hatte in dem Alter nur Blödsinn im Kopf.«

»Das kann man wohl sagen.« Jörn schmunzelte.

»Ach so.« Wer hatte das damals nicht?, dachte Pia. Sie gab Kakaopulver in Felix' Milch und rührte um. Lars schenkte ihnen frischen Kaffee in drei Becher.

»Ich soll mich bei dir noch mal ganz herzlich von Fiona bedanken«, sagte Jörn.

»Das ist das Mädchen, dem ich gestern Nachmittag nach dem Fahrradunfall geholfen habe«, erklärte Lars.

»Ist Fiona deine Tochter?«, fragte Pia ihren Gast. Sie reichte Felix den Kakaobecher.

»Nein, Fiona ist unsere Praktikantin. Sie kommt aus Bayern und studiert Agrarwissenschaften in München. Ein nettes Mädchen.«

»Geht es ihr denn heute wieder besser?«, wollte Lars wissen. »Ich war mir nicht sicher, ob ich sie nicht doch ins Krankenhaus hätte fahren sollen.«

»Nein, es ist alles gut. Ihr Kopf hat nichts abbekommen, und die blauen Flecken und Schrammen heilen von allein. Sie braucht nur ein bisschen Ruhe. Aber die haben wir zu dieser Jahreszeit ja reichlich.«

»Ja, es ist toll hier«, bestätigte Pia. »Wir waren eben unten am Strand.«

»Habt ihr morgen schon etwas vor?«, fragte Jörn. »Ilka

würde euch auch gern kennenlernen. Ilka ist meine Frau«, fügte er an Pia gewandt hinzu. »Und wir haben eine Tochter, Lina. Sie ist ungefähr so alt wie euer Sohn.«

Pia sah Lars an. Felix war nicht sein Sohn, aber das zu korrigieren wollte sie Lars überlassen. Sie hatte nichts dagegen, seinen alten Internatsfreund nebst Familie kennenzulernen, also nickte sie Lars zu. Sollte er das entscheiden, er kannte diesen Jörn besser als sie.

»Das klingt gut«, sagte Lars. »Felix ist übrigens Pias Sohn. Ich bin nur fürs Blödsinnbeibringen zuständig.«

»Alles klar, das kannst du ja hervorragend. Dann machen wir es uns morgen beim Adventskaffee gemütlich. Sagen wir, so um drei Uhr?« Jörn trank den Kaffee aus.

»Ja, wir kommen gern«, bestätigte Pia.

»Du weißt ja schon, wo wir wohnen«, sagte Jörn zu Lars und erhob sich. »Und zieht dem Jungen olle Sachen zum Draußenspielen an. Bei uns ist viel Platz zum Toben.«

»Du warst im Internat?«, fragte Pia, als sie Jörn verabschiedet hatten. Felix war ins Wohnzimmer gelaufen, um seine Muscheln zu sortieren und die Steine auf eine Haushaltsschnur zu fädeln.

»Ja. Aber das ist auch schon verdammt lange her.« Lars mied für einen Moment ihren Blick. »Damals hatte Jörn noch Haare bis über die Schultern, kannst du dir das vorstellen? Ich kann dir bei Gelegenheit mal Fotos zeigen.«

»Vielleicht solltest du das.« Pia fragte sich, was Lars ihr überhaupt schon von sich erzählt hatte. Neulich, als sie durch Zufall und auf recht unangenehme Weise erfahren hatte, dass er mal verheiratet gewesen war, hatte es im zarten Gefüge ihrer Beziehung schon ziemlich geknirscht. Und kaum war sie darüber hinweg, kamen neue Aspekte aus seiner Vergangenheit ans Licht. Doch da stürmte Felix auf sie zu und wollte mit ihnen spielen, sodass Pia keine weiteren Fragen mehr stellen konnte.

»Ich fahre gleich mal in den Ort, um ein paar Lebensmittel einzukaufen«, sagte Pia. »Was, meinst du, soll ich für Jörn und Ilka mitbringen? Eine Flasche Sekt oder lieber einen Wein?«

»Keine Ahnung. Such dir was aus. Ich halte hier so lange die Stellung.« Er schwang den begeistert juchzenden Felix in die Luft.

Lars wollte für sie das Abendessen kochen, da übernahm Pia gern den Einkauf. Außerdem hatte er in ein paar Tagen Geburtstag, und sie wollte ihn mit einem selbst gebackenen Kuchen überraschen. Pia wusste, dass er am liebsten Lübecker Marzipantorte aß. Sie wusste allerdings nicht, ob sie fähig war, so etwas herzustellen. Ihre Mutter hatte mal gesagt, dass jeder, der lesen, auch kochen könne. Hoffentlich galt das fürs Backen ebenfalls. Versuch machte ja bekanntlich klug.

Den Nachmittag verbrachten sie gemeinsam in Hochfeld an der Steilküste und an der Seebrücke, bis sie durchgefroren und erschöpft wieder in der Ferienwohnung eintrafen. Lars heizte den Kamin an. Anschließend ging er in die Küche, um etwas zu trinken zu holen. Er kam mit einem seltsamen Ausdruck im Gesicht und einer Hand hinter dem Rücken wieder ins Wohnzimmer.

»Pia, hast du eigentlich auch Eisbergsalat gekauft, wie es auf unserer Liste stand?« Seine Augen funkelten im Licht des Feuers.

»Ja. Der liegt im Gemüsefach.«

Er zog den Arm vor. »Meinst du vielleicht den hier?«

»Wieso?«

»Das ist Weißkohl.«

»Oh! Der ist doch auch hellgrün und rund«, sagte sie. »Ich

hab wohl nicht so genau hingesehen. Die anderen Dinger, die da lagen, sahen schon so gammelig aus.«

Lars schmunzelte. »Pia! Du bist einmalig, wirklich! Weißkohl statt Eisbergsalat zu kaufen.«

»Sag bloß, du kannst keinen Weißkohl zubereiten?«, entgegnete sie so würdevoll wie möglich. »Der schmeckt hervorragend mit Hack und Kartoffeln.« Doch dann musste sie auch lachen. »So ein Mist! Ich kann Kohl und Salat schon auseinanderhalten. Ich habe mich einfach vergriffen. Okay?« Insgeheim nahm Pia sich vor, dass Lars' Marzipantorte, die sie in ein paar Tagen backen würde, alles rausreißen sollte. Da würde ihm der Spott schon vergehen. Es sollte eine dreistöckige Torte mit selbst gedrechselten Marzipanrosen oder, besser noch, kleinen Landrovern darauf werden – mindestens!

Michael hatte sich nicht bei ihr gemeldet, obwohl sie ihm mehrere Nachrichten geschickt hatte. Er ging auch nicht an sein Handy, und bei ihm zu Hause anrufen wollte sie nicht. Sie hatten ja vereinbart, seinen Leuten und auch den Behnings nicht gleich auf die Nase zu binden, dass sie sich trafen.

Fiona lag in ihrem Bett im Dachzimmer und starrte durch das Veluxfenster in den dunkelgrauen Nachthimmel. Ihre Verletzungen von dem Sturz waren zu farbenfrohen Hämatomen ausgewachsen und taten noch weh, aber ihrem Kopf ging es schon wieder recht gut. So richtig verstand sie nicht, wie das hatte passieren können. Sie war mit dem Fahrrad zum Gemeindehaus gefahren, und alles war in Ordnung gewesen. Und auf dem Rückweg, als sie etwas schneller geworden war, hatte sich quasi ihr Hinterrad verabschiedet.

Sie wälzte sich unruhig auf die andere Seite. Das war ein

richtig blöder Unfall gewesen. Sie hatte einfach Pech gehabt. Aber es hätte auch noch viel mehr passieren können. Zum Beispiel, wenn sie nicht in den Graben, sondern auf die Straße gefallen und dann ein Auto gekommen wäre. Nein, es war ein Auto gekommen. Der Fahrer des ersten Wagens hatte nur nicht angehalten. Tja, das Fahrrad war eben nicht mehr das neueste. Es war ein gebrauchtes von Jörn, bestimmt schon zehn Jahre alt. Fiona erinnerte sich, dass Ilka gesagt hatte, sie hätten es extra noch einmal in einer Fahrradwerkstatt überholen lassen, bevor sie es ihr gegeben hatten. Wie konnte sich denn dann das Hinterrad lockern, sodass es aus der Halterung sprang? Materialermüdung, oder waren die Muttern nicht richtig festgezogen gewesen? Aber sie war doch, nachdem sie das Fahrrad übernommen hatte, schon wochenlang damit herumgefahren. Es war unsinnig, so zu denken, und lag bestimmt auch nur daran, dass sie sich so schlecht fühlte, doch die fiese Frage hatte sich einfach in ihren Kopf eingeschlichen: Was, wenn jemand das absichtlich gemacht hatte? Wenn jemand ihr Fahrrad sabotiert hatte, während sie bei der Chorprobe gewesen war? Ein paar Jugendliche aus dem Ort, die sich mit irgendwelchem Unsinn die Zeit vertreiben wollten? Aber dann ließ man doch die Luft aus den Reifen oder schmierte Senf auf die Handgriffe? Bei dem, was geschehen war, hätte sie schwere Verletzungen davontragen können.

Die Alternative war jedoch noch unheimlicher: dass es jemand getan hatte, der sie kannte und der ihr Schaden hatte zufügen wollen. Die Frage war nur, warum? Und wer hätte überhaupt die Möglichkeit dazu gehabt?

Jeder, der wusste, dass sie im Chor mitsang und an der Chorprobe teilnahm. Also eigentlich jeder hier, der sie kannte. Die Fahrräder standen während der Probe neben dem Gemeindehaus im Fahrradständer hinter der Hecke, sodass man die

Räder weder vom Kirchhof aus noch von der Straße sehen konnte. Wer sich daran zu schaffen machte, blieb höchstwahrscheinlich ungestört. Und das Rad, das die Behnings ihr zur Verfügung gestellt hatten, ein dottergelbes Rennrad, war auffällig und daher leicht zu identifizieren. Eine Verwechslung war eigentlich nicht möglich.

Fiona ließ den Ablauf der Chorprobe vor ihrem inneren Auge Revue passieren. Die Mitglieder des Chores hätten in der Pause wahrscheinlich die Gelegenheit gehabt, sich hinaus zu den Fahrrädern zu stehlen. Die hatten sogar die beste Chance, dachte Fiona, weil sich niemand wunderte, sie zu dieser Zeit auf dem Kirchengelände zu sehen. Hatte sie Feindseligkeit gespürt? Hatte jemand sie seltsam angesehen? Fiona ließ die einzelnen Gesichter an sich vorüberziehen. Im Nachhinein und allein in ihrem dunklen Zimmer in der Nacht schien ihr alles möglich zu sein.

Fiona fröstelte unter der Decke. Mit den kalten Füßen würde sie nie einschlafen können. Sollte sie hinuntergehen und sich eine Wärmflasche machen? Bei dem Gedanken daran, ihr Bett zu verlassen und durch das nachtdunkle Haus zu schleichen, wurde ihr noch mulmiger.

Sie machte sich doch verrückt! Morgen, bei Tageslicht, würde bestimmt alles anders aussehen. Sie würde Michael treffen und ihm von ihren Befürchtungen erzählen. Fiona war sich sicher, dass er sie beruhigen würde, und dann würden sie zusammen darüber lachen.

Am Sonntagmorgen schlief Felix bis in den Vormittag hinein, weil er am Abend zuvor lange hatte aufbleiben dürfen.

»Das funktioniert aber nicht immer«, sagte Pia, als Lars sie morgens im Bett mit einem zufriedenen Grinsen in die Arme zog. »Ich meine, dass Kinder, die lange aufbleiben, am nächsten Morgen auch lange schlafen.«

»Du sprichst wohl aus Erfahrung?«

»Was denkst du?« Sie drehte sich über ihn, stützte sich auf die Unterarme und sah ihn von oben an. »Ich hätte mich dir beinahe schon heute Morgen um fünf unsittlich genähert, aus reiner Panik, dass es sonst zu spät sein könnte.«

»Schade. Ich hätte nichts dagegen gehabt.«

»Das sagst du jetzt, nachdem du ...« Pia blickte zum Wecker hinüber, »bis halb zehn geschlafen hast!«

»Dafür bin ich nun fit.«

»Ja, das spüre ich.« Sie musste grinsen. Es war gut, mit Lars zusammen zu sein. War der gemeinsame Urlaub ohne den Stress, stets alles durchorganisieren zu müssen, zu schön, um wahr zu sein? Konnte es überhaupt von Dauer sein? »Es ist nur ... Felix ist manchmal recht anstrengend. Dann ist es ihm egal, ob man Urlaub hat oder nicht. Du musst dir gut überlegen, ob du das wirklich willst.« Sie sah ihm in die Augen. »Für deine Zukunft, meine ich.«

»Ich weiß, was ich will.« Seine Hände glitten langsam ihren Rücken hinunter, umfassten ihren Po. »Und ich weiß, wie man die Gunst der Stunde nutzt. In diesem Moment denke ich ausschließlich an das, was ich gleich mit dir anstellen werde.«

Sie trafen um Punkt fünfzehn Uhr bei den Behnings ein, in den Händen eine Flasche Wein und ein kleines Mitbringsel für Tochter Lina.

»Peinlich, so pünktlich«, murmelte Pia. »Geradezu aufdringlich.«

»Nein, das ist hier so«, widersprach Lars. »Und vergiss nicht, dir die Schuhe auszuziehen.«

»Was?!«

»Das ist hier ebenfalls so.«

Ilka Behning begrüßte sie und führte sie in eine geräumige Diele, in der Stiefel, Turnschuhe und Jacken in wildem Durcheinander lagen. »Hier ist mal wieder Chaos«, sagte sie. »Kommt schnell weiter! Im Wohnzimmer ist es gemütlicher.« Ilka Behning war etwas kleiner als Pia, eher rundlich, dabei gut proportioniert. Eine Frau mit dunkelbraunen Haaren, haselnussfarbenen Augen, ein paar Sommersprossen auf der Nase und einem resoluten Auftreten, sodass Felix sich zunächst hinter Pias Bein versteckte.

Sie folgten ihr in den Wohnbereich, der adventlich geschmückt war. Die Fensterbänke waren mit Rentieren, Engeln und Weihnachtskugeln dekoriert, vieles davon von Kinderhänden gebastelt, und über dem Esstisch hing ein Adventskranz.

»Toll, dass ich dich endlich mal kennenlerne!«, sagte Ilka. »Ich hab schon ein bisschen was von dem berühmten Lars Kuhn gehört.«

»Ich sag jetzt lieber nicht: ›Hoffentlich nur Gutes‹«, erwiderte Lars. »Sonst wird es hinterher umso peinlicher.«

Pia sah ihn mit neu erwachtem Interesse an diesem Thema an. »Berühmt?«

»Eher berüchtigt.«

Sie setzten sich an den gedeckten Tisch. Jörn kam mit Tochter Lina hinzu, begrüßte sie alle, und Ilka schenkte Tee und Kaffee aus. Es gab einen Apfelkuchen, Mandelstollen und eine große Schüssel mit verschiedenen Weihnachtsplätzchen.

»Die hat Mama alle selbst gebacken«, sagte Lina. »Von mir sind bloß die Kekse mit den bunten Streuseln drauf. Die haben wir im Kindergarten verdekoziert.«

»Verziert oder dekoriert«, verbesserte Ilka.

»Die sehen besonders gut aus«, lobte Pia und nahm sich einen. Ilka schenkte ihr einen warnenden Blick, doch bis auf die Tatsache, dass der Keks fast nur aus Mehl und Zucker bestand, war daran aus Pias Sicht nichts auszusetzen.

»Fiona hat mir dieses Jahr beim Weihnachtsgebäck geholfen«, sagte Ilka. »Übrigens viele Grüße von ihr. Sie wird heute wohl doch nicht zu uns runterkommen. Unser Hausarzt war gestern noch bei ihr. Er sagt, sie solle lieber ein paar Tage im Bett bleiben.«

»War es doch eine Gehirnerschütterung?«, fragte Lars.

»Höchstens eine ganz leichte.« Jörn hob die Kuchenplatte an und sah fragend in die Runde.

Lars ließ sich noch ein Stück auflegen.

»Und was für Geschichten sind so über Lars' wilde Jugend im Umlauf?«, fragte Pia in lockerem Tonfall.

»Das ist unfair«, protestierte er.

»Du kennst meine dunkelsten Geheimnisse doch auch«, entgegnete sie leichthin. Zwar nicht alle, aber zumindest ein paar. Und das war auf jeden Fall mehr, als sie von ihm wusste.

»Lina, willst du Felix nicht mal dein Kinderzimmer zeigen?«, fragte Ilka. »Ihr könntet zusammen die große Murmelbahn aufbauen.«

Zu Pias Erstaunen folgte Felix Lina, die ihn beherzt an die Hand nahm, in ihr Zimmer.

»Lars hat damals sämtliche Lehrer und Erzieher in den Wahnsinn getrieben.« Jörn lachte. »Erinnerst du dich an die Geschichte mit der Colabombe?«

»Dunkel«, sagte Lars.

»Oder als wir dem Sendling alle seine Sachen an die Zimmerdecke geklebt haben?«

»Das hat mir einen Verweis eingebracht«, brummte Lars

und ließ sich noch ein Stück Stollen geben. »Dafür hast du Brühwürfel in die Duschköpfe gesteckt.«

»Echt. Das hast du mir nie erzählt«, sagte Ilka interessiert.

»Frauen dürfen zwar alles essen, aber noch lange nicht alles wissen«, erwiderte ihr Mann. »Noch einen Keks, Schatz?«

»Sei bloß vorsichtig.«

»Im Vergleich zu Lars war ich harmlos. Er ist zweimal beinahe von der Schule geflogen. Das letzte Mal kurz vor dem Abi. Hat er eigentlich immer noch so verrückte Ideen?«, wollte Jörn von Pia wissen.

»Seine verrückteste Idee ist vielleicht, mit mir zusammen zu sein«, sagte sie.

»Erinnerst du dich an die Sache mit Frau Rheinbach?«

»Jörn, weißt du eigentlich ...«, hob Lars warnend an, doch sein Schulfreund ließ sich nicht bremsen.

»Lars hat im Internat mal eine größere Menge Gras in Marmeladengläser getan und einfach offen in seinem Regal in unserem Zimmer aufbewahrt.«

»... dass Pia von Beruf Polizistin ist?«, beendete Lars seinen Satz.

»Echt jetzt?« Jörn sah sie irritiert an.

Lars rollte mit den Augen.

»Der Hausmutter hat er jedenfalls erzählt, das Gras sei ein super Kräutertee gegen Hämorrhoiden.« Jörn lachte schallend.

»Ich konnte ja nicht ahnen, dass sie tatsächlich Hämorrhoiden hat.«

»Du hast ihr deinen Tee als wahres Wundermittel angepriesen. Da konnte sie nicht widerstehen.«

»Das hätte verdammt schiefgehen können.« Lars schob sich den letzten Bissen Stollen in den Mund. Er runzelte die Stirn. »Mein Glück, dass sie nicht wusste, dass man das Gebräu angeblich mit etwas Butter oder Öl hätte aufkochen müssen, damit es richtig wirkt.«

»Trotzdem. Die war anschließend mal so richtig gut drauf«, sagte Jörn.

Lars nickte. »Toll! Ich wäre dadurch beinahe nicht zum Abitur zugelassen worden. Das war mir eine Lehre.«

»Tatsächlich?« Pia zog eine Augenbraue hoch. »Immerhin kennst du dich ja überraschend gut aus.« Was wusste sie überhaupt von ihm?

»Reine Theorie«, sagte er beschwichtigend.

»Komm, darauf trinken wir! Was wollt ihr haben?« Jörn war auf dem Weg zu seiner Hausbar, als Lina und Felix ins Zimmer stürmten.

»Es schneit, es schneit! Alles ist weiß«, schrien beide.

Pia sah hinaus. Tatsächlich hatte sich die Welt draußen in der letzten Stunde in eine Wintermärchenlandschaft verwandelt.

3. Kapitel

Ilka trat ans Fenster. »Es schneit schon die ganze Zeit ziemlich doll«, sagte sie. »Aber jetzt ist der Schnee auch endlich mal liegen geblieben. Es ist tatsächlich alles weiß.«

»Wir wollen raus!«, riefen die Kinder unisono.

Sie beschlossen, alle zusammen nach draußen zu gehen und zu sehen, ob man schon einen Schneemann bauen oder den Hügel hinter dem Haus hinunterrodeln konnte.

Als sie alle angezogen waren und vor die Tür traten, lagen beinahe zehn Zentimeter Schnee. Die sanfte Hügellandschaft rund um den Behning-Hof war weiß. Der Wind wehte den Schnee von Bäumen und Dächern, sodass er vor dem dunkelgrauen Himmel wie weiße Gischt aussah, und trieb ihn zu kleinen Schneeverwehungen zusammen. Der Anblick des Fachwerkhauses der Behnings, hinter dessen Fenstern noch anheimelnd ein paar Lichter brannten, und des Jägerzauns mit den Schneehauben auf jedem Pfosten versetzte Pia in vorweihnachtliche Stimmung, wie sie es seit zwei Jahrzehnten nicht mehr erlebt hatte.

Jörn ging mit Ilka und den Kindern in die Scheune, um die Schlitten zu holen.

Lars nahm Pia hinter einem verschneiten Holunderbusch in die Arme. »Tut mir leid, dass du diesen Mist von mir von Jörn erfahren hast. Ich wollte es dir immer schon mal erzählen, aber ...«

»Du hast dich nicht getraut.« Sie tippte mit der Fingerspitze auf seine Nase, dann auf seinen Mund. »Ich hätte dich womöglich festnehmen können.«

»Ich weiß zumindest, dass du bei Rauschgiftdelikten keinen Spaß verstehst.«

»Lars, das ist so lange her. Denkst du, ich habe nie Blödsinn gemacht?«

»Hast du?« Seine Lippen näherten sich ihren. »Erzähl mal. Das macht mich nämlich ziemlich an. Die Sünden einer Polizistin …«

Pia dachte an das Auto, das sie für eine Spritztour kurzgeschlossen hatte und später irgendwo am Strand von Tarifa hatte stehen lassen. Sie schüttelte lächelnd den Kopf. Er küsste sie und zog sie noch näher an sich. Dabei stieß er gegen die Zweige, und frischer, nasser Schnee fiel auf sie beide herab. Pia prustete und wischte sich den Schnee aus dem Gesicht.

Lars sah nach oben. »War wohl doch kein Mistelzweig.«

»Na komm. Ich muss Felix zeigen, wie man einen Schnee-Engel macht, bevor alles wieder weggetaut ist.«

Jörn und Ilka fanden eine ansehnliche Anzahl Schlitten, mit denen sie alle den Hügel in Richtung Feldscheune hinaufstapften. Lars zog Felix, der mit seinen kurzen Beinen noch nicht so gut mitkam, auf einem der Schlitten hinauf.

Von der Kuppe aus gab es eine Abfahrt in eine Senke, die in einem von einem Lattenzaun eingefassten Tümpel endete. Auf der zugefrorenen Fläche standen Enten.

»Die Kinder sollten lieber hier vorne herunterfahren«, sagte Ilka. »Oben an der Scheune ist es ziemlich steil. Aber wenn ihr Lust habt, können wir die Abfahrt später noch mal antesten.«

»Auf eurem Hof ist es ja geradezu alpin«, staunte Lars.

»Die Gegend nennt sich ja auch Holsteinische Schweiz.«

»Felix, willst du mit mir zusammen runterrodeln?«, fragte Lars.

»Mama, komm mit!«, rief ihr Sohn.

»Zu dritt passen wir nicht auf den Schlitten, ich fahr gleich hinter euch«, versprach Pia.

Sie rodelten, bis es zu dunkel dafür war und erneut heftig schneite. Während sich Felix und Lina von Jörn zum Hof zurückziehen ließen, dirigierte Ilka, deren Nase und Wangen vor Kälte und Anstrengung glühten, Lars und Pia ein Stück in Richtung der Feldscheune. Die schwarze Bretterwand ragte düster neben ihnen auf, und im Schneetreiben und der fortgeschrittenen Dunkelheit konnte man kaum noch den zugefrorenen Teich erkennen.

»Einmal müsst ihr hier runter«, sagte Ilka lachend. »Oder traut ihr euch nicht?«

»Natürlich.« Pia konnte selten einer Herausforderung, und sei sie noch so kindisch, widerstehen.

»Wir müssen anschließend auch nicht wieder hier hochkraxeln. Hinter dem Tümpel führt ein Feldweg zurück zum Haus. Wir schneiden den anderen den Weg ab.«

Lars nahm Anlauf, warf sich bäuchlings auf den Schlitten und fuhr hinunter. Am Ende der Abfahrt geriet der Schlitten in Schieflage, und Lars landete im Schnee.

Ilka grinste vergnügt. »Bist du okay?«

Er prustete. »Klar doch.«

»Jetzt du, Pia!«

Sie tat es Lars gleich, versuchte jedoch, eine andere Route zu nehmen. Oh Gott, es war so lange her, sie hatte überhaupt keine Übung mehr! Schnee stob ihr ins Gesicht, der Zaun kam bedenklich näher, und da sie keine Lust hatte, Bekanntschaft mit den Enten zu schließen, warf sie sich kurz vor dem Lattenzaun vom Schlitten in den Schnee. Das war knapp gewesen! Sie sah noch, wie Ilka ebenfalls Anlauf nahm. Wenn Erwachsene Kinderspiele spielen, gibt es meist Verletzte, schoss es ihr durch den Kopf. Ilka fuhr weiter rechts, wo es noch steiler war.

»Oh Mist!«, hörte Pia Lars sagen, der die Abfahrt auch beobachtete. Ilka raste haarscharf am Zaun vorbei und verschwand in einer weißen Wolke aus ihrem Blickfeld.

»Gibt's hier einen Lawinenhund?«, fragte Pia.

Sie fanden Ilka auf allen vieren im Schnee kniend. Ihr Schlitten stand ein paar Meter neben ihr.

»Alles okay mit dir?«

»Ich weiß nicht.«

Lars trat zu ihr und hielt ihr eine Hand hin. »Komm, ich helf dir hoch!«

Pia sah das Auto zuerst, das ein paar Meter weiter am Feldrand abgestellt war. Soweit sie es erkennen konnte, war es ein Porsche älterer Bauart, der sowohl für die Wetter- als auch die Straßenverhältnisse hier eher ungeeignet war.

Ilka schüttelte den Kopf. »Ich kann nicht. Wartet mal. Ich weiß nicht ... Ich glaube, da liegt einer«, sagte sie mit brüchiger Stimme.

Pia hockte sich neben sie und sah, was Ilka sah: Im Graben neben dem Feldweg lag ein Mann zusammengekrümmt auf der Seite. Er trug Jeans, nicht gerade schneetaugliche Stiefel, eine Lederjacke und ... auch vor seinem Gesicht befand sich Schnee, der dorthin verweht worden war. Pia sog scharf die Luft ein.

»Nicht anfassen!«, sagte sie, als Ilka sich dem Mann näherte. »Ich glaube, er ist tot.«

»W ... wirklich?« Ilka klapperten die Zähne.

»Er hat Schnee vor dem Gesicht, Schnee vor Mund und Nase. Er atmet nicht, und der Körper ist anscheinend so kalt wie die Umgebung hier«, sagte sie.

»Und warum gehst du dann hin?«, fragte Lars, als Pia sich dem reglos daliegenden Mann näherte.

»Ich muss mich trotzdem vergewissern, ob er wirklich tot

ist. Ruf bitte auf jeden Fall sofort einen Rettungswagen.« Es hieß, ein Mensch sei erst dann sicher tot, wenn man das in aufgewärmtem Zustand überprüfen konnte. Pia blickte auf den Mann, auf seinen Hinterkopf, und dann sagte sie über die Schulter zu Lars: »Und verständige auch die Polizei.«

Die fröhliche und gemütliche Stimmung des Adventssonntags war in ihr Gegenteil umgeschlagen. Von einer Minute auf die nächste war das Grauen eingezogen. Aufgrund der Wetterbedingungen dauerte es seine Zeit, bis sowohl ein Rettungswagen als auch die Polizei bei ihnen eintrafen. So lange harrten Pia und Lars im Schnee bei dem Toten aus, während Ilka zum Hof lief und ihrem Mann Bescheid sagte. Jörn kam bald darauf zu ihnen, aufgebracht und erregt über den schrecklichen Fund auf seinem Land. Ilka passte jetzt weiter auf die Kinder auf.

Jörn hielt den von Pia geforderten Abstand zu dem Toten, sah ihn jedoch lange an. »Ilka hat schon vermutet, dass es Michael ist. Sie hat leider recht. Der Mann dort ist Michael Hollmann, der Sohn unserer Nachbarn.«

Die kurz darauf eintreffenden Kriminalbeamten aus Kiel schickten die drei nach einer kurzen Befragung ins Haus der Behnings, damit sie sich aufwärmen konnten. Sie wollten später mit ihnen sprechen, wenn die Tatortarbeit erledigt war.

»Kennst du die?«, fragte Lars Pia, als sie bei einem Grog und Schinkenbroten und heißem Kakao für die Kinder in der Küche der Behnings saßen. Bevor sie zurückgegangen waren, hatte Pia mit einem der Beamten ein etwas längeres Gespräch geführt.

»Ja. Zumindest den einen von ihnen.« Sie blies auf ihren Grog und hoffte, dass er irgendwann die Kälte aus ihren Gliedern vertreiben würde. »Der große Korpulente ist Olaf Maiwald. Er hat früher mal in der Bezirkskriminalinspektion in Lübeck gearbeitet.«

»Kennst du ihn näher?«, fragte Lars mit einem schiefen Grinsen. »Kann er dich gut leiden? Kommen wir dadurch heute noch in unsere Ferienwohnung zurück?«

Sie schüttelte sachte den Kopf. »Hier wird alles seinen vorgeschriebenen Gang gehen. Wir werden dazu befragt werden, wie wir den Toten gefunden haben. Und euch wird man fragen, was ihr über den Mann wisst und was er auf eurem Grundstück gewollt haben könnte.« Die letzten Worte waren an Ilka und Jörn gerichtet.

»Oh Gott, wer sagt es denn bloß Karl und Hedda?«, murmelte Ilka.

»Sind das die Eltern?«

»Ja, beziehungsweise ... Karl ist der Vater. Hedda ist seine zweite Frau. Michael hat die vergangenen Jahre in München gelebt und ist erst vor zwei Wochen zurückgekommen. Er wollte wohl wieder hier wohnen. Und nun das!«

»Was ist ihm denn bloß passiert?«, fragte Jörn. »Ist er ausgerutscht und gestürzt?«

»Möglich.« Pia war nicht überzeugt.

Es war nach zehn Uhr, als Lars den schlafenden Felix in die Ferienwohnung trug.

»Wenigstens er hatte einen tollen Nachmittag«, sagte Pia, nachdem sie ihren Sohn zu Bett gebracht hatte. »Und die Kinder haben zum Glück auch nichts von der Sache mitbekommen.« Sie fuhr sich durch die zerzausten Haare.

»Unser Nachmittag fing doch auch ganz schön an«, entgegnete Lars. »Ich kann immer noch nicht fassen, dass du ausgerechnet in deinem Urlaub eine Leiche finden musstest, Pia. Ist das eigentlich ansteckend?«

»Ich hab sie nicht gefunden, sondern die Frau deines Freundes.« Sie sah Lars in die Augen. »Die Arme. Das wird Ilka so schnell nicht wieder vergessen.«

»Ich auch nicht.« Lars erwiderte ihren Blick. »Ist das immer so?«

»Was meinst du?« Sie zog sich den Pullover über den Kopf.

»Seitdem wir die Leiche gefunden haben, fühle ich mich so richtig mies. Verunsichert und deprimiert. Als hockte etwas Dunkles, Schweres auf meiner Schulter, das mir ins Ohr flüstert: ›Sieh nur, das hättest auch du sein können. Das Leben ist kurz.‹«

»Ist es ja auch. Jedenfalls kürzer, als wir gemeinhin denken.« Sie stellte sich hinter ihn und umarmte ihn. »Nicht grübeln. Das nützt nichts.«

»Hm.« Er streichelte ihren nackten Arm. »Warum bist du dir so sicher, dass der Mann ermordet worden ist? Die Beamten haben uns ja nichts gesagt.«

»Ich sehe nicht, wie das ein Unfall hätte sein können – so, wie der Tote dalag. Außerdem hatte er eine Kopfwunde.«

»Hab ich gar nicht bemerkt.«

»Die Wunde befand sich ja auch am Hinterkopf, oberhalb einer gedachten Hutkrempe. Es gibt eine Regel, die besagt, dass Verletzungen oberhalb dieser gedachten Linie wahrscheinlich durch Fremdverschulden entstanden sind, nicht durch einen Sturz. Für mich sah es so aus, als hätte sich der Mann runtergebeugt, und ein anderer oder auch eine Frau hat ihm mit einem stumpfen Gegenstand auf den Kopf geschlagen.«

»Gruselig.«

»Da kommt jemand.« Ein Lichtschein glitt über die geschlossenen Vorhänge hinweg. Wie in einem Hörspiel knirschte Kies, eine Autotür schlug zu, und es klopfte an der Tür.

»Ich gehe.« Lars machte sich von Pia los.

Sie zog sich den Pullover wieder über, blickte in die spiegelnde Fensterscheibe und fuhr sich noch einmal durchs Haar.

Olaf Maiwald trat hinter Lars in die Ferienwohnung. Er sah sich um, machte eine nette Bemerkung über das Haus und eine weniger nette über das Wetter und bat dann, mit Pia allein sprechen zu dürfen.

Sie setzten sich an den Küchentisch, und Maiwald streckte mit einem leisen Stöhnen sein Bein mit der Unterschenkelprothese von sich. »Ich hasse Schnee und Glatteis«, sagte er. Er hatte den Unterschenkel während eines Einsatzes bei der Kriminalpolizei verloren, als er noch mit Pia zusammen in der Bezirkskriminalinspektion Lübeck gearbeitet hatte. Bei der Festnahme eines Tatverdächtigen war so ziemlich alles schiefgegangen, was schieflaufen konnte. Pia hatte lange mit ihren Schuldgefühlen gekämpft, weil sie dabei gewesen, doch unverletzt davongekommen war. Maiwald hatte sich danach nach Kiel versetzen lassen. Er arbeitete jetzt also wieder in einem Morddezernat. Ihre letzte Begegnung in Kiel lag schon mehrere Jahre zurück. Die Konstellation, dass er ermittelte und Pia nur eine Zeugin war, war für sie beide neu.

»Möchtest du etwas trinken?«, fragte sie ihn.

»Nein danke. Tut mir leid wegen deines Urlaubs. Das ist ja richtig blöd gelaufen.«

»Wie kann ich dir helfen, Olaf?«

»Dieser Fall ist so ziemlich das Letzte, was wir gerade brauchen können. Wir stecken noch mitten in den Ermittlungen zu dem Mord an dem Juwelier.«

Pia nickte. Sie hatte von dem Fall in Kiel gehört.

»Außerdem liegt die Hälfte unserer Leute mit Grippe flach. Normalerweise wäre ich mit meinem Bein ja gar nicht selbst rausgefahren. Schon gar nicht bei dem Scheißwetter.«

Sie nickte wieder, dieses Mal mit dem Gefühl, dass sich die Situation gerade zu ihrem Nachteil entwickelte.

»Das ist natürlich nicht dein Fall«, sagte er eilig. »Du sollst nicht mit uns ermitteln.«

»Das sehe ich auch so.« Bei der Kriminalpolizei lautete die klassische Frage eins: »Ist das meins?« Die konnte Pia getrost mit Nein beantworten. Der Fall gehörte ganz klar der BKI Kiel. Pia hörte, dass Lars nebenan den Fernseher eingeschaltet hatte. Sie sah ihn förmlich dort sitzen und auf den Bildschirm starren, während er sich ausmalte, was sie hier in der Küche aushecken mochten.

»Aber du könntest uns schon helfen. Ich bitte dich nur, in der Sache deine Augen und Ohren offen zu halten.«

»Offiziell oder inoffiziell?«

Maiwald zögerte. »Du wirst mir recht geben, dass es nach einer Beziehungstat aussieht. Schon aufgrund der Tatsache, dass der Tote, der auf dem Grund und Boden der Behnings lag, der Sohn vom Nachbarhof ist. Was für ein Schlamassel!« Er verdrehte die Augen.

»Olaf, ich will nicht die Freunde meines Freundes ausspionieren. Das ist nicht meine Aufgabe.«

»Hm.« Er rieb sich gedankenverloren das Bein und verzog dabei das Gesicht, als hätte er Schmerzen. »Dein Freund – Lars Kuhn, richtig? –, der kennt diesen Jörn Behning von früher. Lars macht übrigens einen netten Eindruck. Seid ihr schon lange zusammen?«

»Wir kennen uns seit zweieinhalb Jahren. Aber so lange sind wir noch nicht zusammen. Es ist unser erster längerer gemeinsamer Urlaub. Ich will ihn nicht verderben.«

»Das verlangt auch keiner von dir. Und du sollst auch die Behnings nicht ›ausspionieren‹, Pia. Aber wenn du etwas hörst oder wenn dir was auffällt, das ich wissen sollte ...«

»Dann erfährst du es umgehend. Das ist doch klar«, sagte Pia ergeben. Wie sollte sie das auch verweigern?

Maiwald sah von seinem Bein auf, und ein Lächeln stahl sich in sein Gesicht. Pia war sich nicht mehr sicher, ob sein Gebaren wirklich unbewusst gewesen war. »Da wäre das ja schon mal geklärt.« Er erhob sich. »Also gut. Dann mal frisch ans Werk. Ich zähl auf dich.«

»Das ist wunderbar«, sagte sie spöttisch.

»Grüß deinen Freund von mir!«

Pia sah dem Kollegen nach, bis sein Wagen zwischen den verschneiten Bäumen hindurch den Weg hinunter verschwunden war. Schneebrocken lösten sich vom Reetdach, und einer fiel Pia platschend vor die Füße.

Lars, der von hinten herangetreten war, legte ihr eine Hand auf die Schulter. »Und?«

Sie überlegte, wie sie es ihm beibringen sollte. Doch sie war so müde, dass sie ihre Vereinbarung beinahe wortwörtlich wiedergab. »Ich ermittle nicht offiziell, halte aber die Augen und Ohren offen, was diesen Mordfall betrifft. Im Gegenzug erfahre ich vielleicht, wenn es etwas Neues gibt.«

»Ich dachte, wir machen hier zusammen Urlaub.«

»Das tun wir ja auch. Es ändert sich nichts. Fast nichts. Ich höre mich nur ein bisschen um.«

»Willst du das denn?«

Sie dachte einen Augenblick darüber nach. »Es ist vielleicht am besten so. Wir können weiter hier unseren Urlaub verbringen. Aber wir können nicht so tun, als wäre nichts geschehen. Wir werden sowieso nicht vergessen, was wir heute Abend gesehen haben, oder?«

»Versprich mir nur, dass du dich nicht in Gefahr bringst, Pia.«

4. Kapitel

Hedda Hollmann holte eilig die frisch gewaschene Wäsche aus der Waschmaschine. Es war gut, dass Karl mal eine Weile draußen war. Gut für ihn, denn Michaels Tod hatte ihm einen herben Schlag versetzt, und auch gut für sie, denn so konnte Hedda mal einen Moment etwas Nützliches tun. Sie wusste nicht, wie ihr Mann sich von diesem Schicksalsschlag je wieder erholen sollte. Konnte man den Tod des eigenen Kindes verwinden? Auch wenn das Verhältnis zwischen Vater und Sohn sehr angespannt gewesen war, so war Michael doch sein eigen Fleisch und Blut gewesen. Hedda Hollmann wollte nicht daran denken, dass ihr das Gleiche mit Tobias zustoßen könnte ... Und wenn ihr Mann weiterhin untätig bei ihr in der Küche hockte, wie er das seit der Nachricht von Michaels Tod beinahe ununterbrochen getan hatte, würde er wohl wahnsinnig werden. Und sie gleich mit.

Jetzt hatte Karl sich hinter die Scheune verzogen, mit der Begründung, dass sie bald wieder neues Kaminholz brauchten. Er hackte Holz. Sie hatten zwar noch Feuerholz für Monate, trotzdem hielt Hedda diese Tätigkeit für eine gute Idee. Sie beschäftigte Karl, und er konnte dabei etwas von seiner Trauer und seiner Wut abbauen.

Sie hörte ein Geräusch im Flur vor der Wäschekammer und richtete sich auf. »Tobias? Bist du das?«

»Wer denn sonst, Mutti?«

Tobias stand im Türrahmen, die gesteppte blaue Winterjacke in der Hand. Ein schlanker, hochgewachsener Mann mit dunklem, stets leicht zerzaustem Haar und braunen Augen. Sie hätte ihm gern wie früher die weiche Strähne aus der Stirn gestrichen, aber das wäre ihm nur unangenehm. Er war nicht mehr ihr kleiner Junge. »Der Pastor hat angerufen. Er kommt in einer Stunde vorbei. Könntest du nicht noch so lange hierbleiben?«, fragte sie.

»Kommt der nicht eher wegen Vater und dir her?«

»Pastor Klever will uns allen beistehen.«

Tobias verzog das Gesicht. »Was soll er schon groß sagen? Michael ist tot und kehrt nie wieder. Und wir müssen damit klarkommen.«

»Es ist schwer, nicht wahr?«, fragte sie.

»Was?«

»Ich weiß, dass du nicht gerade glücklich darüber warst, dass dein Bruder plötzlich wieder vor der Tür stand.« Hedda beugte sich runter, fasste den gefüllten Wäschekorb an beiden Griffen und stellte ihn schwungvoll auf die Arbeitsplatte neben der Waschmaschine.

Tobias trat einen Schritt auf sie zu. »Lass dir doch helfen. Dein Rücken ...«

»Geht schon. Habt ihr euch in den letzten Tagen gestritten, Michael und du?«

»Mit dem hab ich doch gar nicht geredet. Ich hab nur zugesehen, wie er versucht hat, sich wieder bei Vater einzuschleimen.«

Hedda öffnete den Trockner und leerte das Flusensieb in der Tür. Sie drehte sich wieder zu Tobias um. »Sei vorsichtig, was du sagst, Junge! So lange, bis die Polizei herausgefunden hat, wie Michael zu Tode gekommen ist, stehen wir alle unter Verdacht.«

Tobias musterte einen schwarzen Anzug, der über der Stuhllehne hing. »Suchst du schon Sachen für die Beerdigung heraus?«

»Der muss vorher noch mal in die Reinigung.« Hedda drückte die weichen Flusen in ihrer Faust zusammen.

»Ich war es jedenfalls nicht«, sagte Tobias. »Ich hab Michael kein Leid zugefügt.« Er sah seiner Mutter in die Augen. »Ich mochte ihn nicht besonders, doch ich hatte keinen Grund, ihn umzubringen. Vater hat mir neulich erst noch mal versichert, dass er sein Testament niemals ändern wird. Er weiß ja aus bitterer Erfahrung, dass Michael nicht mit Geld umgehen kann.«

»Ja. Er war schrecklich enttäuscht von ihm. Michael hat so viele Leute gegen sich aufgebracht. Trotzdem verstehe ich es nicht. Wer tut so etwas? Glaubst du, Carolas Eltern ...«

»Niemals. Rudolf Schütz ist wie ein Hund, der bellt, aber nicht beißt. Nein, der hat damals nichts unternommen und heute schon gar nicht. Es war niemand, den wir kennen, Mutti. Ich vermute eher, dass mein Stiefbruder seine Probleme mit hierhergebracht hat.«

»Was meinst du damit?« Hedda lud die nassen Handtücher in den Trockner.

»Michael wirkte ziemlich nervös auf mich. Hast du gemerkt, wie er zusammengefahren ist, wenn ein Telefon geklingelt hat? Oder wie er neulich aufgesprungen und zum Fenster gelaufen ist, als Jörn auf den Hof gefahren kam? Vielleicht hat er sich in München irgendwelchen Ärger eingehandelt und sich deswegen bei uns versteckt.«

»Hm.« Hedda sortierte ein paar Stoffservietten aus, die sie auf die Leine hängen und später feucht bügeln wollte. »Das solltest du der Polizei erzählen.«

»Das hab ich schon. Aber jetzt muss ich los ... Tut mir leid, Mutti.«

»Warte. Der Pastor!« Sie sah Tobias durch das Fenster nach, wie er in seinen Wagen stieg. Hatte ihr Sohn recht? War der Mörder Michael hierher gefolgt? Hedda hoffte es. Sie konnte und wollte sich nicht vorstellen, dass jemand aus dem Ort, jemand, den sie kannte, ihren Stiefsohn ermordet hatte.

Den Montagvormittag verbrachten Pia und Lars mit Felix am Strand vor dem Haus. Vordergründig betrachtet war alles wie immer, doch Pia hatte das Gefühl, dass Lars und sie sich die Normalität nur gegenseitig vorspielten. In Felix' Gegenwart konnten sie nicht über den Todesfall sprechen, aber Lars sah sie immer mal wieder nachdenklich von der Seite an.

»Ich kann nichts dafür!«, hätte sie am liebsten gerufen. Das konnte sie wirklich nicht. Doch sie konnte sich auch nicht von ihren Gedanken an den Mord lösen. Denn das war es ihrer Meinung nach: ein Mord, verübt auf dem Grundstück von Lars' altem Freund Jörn Behning. Der Fundort des Ermordeten, der wahrscheinlich auch der Tatort war, hatte etwas mit dem Täter und dem Opfer zu tun. Es steckte eine Geschichte dahinter. Olaf hatte recht. Sie konnte gar nicht anders, als aufmerksam zu sein und Augen und Ohren offen zu halten.

Später aßen sie in einem rustikalen Strandrestaurant zu Mittag. Felix probierte bei Lars den ersten Labskaus seines Lebens, hielt sich dann aber doch lieber an Spaghetti mit Tomatensoße. Als sie zurück in ihrer Ferienwohnung waren, rief Ilka Behning Lars auf dem Mobiltelefon an. Sie fragte, ob sie Pia sprechen könne.

»Wie geht es euch?«, wollte Pia wissen.

»Den Umständen entsprechend gut, könnte man sagen. Oje, das klingt, als hätten wir eine Krankheit! Das war wirklich ein Schock gestern Abend. Ich hoffe, es hat euch den Urlaub nicht vollständig verdorben.«

»Ich denke nein. Und die Kinder haben ja zum Glück nichts mitbekommen.«

»Lina möchte übrigens unbedingt noch einmal mit Felix spielen. Vielleicht hat er ja auch Lust dazu? Passt es euch, ihn für zwei Stunden oder so vorbeizubringen, falls Felix kommen mag? Um fünf hat Lina noch Kinderchor, aber bis dahin … Natürlich nur, wenn ihr nichts Besseres vorhabt und er auch Lust dazu hat.«

Felix war begeistert von der Aussicht auf eine Spielkameradin. Offensichtlich hatte ihm der Nachmittag mit dem etwas älteren Mädchen am vergangenen Tag gefallen. Pia und Lars fuhren ihn gemeinsam zu den Behnings. Lars wollte auch noch einmal mit Jörn reden.

Inzwischen waren keine Polizeifahrzeuge mehr auf dem Hof zu sehen. Der Feldweg zum Tatort war noch abgesperrt, aber die Arbeiten dort sollten mittlerweile abgeschlossen sein. Jörn und Ilka luden Pia und Lars auf einen Kaffee in ihre warme Küche ein, während die Kinder in Linas Kinderzimmer verschwanden. Zunächst mieden sie das Thema »Mordermittlung«. Es ging um Ausflugsziele in der Umgebung und Jörns und Ilkas Pläne für die Zukunft des Hofes.

»Wir werden noch einmal richtig investieren und einen neuen modernen Kuhstall bauen«, sagte Jörn mit vor Begeisterung strahlenden Augen. »Ein Boxenlaufstall mit hundertdreißig Plätzen und zwei Melkrobotern. Die Pläne dazu hängen in meinem Büro.«

»Ist dafür das Fundament gedacht, das man von der Zufahrt aus sieht?«, fragte Lars. »Das sieht ziemlich groß aus.« Alles, was mit dem Thema »Bauen« zu tun hatte, interessierte ihn.

»Ich kann es dir gleich mal zeigen, wenn du willst. Im Frühjahr geht es dort unten weiter, und im April wollen wir fertig sein.« Jörn sah seine Frau an.

»Es ist zwar eine große Investition, aber entweder blickt

man nach vorn und gestaltet die Zukunft mit, oder man gerät ins Hintertreffen.«

»Wir werden uns auch ansonsten noch weiter vergrößern und ein paar Hektar Land dazukaufen.« Er stockte.

»Wir werden es den Hollmanns abkaufen«, sagte Ilka fest. »Karl will sich langsam aus der Landwirtschaft zurückziehen. Er wird demnächst fünfundsechzig. Und Tobias, sein Nachfolger, hat andere Pläne.«

»Karl Hollmann ist doch der Vater von Michael Hollmann, der gestorben ist, oder?«, fragte Lars.

Ilka nickte mit zusammengepressten Lippen.

Sie waren wieder bei dem Thema angekommen, das sie alle bewegte.

»Es ist aber so, dass Karl seinen Sohn Michael schon vor ein paar Jahren enterbt hat. Der hätte sowieso nur noch seinen Pflichtteil bekommen.«

»Dann betrifft sein Tod euch in dieser Hinsicht nicht«, sagte Lars.

Ein unausgesprochenes Fragezeichen hing in der Luft, doch die Behnings äußerten sich nicht dazu. Pia machte sich im Geiste eine Notiz für Olaf. »Was hat dieser Michael Hollmann denn angestellt, dass er so in Ungnade gefallen ist?«, fragte sie.

Es klopfte leise an der Küchentür, die direkt auf den Hof hinausführte. Ilka ließ einen etwa sechzigjährigen Mann herein. Im ersten Moment dachte Pia, es müsse Karl Hollmann sein, denn er ging leicht nach vorn gebeugt, bewegte sich langsam, und seine Miene war tief besorgt. Es stellte sich jedoch heraus, dass es der Pastor des Ortes, Johannes Klever, war, der gerade von einem Besuch bei Familie Hollmann kam.

»Es ist zwar mein Beruf, den Menschen in solchen Situationen beizustehen, aber manchmal finde ich einfach nicht die richtigen Worte«, sagte er matt. »Es ist so sinnlos und so grausam. Ausgerechnet Michael! Am letzten Sonntag nach dem Gottesdienst war Karl noch bei mir und hat mir erzählt, wie glücklich er trotz allem ist, dass Michael nun zu ihm zurückgekommen ist.«

»Das schwarze Schaf findet wieder zu seiner Herde«, sagte Ilka ironisch.

Der Pastor zwinkerte ihr zu. »Aber die sind uns doch irgendwie die Liebsten. Die schwarzen Schafe, meine ich.«

»'n lütten Jubi zum Aufwärmen, Herr Pastor?«, fragte Jörn. Er sah in die Runde. »Wollt ihr auch einen?«

Johannes Klever blickte zur Küchenuhr. »Eigentlich ist es ja zu früh für mich. Doch ich betrachte es mal als medizinische Anwendung.«

»Genau. Das ist reine Medizin.« Jörn schenkte eine Runde ein.

Der Pastor kippte den Jubiläumsaquavit mit geübtem Schwung hinunter. »Die Adventszeit stellt uns dieses Mal auf eine harte Probe«, sagte er. »Erst diese Grippewelle, die so viele Leute ins Bett zwingt wie schon lange nicht mehr. Und jetzt auch noch der plötzliche Todesfall in der Gemeinde. Ein junger Mann, der gerade erst wieder nach Hause gekommen ist. Daran, dass das ein Mordfall war, will ich noch gar nicht denken.«

»Wie geht es Maria?«, erkundigte sich Ilka. »Ist sie denn wieder fit?« Sie sah zu Lars und Pia hinüber. »Maria ist die Haushälterin des Pastors. Sie hilft auch mit, unser diesjähriges Krippenspiel des Kinderchors einzuüben.« Sie lächelte. »Das ist *das* Weihnachtsevent in Hochfeld.«

»Maria hatte zum Glück nur eine Erkältung, nicht diese furchtbare Grippe. Es geht ihr schon wieder gut. Nur dass sie im Stress ist. In den vergangenen Tagen haben immer wieder Mütter angerufen, weil ihre Kinder krank sind und wohl nicht am Krippenspiel teilnehmen können.« Er schob Jörn sein Glas hinüber, und dieser schenkte ihm noch einmal nach. »Die Aufführung ist nämlich schon am nächsten Sonntag.«

»Oh, besteht denn die Gefahr, dass es gar nicht stattfinden kann? Lina freut sich doch schon so, dass sie dieses Mal die Maria spielen darf.« Ilka warf einen Blick in Richtung Kinderzimmer.

»Selbst wenn andere Kinder, die bisher nur kleinere Rollen haben, die Rolle von Josef und den Hirten übernehmen, fehlen uns noch jede Menge Engel und Schneeflocken.«

Ilka sah erwartungsvoll in Pias und Lars' Richtung. »Vielleicht hat Felix ja Lust mitzumachen? Zum Beispiel als kleine Schneeflocke?«

»Wir sind aber am nächsten Sonntag gar nicht mehr hier«, sagte Pia.

»Wenn Felix wirklich gern mitspielen möchte, könnten wir ja am Sonntag noch mal herfahren«, schlug Lars vor. »So weit ist es ja nicht.«

Pia nickte. »Okay. Dann fragen wir ihn einfach, ob er Lust dazu hat.«

Das hatte er. Pia überraschte das nicht im Mindesten, da ihr Sohn Gesang und alles, was mit Theater, Verkleiden und Rollenspielen zu tun hatte, liebte. Ganz im Gegensatz zu ihr. Von wem er das wohl hatte?

So fand sie sich eine Stunde später im Gemeindehaus von Hochfeld wieder, während Lars auf dem Behning-Hof geblieben war, um Jörns Baustelle zu begutachten, oder was man an einem windigen, grauen Dezembernachmittag auf dem Land noch so anstellen konnte. Bestandteil des Handels mit Felix war, dass Pia in Sichtweite blieb, bis die Probe beendet war.

Sie nahm auf einem der unbequemen Holzstühle Platz und bewunderte, wie der Kirchenkantor Rudolf Schütz, seine

Tochter Carola sowie ein älteres Mädchen namens Bella mit der Kinderhorde umgingen. Und sie bedauerte, dass das Buch, das sie gerade las, auf ihrem Nachttisch im Ferienhaus lag.

Nach kurzer Zeit sprach eine Frau von etwa Mitte fünfzig mit graublonden hochgesteckten Haaren sie an und fragte, ob sie auch einen Kaffee wolle. Pia bejahte, und die Frau kam wenig später mit einem Tablett mit zwei Bechern, Zucker und Milch wieder, das sie auf einem der Stühle abstellte. »Sie sind eben mit Ilka Behning gekommen, habe ich gesehen. Ihr Sohn ist so lieb, bei unserem Krippenspiel einzuspringen, nicht wahr?«

»Ja, er liebt Theaterspielen.« Pia nahm den Kaffee dankend entgegen.

»Ich bin übrigens Maria Gelting. Ich gehöre hier quasi zum Inventar.«

Pia stellte sich ebenfalls vor. »Pastor Klever hat Sie erwähnt. Ich habe ihn eben bei den Behnings getroffen. Haben Sie nicht Lust, sich einen Moment zu mir zu setzen?«

Maria Gelting ließ sich nicht lange bitten. Sie griff nach ihrem Becher. Ihre Hände waren sommersprossig und fleckig, als wäre sie Zeit ihres Lebens viel in der Sonne gewesen. »Toll, dass Ihr Sohn so spontan mitmachen will. Es wäre eine große Enttäuschung für alle, wenn das Krippenspiel diesmal ausfiele. Diese widerliche Grippe hat die Gegend hier dieses Jahr voll erwischt. Ich bin ja geimpft und der Pastor auch, aber gegen normale Erkältungen schützt das auch nicht, nicht wahr?«

»Ich glaube nicht«, sagte Pia. Trotzdem war sie froh, dass auch Felix und sie gegen die Grippe geimpft waren. Sie sah zu, wie die Kinder in den Kostümen wühlten und Felix in einem viel zu langen weißen Hemd mit Flügeln daran über die provisorische Bühne stakste. »Ich weiß ja nicht, ob Felix seine Rolle noch so schnell lernen kann. Doch die Erwachsenen auf der Bühne sind großartig, wie sie mit den Kindern umgehen. Ich könnte das nicht.«

»Ja, besonders Carola hat ein gutes Händchen, wenn sie mit kleinen Kindern arbeitet«, antwortete Maria Gelting. »Sie ist die Tochter unseres Kantors, und ihrer Mutter gehört die Ferienhausagentur. Eigentlich ist sie Arzthelferin, aber sie sucht gerade einen neuen Job. Das ist wohl gar nicht so einfach heutzutage.«

»Arbeiten Sie schon lange für den Pastor?«, fragte Pia. Wenn sie schon hier saß, konnte sie auch Olafs Bitte nachkommen und die Menschen hier näher kennenlernen. Die Haushälterin des Pastors wusste bestimmt so einiges über die Leute im Dorf.

»Im Frühjahr werden es fünf Jahre. Er ist ein guter Arbeitgeber, manchmal etwas chaotisch, doch immer sehr umgänglich und fair. Da habe ich auch schon ganz andere Berufserfahrungen gemacht.«

»In Pfarrhäusern oder eher allgemein gesprochen?« Pia erinnerte sich an den Mord an einem Pastor. Die Ermittlungen hatten sie auch in ein Pfarrhaus geführt, und die Verhältnisse dort waren nicht ganz einfach gewesen.

»Allgemein gesprochen. Pastor Klever ist mein erster kirchlicher Arbeitgeber.« Sie lächelte Pia über ihren Becher hinweg zu. »Ich hatte einfach Glück, dass mich eine gute Bekannte ihm empfohlen hat. Ich hatte vorher nicht viel mit der Kirche am Hut. Bevor ich herkam, habe ich meistens in Großküchen gearbeitet, als Küchenhilfe oder auch mal als Reinigungskraft.«

»Das stelle ich mir hart vor.«

»Putzen im Akkord, das geht mit der Zeit ganz schön auf die Knochen. Ich war sogar ein paar Jahre auf Sylt in der Küche der Marineversorgungsschule beschäftigt. Es scheint mich immer ans Meer zu ziehen.«

»Das kann ich gut verstehen. Sylt ist eine tolle Insel«, sagte Pia. »Ich muss Felix unbedingt mal die Seekühe zeigen. Das würde ihm gefallen.«

Maria Gelting schmunzelte über den Insiderwitz. »Wussten Sie, dass die ›Seekühe‹ als Übungsziele für den gezielten Bombenabwurf für Flugzeugstaffeln ins Wattenmeer gesetzt worden sind?«

»Nein. Ich hab nie darüber nachgedacht, weshalb die dort stehen. Es sind doch Dalben oder Betonpfeiler mit einer Art Plattform darauf. Aber sie sehen auf große Entfernung eben wie Seekühe aus.«

Sie beobachteten einen Moment das Treiben auf der Bühne. Die Jungfrau Maria alias Lina Behning wischte mit ihrem Marienschleier den Fußboden auf. Rudolf Schütz übte mit dem Engelschor ein Lied ein, doch eines der Kinder tanzte immer wieder aus der Reihe. »Man könnte sagen, dass Ihr Kantor tatsächlich eine Engelsgeduld hat.« Pia sah zu Maria Gelting hinüber, die mit einem Mal in Gedanken versunken zu sein schien. Die Haut um ihre Augen sah gerötet aus, und sie zwinkerte unentwegt. Sie wirkte erschöpft, oder war sie wegen irgendetwas beunruhigt?

»Stimmt etwas nicht?«, fragte Pia.

Maria Gelting zuckte zusammen. Dann senkte sie die Stimme. »Ich mache mir ein bisschen Sorgen, wissen Sie? Der Pastor hat heute einen harten Tag. Er ist gesundheitlich etwas angeschlagen, aber er schont sich nicht. Ich muss ihm nachher unbedingt noch etwas Tröstliches kochen. Am besten Frikadellen mit Kartoffeln und Schnittbohnen. Das mag er besonders gern. Vielleicht baut ihn das wieder ein wenig auf.« Sie lächelte gequält. »Er musste heute nämlich zu einer Familie, die er sehr gut kennt und deren Sohn gerade ums Leben gekommen ist. Unter rätselhaften Umständen!«

»Ja, ich war gestern dabei, als Ilka Behning den Toten gefunden hat.«

»Ach, Sie waren das.« Maria Gelting beugte sich ein Stück vor. »Stimmt es, dass Sie bei der Polizei sind?«

»Das ist richtig. Aber ich bin privat hier. Mein Freund, mein Sohn und ich haben uns in einer Ferienwohnung einquartiert. Zum Glück bin ich für Fälle im Kreis Plön auch überhaupt nicht zuständig.« Und was machte sie dann hier? Doch nun war es schwierig, das Gespräch weiter in Richtung Umfeld des Toten zu lenken, ohne Verdacht zu erregen. Maria Gelting kam ihr jedoch bereitwillig entgegen.

»Michael Hollmann war hier nicht gerade beliebt, wissen Sie? Darum ist er vor Jahren auch weggegangen. Sehen Sie Carola Schütz, wie sie mit den Kindern umgeht? Sie war mal mit Michael Hollmann zusammen. Die beiden wollten angeblich heiraten. Sie sollen ein schönes Paar gewesen sein, das Aufgebot war wohl schon bestellt. Sie waren noch ein bisschen jung, aber beide aus einer guten Familie, und er auch noch mit dem Hof im Hintergrund. Doch es heißt, dass er sie von einem Tag auf den anderen verlassen und ihr damit das Herz gebrochen hat. Sie hat seit dieser Zeit Depressionen, so schlimm, dass sie manchmal zwei Wochen lang nur im Bett liegen kann.« Maria Gelting beugte sich zu Pia hinüber: »Es wird auch gemunkelt, dass sie eine Fehlgeburt deswegen hatte. Seitdem geht es ihr so schlecht. Das ist wohl auch der Grund dafür, dass sie mal wieder arbeitslos ist. Welcher Arbeitgeber, und gerade ein niedergelassener Arzt, kann sich eine depressive Angestellte auf Dauer leisten?«

»Ja, das ist schwierig. Ist sie denn in Behandlung?«

»Carola bekommt Tabletten. Wenn man sie so sieht, denkt

man nicht, dass sie ein Problem hat, oder? Dabei wäre sie eine tolle Mutter.« Maria Gelting schüttelte traurig den Kopf.

»Das kann ja noch werden«, sagte Pia ausweichend.

»In ihrem Fall leider nicht.« Maria Gelting trank noch etwas und wartete auf die Nachfrage. Doch Pia wollte den Köder nicht schlucken und nicht weiter in das Privatleben der jungen Frau eindringen. Jedenfalls nicht, solange sie nicht offiziell im Dienst war. Die Haushälterin des Pastors stellte ihren Kaffeebecher auf einen freien Stuhl. An ihrer linken Hand sah Pia an der Daumenwurzel eine großflächige Narbe. Die Frau fing ihren Blick auf. »Wir haben alle unsere Narben. Manche sind sichtbar, andere nicht.«

»Ach ja?«

»Kochen ist gefährlich«, sagte sie. »Spritzendes Fett, besonders in Großküchen. Ich bin wirklich froh, hier im Pastorat gelandet zu sein. Keine Ahnung, was wird, wenn Pastor Klever in den Ruhestand geht. Der Tag – die Sorge, nicht wahr?«

Nach der Probe fuhr Pia mit Lina und Felix zurück zum Behning-Hof. Auf der Fahrt sangen die Kinder laut die Lieder, die sie gerade geübt hatten. Sehr laut. Pia war froh, als sie aus dem Auto und in Richtung Küche stürmten, wo Lina überschwänglich eine junge Frau in Jeans und Turnschuhen begrüßte.

»Fiona! Fiona! Ich singe ganz allein ein Lied als Maria! Du kommst doch zum Zugucken, oder?«

»Natürlich, Lina. Glaubst du, das will ich verpassen? Und wer bist du?«, wandte die junge Frau sich an Felix.

»Ich bin ein Engel!«, rief er stolz. »Mit Flügeln.«

»Und ich bin die Mutter des Weihnachtsengels«, begrüßte Pia sie. »Pia Korittki. Ich glaube, mein Freund Lars ist hier irgendwo mit Jörn unterwegs. Ich wollte ihn jetzt eigentlich einsammeln.«

»Ich bin Fiona Rogge, die Praktikantin vom Dienst.« Ihr Mund verzog sich zu einem schiefen Grinsen. Sie sah blass aus, und ihre Augenlider waren geschwollen. Das schwarze Kapuzensweatshirt unterstrich ihre ungesunde Gesichtsfarbe. Sie war also die junge Frau, die von Lars nach ihrem Fahrradunfall aus dem Straßengraben gezogen worden war.

»Wissen Sie, wo die Männer stecken?«, fragte Pia.

»Irgendwo draußen, ich weiß auch nicht genau, wo. Warten Sie lieber hier auf sie. Ilka kommt auch gleich wieder. Sie will mir zeigen, wie man Rübenmus kocht.«

Das erinnerte Pia an die Marzipantorte, die sie backen wollte. Lars hatte morgen Geburtstag, also musste sie sich heute Abend darum kümmern.

Fiona wandte sich ab und wischte sich über die Augen. »Sie waren gestern dabei, als sie den Michael gefunden haben, oder?« Ihre Stimme klang tränenerstickt.

»Ja. Das war ich. Kannten Sie ihn gut?«

»Ich ... na ja. Ich hab ihn erst neulich kennengelernt. Ich fand ihn nett. Und nun ist er tot! Ich kann es gar nicht begreifen.«

»Ja, das ist auch schwer. Haben Sie ihn auf dem Nachbarhof kennengelernt? Er war doch quasi ein Nachbar.«

Sie schüttelte heftig den Kopf. »Ich hab ihn neulich abends im *Fliegenden Holländer* getroffen und mich mit ihm unterhalten. Er war witzig und hatte so viel zu erzählen.«

»Der *Fliegende Holländer?*«

»Eine Kneipe in Hochfeld. Nichts Großartiges, aber es gibt hier um diese Jahreszeit nicht viele Möglichkeiten, wo jüngere Leute hingehen können.«

»Haben Sie eine Idee, was Michael Hollmann hinter der

Feldscheune der Behnings gesucht hat, wo wir ihn gefunden haben?«, fragte Pia in arglosem Tonfall. Sie tat so, als betrachtete sie einen selbst gebastelten Adventskalender, der aus einem Dorf aus lauter bunten Papphäuschen bestand, die mit weißer Watte dekoriert waren.

Fiona folgte ihrem Blick und schniefte wieder. »Ich hab keine Ahnung. Vielleicht war er auf dem Weg irgendwohin und hat nur kurz angehalten, weil etwas mit seinem Auto war? Oder er wollte umdrehen? Es hat ja an dem Abend geschneit, und er fuhr diesen alten Porsche.« Sie verzog das Gesicht. »Reichlich ungeeignet für das Wetter und die Gegend hier, oder?«

»Setzen Sie sich doch einen Augenblick.« Pia schloss wie beiläufig die Küchentür. »Sie sehen ganz blass aus.« Die Kinder waren in Linas Zimmer. Für den Moment waren sie ungestört.

»Ja, ich fühle mich nicht so besonders.« Fiona ließ sich auf einen der Stühle sinken. Pia nahm ihr gegenüber Platz.

»Wer hat Ihnen gesagt, dass Michael Hollmann mit dem Auto unterwegs war?«

»Ich weiß nicht.« Ihre Augen weiteten sich vor Schreck. »Wahrscheinlich Ilka oder Jörn, als sie mir erzählt haben, was passiert ist.« Sie mied ihren Blick.

»Sind Sie sich da ganz sicher?«, fragte Pia. Es war höchst unwahrscheinlich, da sie ja alle aufgefordert worden waren, über die Gegebenheiten am Tatort und die Auffindesituation auf jeden Fall Stillschweigen zu wahren. Das alles galt als »Täterwissen« und diente eventuell später dazu, den Täter zu überführen oder aber Unschuldige von einem Verdacht auszuschließen.

»Ich weiß es nicht mehr so genau«, sagte Fiona verängstigt. »Ich habe nichts mit seinem Tod zu tun.«

»Überlegen Sie bitte genau, woher Sie das mit dem Auto wissen.«

»Ich bin wohl einfach davon ausgegangen, dass er gefahren ist. Er war der Typ, der keinen Meter unnötig zu Fuß geht. Und er muss ja irgendwie dort hingekommen sein. Die Ecke ist ganz schön abgelegen, deshalb hat es ja auch so lange gedauert, bis Sie seine Leiche gefunden haben.«

Das wurde ja immer besser. »Sie wissen, wie lange er dort lag, bevor wir ihn gefunden haben, Fiona?«

»Oh Gott! So meine ich das nicht ... Sie drehen mir ja das Wort im Mund um.«

»Hat die Kriminalpolizei Sie eigentlich schon befragt?«

»Nur ganz kurz. Ilka hat sie nicht länger zu mir gelassen, weil es mir noch nicht so gut ging. Gestern hatte ich den ganzen Tag Kopfschmerzen. Und ich weiß ja auch gar nichts ... Was tun Sie da?«

»Ich rufe die Kollegen in Kiel an und sage ihnen, dass sie Sie jetzt befragen können. Sie sollen am besten gleich herkommen.« Pia fing Fionas verängstigten Blick auf. »Keine Sorge. Sie müssen denen nur alles erzählen, was Sie wissen. Okay?«

»Muss das jetzt wirklich sein?«

»Bei so einer Ermittlung zählt leider jede Minute. Sie wissen, dass das Opfer mit seinem Auto zum Tatort gefahren ist, und Sie wissen oder vermuten, wie lange Michael Hollmann dort schon tot gelegen hat, bevor wir ihn fanden. Sagen Sie das bitte auch der Polizei.«

»Ich hab wirklich nichts mit seinem Tod zu tun«, schluchzte Fiona. »Ich war doch nur am Freitag nach der Chorprobe mit Michael verabredet. Das ist doch kein Verbrechen. Und ich konnte nicht einmal dorthin kommen, weil ich diesen verdammten Unfall hatte.«

5. Kapitel

Nach dem gemeinsamen Abendbrot im Ferienhaus sperrte Pia Lars und Felix aus der Küche aus und machte sich daran, die Geburtstagstorte für ihren Freund zu backen. Es fiel ihr schwer, sich auf die Zubereitung des Biskuitbodens zu konzentrieren, während sie überlegte, wie die Vernehmung von Fiona Rogge durch die Kieler Kollegen verlaufen mochte.

Die junge Frau tat ihr leid. Doch Fakten in Zusammenhang mit einer Mordermittlung vor der Polizei zu verschweigen ging nun einmal gar nicht. Die Frage, was Michael Hollmann am Freitag hinter der Feldscheune der Behnings gesucht hatte, wo er dann höchstwahrscheinlich auf seinen Mörder getroffen war, hatte sich damit beantwortet. Der Platz war abgelegen und weder vom Hof noch von der Straße aus einsehbar. Das erklärte auch, warum Michael Hollmann dort so lange tot hatte liegen können, ohne gefunden zu werden. Doch warum hatte niemand ihn vermisst, wenn er schon am Freitag am späten Nachmittag zu seinem Rendezvous mit Fiona aufgebrochen und nicht wieder zurückgekehrt war? Und wer hatte alles von dieser seltsamen Verabredung gewusst?

Pia schlug die Eigelbe mit dem Zucker schaumig. Was zum Teufel sollte das heiße Wasser im Teig? Das hatte ihre Mutter doch früher auch nicht hinzugefügt.

Olaf Maiwald oder seine Kollegen würden von Fiona wissen wollen, wem sie alles von ihrem Rendezvous erzählt hatte. Pia hatte das Gefühl, dass sie damit nicht gerade hausieren gegangen war. Nicht einmal die Behnings schienen davon gewusst zu haben. Hatte Michael Hollmann selbst seinem Mörder diesen Tipp gegeben? Sie fügte den Eischnee und das Mehl hinzu und strich den luftigen Biskuitteig schnell in die Springform, bevor er womöglich wieder in sich zusammensackte. Ein paar Backutensilien hatte sie vorsorglich mitgebracht und alles, einschließlich Lars' Geschenk, das aus zwei neuen Scheinwerfergittern für den Landrover bestand, so unauffällig wie möglich in ihrem Koffer in die Ferienwohnung schmuggeln müssen. Sie glättete den Teig und … Mist, sie hatte vergessen, den Backofen vorzuheizen! Pia schob die Form in den Ofen und stellte ihn auf die vorgegebene Temperatur ein. Wie viel länger sollte sie den Boden nun da drinlassen? Fragen über Fragen …

Als sie die Sahne für die Füllung schlug, vibrierte ihr Telefon.

»Korittki?« Pia überlegte, ob sie zwischendurch mit dem Schlagen aufhören durfte. Letztlich zwang sie das Dröhnen des Mixers aber dazu.

»Olaf hier. Danke für den Tipp mit der Praktikantin, Pia. War aufschlussreich. Nun wissen wir wenigstens, was das Opfer bei dem Mistwetter da draußen in der Walachei gesucht hat. *Cherchez la femme*. Nicht die größte Überraschung, aber immerhin.«

»Willst du mir sagen, dass ich hiermit meine Schuldigkeit getan habe?«

»Wo denkst du hin, Pia? Ich habe gehört, dass dein Sohn beim örtlichen Krippenspiel mitmacht. Dabei kannst du bestimmt auch die Leute im Chor ein wenig im Auge behalten.«

»Chor und Krippenspiel, das sind zwei verschiedene Paar Schuhe, Olaf.«

»Ach, wenn du dich schon mal mit gutem Grund in dem

Gemeindehaus herumtreibst, ist es bestimmt recht einfach für dich, mit vielen Leuten ins Gespräch zu kommen. Wenn wir dort herumlaufen, gefrieren alle gleich zu Eis.«

»Schon klar. Ich halte weiter die Ohren offen. Was habt ihr denn bisher rausgefunden? Nur damit ich weiß, worauf ich achten muss.« Sie warf noch einen Blick auf die halb aufgeschlagene Sahne und drehte sich in Richtung Ofen.

Olaf Maiwald erläuterte ihr, was für Spuren sichergestellt worden waren und wie das vorläufige Obduktionsergebnis aussah. Die Todesursache waren zwei Schläge auf den Hinterkopf, von schräg oben ausgeführt, die mögliche Tatwaffe eine Art selbst gebauter Totschläger, wie ein stumpfes Stück Metall in einem Strumpf oder in einem Stoffbeutel. Es gab ein paar Faserspuren, die zurzeit noch ausgewertet wurden. »Weiterhin haben wir ein Haar an der Leiche gefunden«, berichtete er.

Pia beobachtete, wie der Teig in der Form im Backofen Blasen schlug.

»Es könnte hilfreich sein. Es ist rotbraun, allerdings gefärbt, der Ansatz ist grau. Ausgefallen, nicht ausgerissen.«

»Hübsch«, sagte sie. »Ich werde auf gefärbte Haare achten. Hat von den Hollmanns jemand die passende Haarfarbe?«

»Hedda Hollmann ist wohl gefärbt. Ihr Haar ist leuchtend kastanienbraun. Es sieht zumindest künstlich aus. Wir werden sie um eine Haarprobe bitten. Dann wäre die Spur allerdings wenig aussagekräftig, weil das Haar jederzeit an Michael Hollmanns Kleidung geraten sein kann.«

Der Teig ging gerade auf, die Blasen darauf färbten sich schon bräunlich. »Ist das alles?«, fragte Pia.

»Die Untersuchung von Fiona Rogges Fahrrad steht noch aus. Aber wenn es sabotiert wurde, werden wir es herausfinden.«

»Sabotage? Denkt ihr wirklich?«

»Wir werden sehen. Ansonsten ist rund um den Tatort nicht mehr viel mit Spuren. Der Tote lag vielleicht achtundvierzig Stunden dort im Graben und wurde am Ende sogar eingeschneit.«

»Was sagen eigentlich die Hollmanns, warum sie ihren Sohn oder Stiefsohn nicht vermisst haben?«

»Sie haben ihn ja vermisst, behaupten sie.«

Pia wurde unruhig. Der Biskuit musste dringend aus dem Ofen. »Ach ja?«

»Die Hollmanns dachten, Michael sei wohl auf einer Kneipentour versackt, habe vielleicht eine Frau kennengelernt und sei bei ihr geblieben. Genau wie früher«, fuhr Olaf fort, der nichts von Pias Backversuch und dessen Erfordernissen ahnte.

»Er war zwei Nächte fort«, warf sie ein.

»Ja. Er war telefonisch nicht erreichbar. Sie wollten angeblich spätestens am Sonntagabend nach ihm suchen.«

»Was ist mit seinem Handy?«

»Wir haben es noch nicht gefunden. Vielleicht hat der Täter es mitgenommen und irgendwo verschwinden lassen. Michael Hollmanns Verbindungsdaten haben wir auch noch nicht.«

»Könnt ihr sein Telefon nicht orten?«

»Bisher nicht. Es ist entweder ausgeschaltet, oder der Akku ist entfernt worden.«

»Olaf, ich muss Schluss machen. Mein Kuchenteig ...«

»Du backst?«

»Ist das so verwunderlich?«

»Na ja, eigentlich nicht. Da will ich dich nicht länger davon abhalten. Melde dich, wenn du was hörst. Und gutes Gelingen!«

Klang er etwa spöttisch? Traute er ihr nicht zu, einen

Kuchen zuwege zu bringen? Pia legte das Telefon auf die Arbeitsplatte und zog die Form so hastig aus dem Ofen, dass sie sich trotz des Topflappens die Finger verbrannte. Während sie sie unter kaltes Wasser hielt, dachte Pia an die nächsten Arbeitsschritte: die Chormitglieder kennenlernen. Sollte sie vorgeben, in dem Chor mitsingen zu wollen? Das wäre unglaubwürdig, sobald sie den Mund aufmachte.

Zwei Stunden und etliche Verwünschungen und Arbeitsunfälle später versuchte Pia, den selbst gemachten Marzipanüberzug auf die windschiefen, schon mehrfach gerissenen Böden mit der langsam zur Seite rutschenden Sahne-Walnuss-Füllung zu bugsieren. Der Spritzbeutel, mit dem sie die alles krönenden Sahnetupfer anfertigen wollte, ließ die Sahne oben über ihre Hand anstatt formvollendet unten herausquellen.

Nach einer Viertelstunde gab Pia auf. Es war ihr nicht möglich, eine Marzipantorte herzustellen, die optisch den Erfordernissen einer Geburtstagstorte entsprach. Und dabei hatte es im Rezept so einfach geklungen. Sie betrachtete ihr missglücktes Werk, probierte ein Stückchen, da es eh schon nicht mehr auf die Optik ankam … und das Zeug war, vom äußeren Erscheinungsbild einmal abgesehen, höchst lecker! Pia teilte ihr Werkstück in Portionen, die sie in große Gläser füllte. Jedes dekorierte sie mit einer Geburtstagskerze und stellte sie allesamt in den Kühlschrank. »Marzipan-Tiramisu«, murmelte sie.

Am nächsten Morgen fiel Prasselregen von einem wolkenverhangenen Himmel und vernichtete die letzten Schneereste. Der Wind peitschte die Zweige des Holunderbusches gegen die Fenster des Ferienhauses. Pia hatte die Gläser mit dem Marzipan-Tiramisu mit auf den dekorierten Geburtstagstisch gestellt, die Kerzen brannten. Daneben stand eine Flasche mit Lars' Lieblingswhisky; außerdem lagen da ein selbst gemalter Bilderzyklus in acht Bögen von Felix und das Paar Scheinwerfergitter, die er sich für seinen Landrover gewünscht hatte, sowie ein blaues Hemd von seinem Lieblingsdesigner, dessen Farbton toll zu Lars' Augen passte, wie Pia fand.

»Das romantischste Geschenk, das ich je gemacht habe«, sagte Pia, als Lars nach angemessener Würdigung von Felix' Kunstwerken und einem kurzen Blick auf das Hemd die Schutzgitter für den Landrover von allen Seiten betrachtete. Dabei stahl sich ein glückliches Grinsen auf sein Gesicht.

»Männer wollen am liebsten etwas zum Spielen.«

»Du kannst mit Scheinwerfer-Schutzgittern spielen?«

»Na klar. Wenn sie am Auto befestigt sind, kann ich mit dem Landy in die Sandkiste fahren und jede Menge Blödsinn anstellen.«

»Ich komm mit!«, rief Felix, der auf dem Fußboden saß und seinen Malblock bearbeitete.

»Was die Torte angeht, also ... das da: Ich habe es extra für dich gebacken. Das mit der Form tut mir leid, aber das Marzipan-Tiramisu schmeckt köstlich«, sagte Pia. »Wir sollten es wieder in den Kühlschrank stellen, für nachher.«

»Das sieht doch wunderbar aus, Pia. Beinahe wie eine Marzipantorte.« Er grinste. »Wer sagt überhaupt, dass die äußere Form wichtig ist? Jörn und Ilka kommen später vielleicht noch vorbei. Dann haben wir auch etwas zum Kaffee da.«

»Oder wir kaufen noch Kuchen ein«, sagte Pia zerknirscht. »Wann kommen sie denn?«

»Keine Ahnung. Wir sind hier auf dem Land. Dass sie vorbeischauen, ist nur so eine Vermutung.«

Solange es regnete, verbrachten Pia, Lars und Felix die Zeit im Haus, spielten »Mensch ärgere Dich nicht« vor dem Kamin, das sie in der Spielesammlung im Schrank gefunden hatten und für das Felix sofort eine an Besessenheit grenzende Begeisterung entwickelte. Als die Wolkendecke aufriss und Sonnenstrahlen die nassen Oberflächen und die Pfützen zum Glitzern brachten, zogen sie sich wetterfest an und gingen noch einmal zum Meer hinunter.

»Ich konnte Felix' Handschuhe nicht finden, hast du sie gesehen?«, fragte Pia, als sie durch die Dünen gingen.

»Die braucht er bei dem Wetter doch nicht unbedingt. Sie werden eh sofort nass, wenn er spielt.«

»Ich glaube, dass er sie gestern im Gemeindehaus hat liegen lassen. Ich werde nach dem Spaziergang noch kurz dort vorbeifahren und schauen, ob ich sie finde.«

Lars sah sie von der Seite an. »Wenn du meinst, dass sie dort liegen geblieben sind.«

»Möglich ist es. Und ich kann uns im Anschluss noch etwas zum Mittagessen mitbringen.«

»Da sage ich nicht Nein. Aber das mit den Handschuhen ...«

»Ich weiß, das war nicht so überzeugend«, räumte Pia ein. »Doch es ist ein guter Vorwand, mit dem Chorleiter zu sprechen.«

Im Gemeindehaus auf der kleinen Bühne und an der Garderobe befanden sich Felix' Handschuhe nicht. Der Kantor der Gemeinde, Rudolf Schütz, der Pia bereitwillig aufgeschlossen hatte, ließ sie noch einen Blick in den Korb mit den Fundsachen werfen. Pia vermutete die Handschuhe jedoch bereits bei den Behnings oder im Landrover. Während sie nachschaute, verwickelte sie Rudolf Schütz in ein Gespräch, sodass er sie noch auf einen Kaffee in sein Haus bat.

Familie Schütz wohnte nicht weit von der Kirche entfernt in einem weißen Einfamilienhaus mit schwarzem Satteldach, braunen Holzfenstern und einem Gittertor mit einem Segelschiffmotiv darauf. Das Haus hatte einen besonderen Eigengeruch nach einem süßlichen Reinigungsmittel und Kohl, was Pia an ihren fälschlich eingekauften Weißkohl erinnerte.

Sie setzten sich in die Küche, wo Rudolf Schütz sofort Kaffee aufsetzte. Pia erkannte einen Koffeinsüchtigen wie sich selbst, wenn sie einen vor sich hatte, und störte Rudolf nicht bei seinen Verrichtungen, sondern sah sich um. Auf der Fensterbank standen Töpfchen mit verschiedenen Kräutern, von denen Pia nur Basilikum sicher identifizieren konnte. Die Kräuter sahen aus, als fühlten sie sich an ihrem Standort wohl, während Pia ihr Basilikum spätestens alle zwei Wochen durch neues ersetzen musste. Front und Seite der Kühl-Gefrier-Kombination wurden als Magnetwand genutzt, an der allerlei Notizzettel und Werbeflyer hingen. Auf Fotos in einem Rahmen über dem Tisch waren Familienbilder zu sehen.

Sie zeigten vornehmlich die Tochter Carola, auch ein paar wenige Schnappschüsse von Wiebke und Rudolf Schütz waren darunter. Wiebke Schütz hatte ebenfalls rotbraunes Haar. Vielleicht war es gefärbt?

»Bilder aus vergangenen glücklicheren Zeiten«, sagte Rudolf Schütz, der offensichtlich Pias Blick gefolgt war.

»Wieso vergangene Zeiten?«

»Nun, da Sie die Behnings ja wohl recht gut kennen und außerdem bei der Polizei sind, dürfte es kein Geheimnis mehr für Sie sein, dass unsere Tochter Carola ein paar Probleme hat.«

»Ich habe tatsächlich davon gehört. Depressionen sind eine schlimme Krankheit. Es tut mir leid.«

»Krankheit, Krankheit! Das klingt, als käme es so aus heiterem Himmel, als könnte niemand etwas dafür?«

»Wer kann denn Ihrer Meinung nach etwas dafür.«

»Deshalb sind Sie doch bestimmt hier, oder?«

»Ich ermittle nicht im Mordfall Hollmann.« Pia nahm eine Tasse Kaffee entgegen. Nicht offiziell, versicherte sie sich selbst. Nur inoffiziell. Also beinahe gar nicht. »Mein Freund ist ein alter Schulfreund von Jörn Behning. Das stimmt. Und ich kenne einen der ermittelnden Kriminalkommissare von früher.«

»Ist ja auch egal. Wir haben nichts zu verbergen«, sagte Rudolf Schütz und schaufelte sich drei Löffel Zucker in den Kaffee. »Wir sind nicht traurig, dass Michael Hollmann tot ist. Auch das ist kein Geheimnis. Ich denke, er hat letztlich das bekommen, was er verdient hat.«

»Das ist ein hartes Urteil. Was hat er denn getan, dass er es Ihrer Meinung nach verdient hatte, erschlagen zu werden?«

»Es ist schon ein paar Jahre her. Meine Tochter Carola und Michael Hollmann wollten heiraten. Sie hat das jedenfalls geglaubt. Und wir ebenso. Alle haben das geglaubt. Sie war schwanger von ihm und dachte, dass er sie und das gemeinsame Kind so liebt wie sie ihn und dass alles gut werden würde.«

Pia nickte.

»Wir waren besorgt, weil Michael als junger Mann recht wild und manchmal auch unbedacht war. Er hat viel Blödsinn angestellt. Sein Vater musste ihn auch zweimal bei ihrer Bank freikaufen, weil er seinen Dispo hoffnungslos überzogen hatte. Einmal hieß es, er habe einen Scheck gefälscht, dann, er habe jemanden erpresst. Aber es wurde immer irgendwie so geregelt, dass ihm nichts geschah. Ich nehme an, dass Karl Hollmann für die Missetaten seines Sohnes finanziell geradestand. Als Michael zum Bund kam und dort auch eine Ausbildung machen wollte, schien es besser zu werden. Sein Leben bekam mehr Struktur. Das war es, was ihm gefehlt hatte: Grenzen und feste Regeln. Und wohl auch die Liebe einer Mutter. Seine eigene Mutter ist gestorben, als er fünf Jahre alt war. Und Hedda, nun, die gute Hedda hat wohl getan, was sie konnte, aber als sie auf den Hollmann'schen Hof kam, war Michael schon vierzehn, und sie hatte ja auch noch ihren eigenen Sohn, Tobias.«

»Sie haben gehofft, dass die Liebe Ihrer Tochter und das gemeinsame Kind aus Michael Hollmann, von dessen Charakter Sie eigentlich nicht viel hielten, einen guten Ehemann und Vater machen würden?«

»Ja. Und wir hatten da auch nicht wirklich eine andere Wahl, oder? Eine Zeit lang sah es tatsächlich so aus, als ginge alles gut.«

»Was passierte dann?«, fragte Pia.

»Michael war zu der Zeit noch bei der Bundeswehr. Er hatte sich für vier Jahre verpflichtet. Carola und er wollten heiraten, wenn er im nächsten Jahr fertig würde. Sie wurde ungeplant schwanger und erzählte es ihm. Alles schien zu passen. Doch dann kam er an seinem nächsten freien Wochenende nicht nach Hause, sondern blieb in der Kaserne, angeblich auf Befehl seines Vorgesetzten. Michael war zu der Zeit in List stationiert. Das darauffolgende freie Wochenende war es das Gleiche. Ich vermute, er trieb sich da schon sonst wo herum. Die sogenannte ›Insel der Reichen und Schönen‹ war ja haargenau die richtige Umgebung dafür. Ich hätte es wissen müssen! Wahrscheinlich hatte er irgendeine reiche Frau kennengelernt, die ihm bereitwillig seine Extrawürste finanziert hat. Carola hat die ganze Zeit über versucht, Michael zu erreichen, doch er meldete sich nicht mehr bei ihr. Am folgenden Wochenende war er dann nur kurz hier, um die ›Verlobung‹ zu lösen und Carola zu sagen, dass es aus sei. Er habe andere

Pläne.« Rudolf Schütz schnaubte verächtlich und fuhr sich mit der Hand durchs Haar. »Michael kam hierher, in dieses Haus, und er hat keine fünf Minuten gebraucht, um mit ihr Schluss zu machen und das Leben unserer Tochter zu zerstören. Dann ist er davongebraust. Ich habe ihn bis vor Kurzem, als er wieder in Hochfeld auftauchte, nicht wiedergesehen. Carola konnte es gar nicht richtig fassen, dieses plötzliche Ende. Sie war vollkommen durch den Wind und hat drei Wochen später auch noch das Kind verloren. Eine Fehlgeburt mit Komplikationen. Sie wird deswegen niemals eigene Kinder haben können. Und sie hat sich auch nie wieder von alldem erholt. Und das alles wegen dieses ... Kretins, der jetzt genau das bekommen hat, was er verdient hat. Schade, dass ich es nicht selbst getan habe. Wirklich schade!«

6. Kapitel

Lars sollte mit seiner Vermutung recht behalten. Gegen drei Uhr am Nachmittag klopfte es an der Tür ihrer Ferienwohnung, und Ilka, Lina und Jörn Behning, gefolgt von Fiona, betraten, mit einer Flasche Sekt, selbst gebackenen Keksen und einem Geschenk beladen, das Haus.

Beim gemeinsamen Kaffeetrinken kam Pias Marzipan-Kreation so gut an, dass Ilka sie nach dem Rezept fragte. Pia berichtete ungeschönt von ihrer Panne. Als Jörn und Ilka sich mit Lars unterhielten, nutzte sie die Zeit, um noch einmal mit Fiona zu reden.

»Hat Michael Hollmann Ihnen gegenüber mal erwähnt, weshalb die Schütz' ihn nicht leiden können?«, fragte sie sie, noch ganz unter dem Eindruck der Schilderung des Chorleiters.

»Ich glaube, hier im Ort mochte ihn niemand besonders, bis auf seine eigene Familie vielleicht. Aber nicht einmal bei denen bin ich mir sicher.«

»Wissen Sie, warum? Ich meine, Sie wollten sich im Dunkeln an einer einsamen Stelle allein mit ihm treffen. Mich an Ihrer Stelle hätte es da interessiert, warum jemand in seinem Heimatort so wenig beliebt ist.«

»Ilka hat mir von der Sache mit Carola Schütz erzählt«, räumte Fiona ein. »Dass er sie verlassen hat, als sie von ihm schwanger war und so. Aber so etwas passiert doch millionenfach. Die Menschen irren sich bei ihrer Partnerwahl. Die Menschen bekommen es vor einer Eheschließung mit der Angst zu tun. Sie erkennen, dass sie doch nicht so gut zueinanderpassen. Deshalb bläst man doch nicht jahrelang Trübsal.«

»Die Menschen reagieren wohl sehr unterschiedlich auf Schicksalsschläge. Wissen Sie, wer alles von Ihrem Treffen mit Michael Hollmann wusste?«

»Das habe ich mich auch schon gefragt. Doch es wusste keiner.«

»Wirklich? Wie und wo haben Sie sich überhaupt zu diesem Treffen verabredet?«

»Im *Fliegenden Holländer*, gleich an dem Abend, an dem wir uns kennengelernt haben.«

»Könnte Ihnen dort jemand zugehört haben?«

Sie rollte mit den Augen. »Meinen Sie, wir wurden dabei belauscht?«

»Ein bisschen melodramatisch ausgedrückt, aber ja, vielleicht hat es jemand mitbekommen.«

»Der Laden war ganz schön voll. Ich kenne hier noch nicht so viele Leute. Ich weiß nur, dass der Wirt immer mal wieder ein paar Worte mit Michael gewechselt hat. Wir saßen nämlich am Tresen. Wenn man hier jemanden kennenlernen will, muss man sich an die Theke setzen.«

Der Wirt war eine Möglichkeit. Pia kannte ihn nicht, aber sie stellte sich vor, wie er es einem anderen Gast weitererzählt haben könnte: »Ist das zu glauben? Kaum ist der Michael wieder hier, gräbt er die nächste Frau an. Ich habe zufällig mit angehört, wie er sich für Freitag nach der Chorprobe mit der Praktikantin der Behnings hinter deren Scheune verabredet hat...« So konnte es gewesen sein. Und damit konnte es quasi jeder im Ort gewusst haben.

»Sie erinnern sich bestimmt an die Chorprobe vor dem geplanten Treffen?«

»Natürlich. Es war aber alles wie immer.«

»Haben Sie da jemandem von Ihrem anstehenden Rendezvous erzählt?«

»Nein. Es waren ja Vater und Tochter Schütz dabei. So blöd bin ich ja nun auch nicht.«

»Gab es eine Pause?«

»Ja. Wir machen immer eine Pause zwischendrin.«

»Erinnern Sie sich, wer in dieser Zeit mal draußen gewesen ist?« Die Frage war schwierig, denn sie implizierte, dass Fionas Fahrrad sabotiert worden sein könnte.

»Sie meinen, um an meinem Rad herumzuschrauben?«, fragte sie auch sofort mit unterdrückter Stimme.

»Fällt Ihnen jemand ein?«

»Wir liefen alle herum. Ich war auf der Toilette. Einige haben vor der Tür geraucht. Ich glaube, jeder könnte draußen bei den Fahrrädern gewesen sein.«

»Fällt Ihnen noch irgendwas zu der Chorprobe ein?«, fragte Pia hoffnungsvoll.

»Nein. Es war alles wie immer.«

Pia hörte die anderen lachen und schämte sich ein wenig, dass sie Fiona in ein so ernstes Gespräch verwickelt hatte.

»Babybier?«, fragte Lars gerade. »Was zum Teufel ist Babybier?«

»Wenn eine Frau ein Kind bekommt, treffen sich die Freunde und Nachbarn abends beim Vater des Kindes und trinken Bier«, sagte Jörn. »Um auf das neue Baby anzustoßen. Das ist doch selbsterklärend.«

»Wir warten quasi stündlich auf die erlösende Nachricht, dass Paula endlich ihr Kind bekommen hat«, fügte Ilka Behning hinzu. »Nur, damit wir dann abends zu Hendrik fahren und Bier trinken können.«

Am Abend wartete Pia mit der Überraschung auf, einen Tisch für drei Personen im *Restaurant Kasselstein* für sie reserviert zu haben. Das Lokal lag auf einem Hügel am Fuße des gleichnamigen Aussichtsturms, und Pia hatte schon viel Gutes über die Küche und die Atmosphäre dort gehört. Hoffentlich konnten sie sich da mit einem kleinen Kind hineintrauen. Doch für gewöhnlich war Felix zufrieden und sehr friedlich, wenn er dabei sein durfte und es etwas Gutes zu essen gab.

Bevor sie in das Lokal gingen, stiegen sie zunächst auf den achteckigen Aussichtsturm, der mit seiner neugotischen Fassade wie ein Märchenturm vor dem düsteren Wald vor ihnen aufragte. Felix gefielen besonders die Drehtür am Eingang, die sie mit einem Geldstück füttern mussten, um hindurchzukommen, und die farbigen bleiverglasten Fenster, an denen sie beim Erklimmen der Wendeltreppe vorbeikamen. Von oben hatten sie einen weiten Blick über die Baumwipfel hinweg auf die winterliche Ostseelandschaft. Während sie auf der Aussichtsplattform standen, riss die Wolkendecke auf, und der Mond kam voll und rund zum Vorschein und tauchte alles in ein bläuliches Licht.

»Bei gutem Wetter kann man die Kieler Werft und sogar die dänischen Inseln sehen«, sagte Pia und rieb sich die Arme. »Wir sollten bei Tageslicht und klarer Sicht noch einmal wiederkommen.«

»Ja, aber der Termin heute war schon ganz gut gewählt«, sagte Lars. »Auf einem Schild beim Restaurant steht, dass sie ab morgen Winterferien machen.«

Während des vorzüglichen Essens schaffte Pia es, die Gedanken an den Mordfall in die letzte Ecke ihres Gehirns zu verbannen. Sie hatte vor ihrer Abfahrt kurz mit Olaf Maiwald telefoniert und ihm alles gesagt, was sie diesbezüglich noch in Erfahrung gebracht hatte. Er würde die Mitglieder des Chores unter die Lupe nehmen und die Schütz' nach ihrem Verhältnis zu Michael Hollmann befragen. Auch der Wirt des *Fliegenden Holländers* musste noch verhört werden. Gut möglich, dass er sagen konnte, wer noch von der Verabredung von Michael Hollmann und Fiona Rogge Kenntnis gehabt hatte. Vieles deutete darauf hin, dass Michael Hollmanns Mörder genau gewusst hatte, wo und mit wem Hollmann verabredet gewesen war. Er könnte sich dieses Wissen zunutze gemacht haben, indem er Fiona durch die Sabotage ihres Fahrrads daran gehindert hatte, rechtzeitig am Treffpunkt zu erscheinen. Dann war er oder sie an Fionas Stelle dorthin gefahren. Und sei es vom Täter geplant oder ungeplant gewesen – Michael Hollmann hatte dieses Zusammentreffen mit dem Tod bezahlt.

»Langsam wird es interessant«, sagte Olaf Maiwald, der mit seinem Kollegen Stephan Rosner vor dessen Computer im Dezernat in Kiel saß. Sie sichteten die Dateien auf dem Laptop des Opfers, und nach mehreren Stunden Arbeit wurden sie endlich mit einigen von Hollmann kopierten und gespeicherten Zeitungsartikeln belohnt, die sie weiterbringen könnten.

»Die stammen ja teilweise noch aus den späten Siebzigern und frühen Achtzigern«, sagte Stephan. »Wieso hat ihn das interessiert? Das war vor seiner Geburt.«

»Wir vermuten, dass Michael Hollmann ein Erpresser war«, sagte Maiwald. »Es gibt typische, in kleinere Beträge aufgeteilte Bargeldeinzahlungen auf sein Konto, insgesamt vor zwei Jahren einmal fast zehntausend Euro, das andere Mal vor ein paar Monaten beinahe achttausend. Jetzt, ein paar Tage nach seiner Ankunft in Hochfeld, eintausendfünfhundert Euro. Sein Unternehmen in München ist in Konkurs gegangen. Von dort können die Einnahmen eher nicht stammen. Ansonsten gibt es für diese Geldeingänge nur wenige plausible Erklärungen.«

»Er könnte jeweils etwas verkauft haben? Autos, Uhren, Schmuck? Oder es hat ihm jemand etwas geschenkt? Oder er war in München ein hochbezahlter Callboy.« Stephan grinste.

»Ich vermute, das wüssten wir. Und wenn man seinem Vater Glauben schenken darf, besaß sein Sohn nichts von besonderem Wert. Was er an Geld in die Finger bekam, hat er immer recht schnell ausgegeben. Deswegen ist er ja auch enterbt worden.« Maiwald vergrößerte eine Porträtzeichnung aus einem Zeitungsbericht, die während eines Gerichtsprozesses angefertigt worden war.

»Kennst du die Angeklagte?«

Maiwald schüttelte den Kopf. »Nicht, dass ich wüsste. Aber die Zeichnung ist auch nicht sehr aussagekräftig.«

»Ist das alles, was auf Erpressung hindeutet, die Geldeingänge auf Hollmanns Konto und ein paar alte Zeitungsausschnitte?«, hakte sein Kollege nach.

»Nein. Er hat viel telefoniert, seit er wieder bei seinem Vater untergekommen ist. Mit Leuten aus der Umgebung, die wir noch gar nicht alle dazu befragen konnten. Außerdem haben wir auch Zeitungsausschnitte und Notizen bei seinen Unterlagen gefunden. Er hatte eine hübsche kleine Mappe mit vermeintlichen Verfehlungen seiner Mitmenschen angelegt. Er war da nicht wählerisch: Ehebruch, Betrug, Diebstahl. Anscheinend hat Michael Hollmann in dieser Richtung gewohnheitsmäßig recherchiert. Die Sammlung bezieht sich aber mehr auf seine Zeit in München. Dieser Artikel aus Kiel ist bei Weitem der interessanteste für uns.«

»Warum hat er ihn wohl nicht wie die anderen direkt ausgeschnitten und archiviert?«

»Er hat es erst nachträglich recherchiert, kurz nachdem er hier angekommen ist. Nach so vielen Jahren konnte er ja auch keine Zeitung mehr kaufen. Die Frage ist, wie und warum er nach der langen Zeit ausgerechnet auf diese Fälle gekommen ist. Zum Beispiel eine neunzehnjährige Mutter, die heimlich ein Kind bekommt, es nach der Geburt erstickt und in einem Koffer im Keller versteckt.« Er schüttelte den Kopf.

»Könnte das nicht sein Kind gewesen sein?«, überlegte Stephan.

Der Kollege war nicht so weit in die Ermittlungen involviert, insofern konnte er es nicht besser wissen. »Michael Hollmann war zweiunddreißig Jahre alt, als er starb. So lange, wie der Prozess zurückliegt, kann Hollmann definitiv nicht der Vater gewesen sein.«

»Okay. Er war noch nicht geboren. Da ist es zumindest höchst unwahrscheinlich.« Stephan grinste. »Glaubst du, er hat diese Frau erpresst?«

Maiwald zuckte mit den Schultern. »Ich werde ein paar Erkundigungen über die Täterin von damals einziehen. Sie war noch recht jung, als sie ihr Kind getötet hat. Sie wuchs in schwierigen familiären Verhältnissen auf, steht in dem Zeitungsbericht. Die Haftstrafe lautet zwar auf ›lebenslänglich‹. Trotzdem kann sich diese Frau nach ihrer Zeit im Gefängnis, vielleicht schon nach fünfzehn Jahren, mit einer guten Portion Glück und Geschick ein vollkommen neues Leben aufgebaut haben.«

»Und dann kam womöglich ausgerechnet Michael Hollmann daher«, sagte Stephan. »Ein Erpresser.«

Am Nachmittag des folgenden Tages hatte Felix noch eine Probe für das anstehende Krippenspiel. Lange bevor es losging, hüpfte er schon aufgeregt in der Ferienwohnung herum und »probte« stimmlich und überhaupt seinen großen Auftritt. Vormittags waren Pia und Lars mit ihm in Hochfeld spazieren gewesen, am »Kiek ut«, der Aussichtsplattform über der Klippe, und noch mal auf der Seebrücke, der »Flunder«. Pia hatte eigentlich erwartet, dass der lange Spaziergang ihren Sohn ermüden würde. Lars und sie waren jedenfalls müde, oder es war die allmählich einsetzende Entspannung, die sich bemerkbar machte. Lars wollte an diesem Nachmittag vor dem Kamin seinen Thriller zu Ende lesen, während Pia zwei Stunden im Gemeindehaus verbringen würde.

Wie das Mal zuvor war sie die einzige Mutter, die die Zeit dort absitzen musste. Die anderen Kinder waren größtenteils älter als Felix, was nicht weiter auffiel, da er für sein Alter recht hochgewachsen war, und die anderen kannten den Ort und die Gruppe wohl auch schon länger als er. Dieses Mal hatte Pia sich jedoch vorsorglich etwas zu lesen mitgebracht. Zum Glück, denn es standen weder Maria Gelting noch andere Erwachsene zur Unterhaltung zur Verfügung.

Pia machte es sich auf ihrem Stuhl so gemütlich wie möglich und vertiefte sich in ihren Roman. Sie warf nur hin und wieder einen Blick auf die Bühne. Gerade sang Lina als Maria mit einem blauen Tuch über Kopf und Schultern allein ein Weihnachtslied. Sie sang so schön, dass Pia eine Gänsehaut bekam. Die anderen Kinder hockten auf Bänken oder auf dem Boden am Rand der Bühne, einige schienen sich auch zu langweilen und stromerten im Gemeindehaus umher, während Felix seiner neuen Freundin mit offen stehendem Mund lauschte.

Ein heller Schrei gellte durch den Raum. Pia fuhr von ihrem Sitz auf. Die Kinder auf der Bühne sahen sich teils ratlos, teils ängstlich um, einige liefen zu Bella, der Betreuerin in Sichtweite. Lina sang noch ein paar Takte weiter und verstummte dann.

»Woher kam das?«, fragte Pia die junge Frau.

Bella zuckte hilflos mit den Schultern, deutete dann in Richtung einer Tür neben der Bühne. Pia lief hin und trat in einen dämmrigen Korridor. Es gingen zwei weitere Türen davon ab. Wenn sie ihren Ohren trauen konnte, war der Schrei von rechts gekommen.

»Hallo? Wer hat da gerufen?« Pia lauschte. Sie hörte ein leises Wimmern und riss die rechte Tür auf, die in eine Art Lager- oder Materialraum führte. In den Schwerlastregalen türmten sich alte Haushaltsgegenstände, die vielleicht für eine Heimatkundeausstellung oder die Ausstattung eines altertümlichen Theaterstücks hier gesammelt wurden. Anders konnte Pia sich Waschbretter, Kohle-Bügeleisen, eine alte Krämerwaage und die Kupferpfannen und anderen Antiquitäten nicht erklären. Im hinteren Bereich des Raumes lag ein Haufen alter Kleidungsstücke und Stoffe; Mäntel und Kleider in einem besseren Zustand hingen an einem Garderobenständer daneben. Das war wohl der Kostümfundus des Gemeindehauses für die Aufführungen. Auf dem Kleiderberg saßen zwei Mädchen und blickten Pia ein wenig ängstlich, aber auch schuldbewusst an.

»Hat eine von euch eben einen Schrei ausgestoßen? Kann ich euch helfen?«

»Nöö. Wir spielen.«

»Es kam doch von hier. Wer von euch hat geschrien?«

»Celine hat sich nur erschreckt.«

»Wovor denn?«

Die Mädchen sahen sie unbehaglich an.

»Zeig doch mal, was du da hinter deinem Rücken versteckst«, forderte Pia die Ältere der beiden freundlich auf.

Sie rührten sich nicht.

Pia schlug einen etwas strengeren Ton an. »Dürft ihr hier drinnen überhaupt spielen?«

Das ältere Mädchen – es mochte acht oder neun Jahre alt sein – nickte. Doch ihre Freundin schüttelte den Kopf.

»Kommt lieber schnell wieder hier raus.«

»Zeig es der Frau, Celine!«, sagte die Kleinere, als sie sich erhob.

Ihre Freundin stand ebenfalls auf. In der rechten Hand hielt sie den Zipfel eines Stoffstücks. Zögernd streckte sie Pia den Stoff entgegen. Bei genauerem Hinsehen stellte der sich als ein heller Mantel, eine Art Trenchcoat, heraus, gut zu gebrauchen für ein altmodisches Kriminalstück. Auf der Vorderseite des Mantels befanden sich unregelmäßige tropfenförmige dunkle Flecken. In dem schwachen Licht war es schlecht zu sehen, doch Pia meinte, Blut zu erkennen, wenn sie welches sah.

7. Kapitel

»Ich hab etwas für euch«, sagte Pia am Telefon zu ihrem Kollegen Maiwald. »Ich weiß zwar nicht, ob es das ist, was ich denke, aber ansehen solltet ihr es euch auf jeden Fall.«

Sie hatte die Mädchen aus dem Raum bugsiert und Bella gebeten, sich um sie zu kümmern und auch dem Chorleiter Bescheid zu sagen. Jetzt stand sie vor der Tür des Lagerraums und telefonierte.

»Es ist ein heller Mantel mit Blutflecken darauf. Tropfenförmig, wie verspritztes Blut.«

»Bist du dir sicher, dass es Blut ist?«

»Wie Kaffeeflecken sehen die Spritzer nicht gerade aus.«

»Wie kommt der Mantel in das Gemeindehaus?«

»Er lag im Theaterfundus. Wenn er dem Täter gehört, wollte er ihn vielleicht kurzfristig dort loswerden. Aber das glaube ich nicht. Oder er hat ihn sich ›ausgeliehen‹, um die eigene Kleidung zu schützen. Was für Fasern habt ihr an der Leiche gefunden?«

»Die könnten passen: Baumwolle in Schlammgrau, imprägnierte Fasern. Wo ist der Mantel jetzt?«

»Er liegt noch dort, wo die Mädchen ihn entdeckt haben. Ich habe ihn nicht angefasst. Und ich habe den Raum erst einmal absperren lassen, weil ich auch noch andere interessante Gegenstände darin gesehen habe. Oder wisst ihr schon, um was für einen Gegenstand genau es sich bei der Mordwaffe handelt?«

»Nein. Schwer, scharfkantig, etwas Konisches, wahrscheinlich aus Metall, das in einem Baumwollsack oder Beutel geschwungen wurde. Ungebleichte Baumwolle, wie man sie für diese einfachen Einkaufsbeutel verwendet.«

»Hübsch profan«, sagte Pia. »Dann habe ich eine Idee zu dem konischen Metallgegenstand.«

»Mach es nicht so spannend!«

»In dem Lagerraum steht eine alte Krämerwaage oder Balkenwaage mit einer Batterie an Metallgewichten. Man hat die freie Auswahl. Die sind sicher bis zu zwei Kilogramm schwer.«

»Okay. Wir kommen hin«, sagte Olaf.

Pia krauste die Stirn. »Etwas mehr Enthusiasmus habe ich schon verdient. Immerhin habe ich meinen Sohn für ein paar Erkundigungen nichts ahnend in ein Haus gebracht, das sich gerade zum Dreh- und Angelpunkt eurer Mordermittlung entwickelt.«

»Dieses Gemeindehaus wird tatsächlich immer interessanter für uns«, stimmte der Kollege ihr zu. »Wir haben Fiona Rogges Fahrrad untersuchen lassen. Jemand hat die Muttern am Hinterrad gelockert, sodass das Rad bei stärkerem Bremsen oder einer größeren Erschütterung aus der Halterung rutschen musste.«

»Kann es nicht einfach Materialermüdung gewesen sein?«

»Unsere Techniker sagen Nein. Die Muttern waren einwandfrei, und da das Fahrrad die Hinfahrt zum Gemeindehaus unbeschadet überstanden hat, wurden die Muttern höchstwahrscheinlich gelockert, während Fiona bei der Chorprobe war. Das Fahrrad ist jedenfalls nicht zufällig kaputt gegangen. Derjenige, der das getan hat, wollte, dass das Hinterrad beim nächsten Fahren nach wenigen Hundert Metern abfällt.«

»Was sagen unsere Leute? Dazu brauchte es wohl kaum besondere Kenntnisse oder Fähigkeiten, oder?«

»Also, ein durchschnittlich begabter Schrauber oder Bastler, der kann das.«

»Also wahrscheinlich alle hier«, sagte Pia.

Es war auch mal ganz angenehm, bei dem ungemütlichen Wetter mit dem Auto zu fahren. Fionas Fahrrad war immer noch kaputt und zudem in Kiel bei der Kriminalpolizei. Normalerweise nahm Fiona für kleine Touren in den Ort stets das Rad, doch sie durfte Ilkas Wagen benutzen, wenn die ihn nicht selbst brauchte.

Das Autothermometer zeigte vier Grad an, und die Temperaturen sanken weiter. Für den Abend hatte der Wetterbericht eines lokalen Radiosenders schon wieder Schneefall oder Schneeregen angekündigt. Sie würde nachher zu Hause bleiben, es sich in ihrem Zimmer vor dem Fernseher gemütlich machen und ihre Lieblingsserie schauen.

Fiona bremste vorsichtig ab, als sie in den Ort einfuhr. Die Straße glänzte im Licht der Straßenlaternen, doch es war noch nicht glatt. Sie bog trotzdem nur langsam auf den Parkplatz vor der kleinen Ladenzeile ein. Die Läden schlossen außerhalb der Saison um achtzehn Uhr, also musste sie sich beeilen. Als sie mit ihrem Stoff-Einkaufsbeutel mit Zahnpasta, Shampoo, Olivenseife und einer Tafel Mandelschokolade wieder auf den Bürgersteig trat, parkte ein weißer Kombi viel zu dicht neben Ilkas Polo. Sie würde sich zwischen den Fahrzeugen hindurchzwängen müssen, um zu ihrer Fahrertür zu gelangen, und sich dabei Hose und Jacke an dem schlammverschmierten Wagen eindrecken. Ein Mann in blauer Arbeitslatzhose steuerte auf die Autos zu. Er trug zwei in Aluminiumfolie gewickelte Croques in der Hand. Es war Tobias Hollmann, ausgerechnet der.

»Oh, hi«, sagte Fiona. »Tut mir so leid wegen deines Bruders, Tobias.«

»Danke! Mir auch. Es ist ganz schrecklich. Kommst du auch zu Michaels Beerdigung am nächsten Samstag?«

Sie schauderte. »Ja, klar«, antwortete sie und fragte sich, wie sie das durchstehen sollte, ohne dass man ihr ihre Gefühle für Michael an der Nasenspitze ansah. Tobias machte einen recht gefassten Eindruck. Die beiden Brüder – Stiefbrüder – hatten sich ja auch nicht so besonders gemocht. Vielleicht war Tobias insgeheim sogar froh, die Konkurrenz um die Liebe des Vaters und vielleicht auch das elterliche Erbe wieder los zu sein. »Ich muss weiter, Tobias. Macht es dir etwas aus ...?« Fiona deutete auf den geringen Abstand zwischen ihren Wagen.

»Oh, äh ... Entschuldige bitte. Bin gleich weg.«

Ist auch besser so, dachte sie und trat von einem Fuß auf den anderen.

»Oder magst du nicht zur Trauerfeier kommen? Mein Bruder war ja nicht gerade beliebt. Ich hab gehört, dass er dich neulich Abend belästigt hat.«

»Wie bitte?«

»Im *Fliegenden Holländer* soll er dir ein Ohr abgekaut haben.« Er balancierte seinen Einkauf in einer Hand und zog mit der anderen den Wagenschlüssel aus der Hosentasche. Tobias ließ die Schlüssel klimpern. »Tut mir echt leid, wenn er dich dumm angemacht hat.«

»Hat er nicht«, entgegnete Fiona. »Wenn du jetzt freundlicherweise wegfährst, kann ich vielleicht auch in mein Auto steigen, bevor mir die Füße abfrieren.« Sie erinnerte sich nun wieder daran, dass ein junger Mann mit Schnauzer in der Kneipe eine Zeit lang neben Michael und ihr am Tresen gestanden und sie mit dummen Sprüchen genervt hatte. Er sei ein aufdringlicher Schnacker, hatte Michael ihr zugeraunt, und außerdem ein Freund seines Bruders. Sie solle ihn gar nicht beachten.

Tobias lächelte. »Dann ist ja alles gut. Man sieht sich.« Er öffnete die Fahrertür des Kombis, stieg ein und startete den Motor. Dann setzte er schwungvoll zurück und fuhr davon.

Zum Glück gibt es Landwirte, stand auf einem grünen Aufkleber an seinem Heck. Fiona sah Tobias stirnrunzelnd nach.

Während sie mit Felix zum Ferienhaus zurückfuhr, fragte Pia sich, ob der Mantel tatsächlich mit dem Mord in Zusammenhang stand. Die Kinder hatten zum Glück kaum etwas von der Aufregung mitbekommen. Trotzdem war Felix nach der anstrengenden Probe müde. Pia hatte versucht, ihren Sohn durch ein Gespräch wach zu halten, doch kurz nachdem sie Hochfeld hinter sich gelassen hatten, war er in seinem Kindersitz eingeschlafen. So erlaubte Pia sich, gedanklich noch einmal abzuschweifen.

Wenn das Blut auf dem Mantel mit dem des Opfers übereinstimmte, wies das Kleidungsstück direkt auf die Leute, die im Gemeindehaus ein und aus gingen. Das waren zwar ganz schön viele, aber nur wenige hatten dort immer Zugang. Wer zum Beispiel hatte einen Schlüssel? Der Pastor, seine Haushälterin Maria Gelting, Bella vielleicht, der Chorleiter Rudolf Schütz sicherlich und seine Tochter Carola ... Die hatte auch noch ein Motiv. Doch den gesamten Ablauf der Tat – die Fahrradsabotage, den überraschenden und gewalttätigen Angriff auf das Opfer – traute Pia einer depressiven Frau eigentlich nicht zu. Und auch der Vater Schütz, der nach ihrem Gespräch recht weit oben auf der Liste der möglichen Verdächtigen rangiert hatte, würde doch nicht Rache am Exfreund seiner Tochter üben und dabei einen Mantel aus dem Fundus des Gemeindehauses verwenden? Oder gerade doch?

Das reetgedeckte Ferienhaus, dessen untere Fenster beleuchtet waren, sah in der Dunkelheit gemütlich und gut geschützt aus. Pia parkte den Landrover und stellte die Scheinwerfer an dem kleinen Hebel aus. Sie blieb noch einen Augenblick sitzen und genoss den Anblick und die Vorfreude auf einen schönen Abend. Der gemeinsame Urlaub verlief besser, als sie es sich erhofft hatte. Das mit dem Leichenfund war allerdings ein großes Pech. Pia hoffte, dass sie ihre Schuldigkeit Olaf gegenüber nun weitestgehend getan hatte. Die Kieler Kripo konnte sich jetzt um die Untersuchung des blutbefleckten Mantels und die erneute Vernehmung der Chormitglieder kümmern. Sie wollte an diesem Abend nur noch abschalten und dann ihre letzten Urlaubstage mit Felix und Lars genießen.

Pia stieg aus, hob ihren Sohn aus dem Sitz und ging mit ihm zum Haus hinüber. Er war so schwer geworden, beinahe über Nacht, dass sie ihn kaum noch tragen konnte. Als sie an die Tür klopfte, weil sie zum Aufschließen keine Hand frei hatte, wurde er auch schon wieder wach.

»Gut, dass ihr da seid!«, begrüßte Lars sie. Er sah über Pias Schulter hinweg hinaus, wo sich die kahlen Zweige der Linden im Dezemberwind bogen. »Das Wetter wird immer scheußlicher. Sie haben schon wieder Schneefälle, glatte Straßen und Schneeverwehungen vorausgesagt.«

»Umso schöner ist es hier drinnen.« Pia war nach dem langen Nachmittag im Gemeindehaus und dem seltsamen Fund dort müde und durchgefroren. »Brennt schon ein Feuer im Kamin?«

»Klar, ich werde aber nach dem Abendbrot noch einmal nachlegen müssen.« Er nahm ihr Felix ab, der ihm sofort erzählte, was er bei der Probe alles erlebt hatte. »Übrigens war Fiona eben hier«, sagte Lars zu Pia, als der Redefluss ihres Sohnes für einen Moment zum Erliegen kam.

»Was wollte sie denn?«

»Sie wollte auf jeden Fall zu dir. Dir irgendetwas mitteilen, soweit ich es verstanden habe. Als ich ihr sagte, dass du erst später mit Felix wiederkommst, ist sie gleich weitergefahren.«

»Meine Kieler Kollegen sind jetzt wahrscheinlich im Gemeindehaus. Am besten wäre es, Fiona würde hinfahren und denen alles erzählen, was ihr so durch den Kopf geht. Zumindest wenn es mit dem Mordfall in Zusammenhang steht«, ergänzte Pia lächelnd, um Lars nicht gleich merken zu lassen, dass die Nachricht sie beunruhigte.

»Das schien mir schon der Fall zu sein«, sagte Lars. »Warum sind deine Kieler Kollegen denn heute Abend noch mal hier?«

»Ich habe vorhin im Gemeindehaus etwas gefunden.« Sie blickte zu Felix, und Lars verstand. Alles Weitere würde sie ihm erzählen, wenn ihr Sohn nicht zugegen war.

»Wie war denn die Probe, Felix?«, fragte Lars.

»Ich bin ein Engel«, sagte Felix. »Lars, der Engel kann sprechen. Und die Hirten haben das Baby *gefunden*. In einem Stall. Da war es ganz schmutzig!«

»Du meinst das Jesuskind und den Stall von Bethlehem.«

»Ja, und ich bin ein Engel«, sagte er zufrieden. »Aber der Stall ist schmutzig!«

Vor und während des Abendbrots versuchte Pia mehrmals, Fiona telefonisch zu erreichen. »Wo kann sie bloß stecken?«, fragte sie halblaut, als Felix den Raum verließ, um weiter seine Rolle zu proben. »Und warum geht sie nicht an ihr Telefon?«

»Hast du es schon bei Jörn und Ilka auf dem Festnetz versucht?« Er nannte ihr die Nummer, doch auch dort meldete sich niemand.

»Ich glaube, die beiden sind heute Abend beim Babybier«, erinnerte sich Lars. »Sie haben Lina auch mitgenommen, weil sie dort mit dem älteren Kind spielen sollte.«

»Dann ist Fiona heute Abend ganz allein auf dem Hof?«

»Sie ist ja anscheinend ebenfalls unterwegs.«

»Ich würde einfach gern wissen, was sie von mir wollte.«

»Tut mir leid, mir wollte sie es nicht sagen.«

Während sie den Tisch abräumten und die Geschirrspülmaschine befüllten, versuchte Pia, sich von ihren Gedanken bezüglich Fiona abzulenken. Zweimal fiel ihr Besteck zu Boden, sodass Lars schließlich sagte: »Wenn du dir Sorgen um sie machst, fahr doch kurz zum Behning-Hof und sieh nach. Du hast ja ein gutes Auto dafür. Ich bringe Felix inzwischen zu Bett. Heute bin ich eh dran.« Er lächelte. »Und hinterher kommt die Nummer mit dem Kamin.«

»Vor dem Kamin?«

»Wie auch immer.«

Pia zog sich Stiefel und Jacke an und verließ das Haus. Die Luft war eiskalt, und die geschlossene Wolkendecke versprach tatsächlich Schnee. Sie fuhr die kurze Strecke zum Behning-Hof und parkte seitlich vom Haus, direkt am Nebeneingang. Ihre Stimmung sank, als sie sah, dass bis auf die Außenlaternen und ein kleines Licht in der Küche alles dunkel war. Sie konnte auch keines der beiden Autos entdecken. Pia schaute durchs Fenster, fasste prüfend an die Türklinke, und die Tür öffnete sich. Pia hatte schon gehört, dass man sich hier auf dem Land nicht unbedingt immer die Mühe machte abzuschließen, aber abends, wenn niemand da war, erschien es ihr doch etwas unvernünftig. Sie war halt ein Stadtkind und käme im Leben nicht auf die Idee, ihre Wohnungstür offen stehen zu lassen.

Nach mehreren »Hallo!«-Rufen betrat sie das Haus. Wie schon erwartet, bekam sie keine Antwort. Ilka, Jörn und Lina waren bei Freunden, um die Geburt des Babys zu feiern. Fiona war demnach immer noch oder schon wieder mit Ilkas Auto unterwegs. Vor einer knappen Stunde hatte sie am Ferienhaus geklopft und nach ihr gefragt, weil sie ihr etwas sagen wollte. Wo war sie danach hingefahren?

Wenn es etwas Wichtiges gewesen war, war Fiona vielleicht gleich weiter nach Kiel zur Polizei gefahren? Aber dazu war es eigentlich schon zu spät gewesen. Pia stand etwas ratlos in der Küche. Im Licht der Dunstabzugshaube sah sie sich um, ohne zu wissen, wonach sie suchte. Freundschaft hin oder her, im Grunde sollte sie sich nicht allein hier drinnen aufhalten.

Sie blickte über die Küchenarbeitsplatte durch das Fenster nach draußen auf den Hofplatz. Wenn Fiona nur käme! Schneeflocken wirbelten im Licht der Außenlaterne. Na bitte, jetzt schneite es auch noch. Pia hatte Ilkas Handynummer wegen der Absprachen bezüglich der Krippenspiel-Proben in ihrem Telefon eingespeichert. Sie rief sie an. Die Behnings waren wie erwartet bei Freunden zum »Babybier«.

»Wisst ihr, wo Fiona ist?«, fragte Pia.

»Wir haben sie vorhin leider verpasst. Sie war noch unterwegs, als wir losfuhren. Ist sie denn noch nicht zu Hause?«

»Nein. Ich bin gerade bei euch. Entschuldige bitte, dass ich einfach in eure Küche gegangen bin, weil die Tür offen war. Aber ich habe gerufen. Fiona ist nicht hier.«

»Hast du überall nachgesehen? Vielleicht hört sie dich nur nicht.«

»Wenn es euch recht ist, gehe ich gleich einmal durchs Haus und schaue nach. Wenn ich sie nicht finde, werde ich meine Kollegen von der Kieler Polizei benachrichtigen.«

»Was? Glaubst du, dass das notwendig ist? Hat sie etwa etwas angestellt?«

»Ich habe eher Angst, dass sie in Gefahr ist«, sagte Pia.

»Oh Gott! Warum denn das? Wenn wir das gewusst hätten, hätten wir sie doch nicht allein gelassen.«

»Tut mir leid. Dass sie in Gefahr sein könnte, ist mir auch gerade erst in den Sinn gekommen. Ich kann jetzt nicht mehr dazu sagen. Falls ihr Fiona seht, gebt mir bitte sofort Bescheid. Ich melde mich auch bei euch, wenn ich etwas in Erfahrung bringe, okay?«

Pia legte auf, bevor Ilka weitere Fragen stellte, die sie nicht beantworten konnte oder wollte. So lieb und nett die Behnings waren – sie waren in gewisser Weise auch in diesen Mordfall verwickelt.

Pia ging von der Küche aus in die Diele. Sie betätigte jeden Lichtschalter, den sie finden konnte, sah dann der Reihe nach in jedes Zimmer. Im Kinderzimmer, einem Traum in Rosa und Lavendelblau, war der Fußboden mit Legosteinen und der Murmelbahn bedeckt. Das Bett im Schlafzimmer war ordentlich gemacht. Auf dem rechten Nachttisch aus dunklem Holz stand ein altmodischer Radiowecker. Das Wohnzimmer sah auch aufgeräumt und sauber aus, ebenso das Esszimmer, während der Schreibtisch im Büro unter gestapelten Papieren und Akten versank. Irgendjemand hier stand auf Kriegsfuß mit der Buchführung. Die Baupläne für den neuen Kuhstall hingen über dem Tisch an der Wand. Pia erinnerte sich an die Schwierigkeiten, die Jörn und Ilka erwähnt hatten: dass sie diesen neuen großen Stall bauen und Land dazukaufen oder -pachten mussten, um wettbewerbsfähig zu bleiben. Wie ernst war die Situation auf dem Behning-Hof? Und was hatten ihre Nachbarn, die Hollmanns, womöglich damit zu tun? Waren die Behnings auf das Land von Karl Hollmann angewiesen?

Pia stieg die Treppe hinauf, wo Fiona vermutlich ihr Zimmer hatte. Sie klopfte und trat dann ein. Das leere Bett, die Kleidungsstücke auf dem Stuhl, das Durcheinander von Haarbürsten und Schminksachen auf einer kleinen Kommode – all das zeugte von Fionas Abwesenheit. Sie war vor etwa einer Stunde bei ihnen am Ferienhaus gewesen. Doch wo war sie jetzt?

Pia stand mitten im Raum und ließ den Blick langsam über Fionas Besitztümer gleiten, als könnten die Sachen ihr sagen, wo sich das Mädchen gerade aufhielt. Ob Fiona in Schwierigkeiten steckte? Pia fiel der Wandkalender neben der Tür auf: *Leuchttürme an Nord- und Ostsee.*

Ein einsamer Leuchtturm in einer Dünenlandschaft zierte das Dezemberblatt. Der rot-weiße Turm kam Pia entfernt bekannt vor. *List-Ost, Sylt*, stand am unteren Rand. Der Kalender schien ihr ein typisches Geschenk von Leuten zu sein, die Fionas Geschmack nicht so gut kannten. Vielleicht von den Behnings, da sie ja nun hier an der Ostsee ihr Praktikum machte? Pia schaltete das Licht aus und schloss die Tür hinter sich. Irgendetwas beunruhigte sie. Sie ging die Treppe hinunter und trat wieder in die Küche. Auf dem Weg zur Nebeneingangstür fiel es Pia wieder ein: Michael Hollmann war ein paar Jahre bei der Bundeswehr gewesen. Er hatte sich als Zeitsoldat verpflichtet. Er war auch in der Marineversorgungsschule in List auf Sylt gewesen. Er musste zu einem der letzten Jahrgänge dort gehört haben, hatte die Schließung des Sylter Standortes vielleicht sogar miterlebt.

Und da fiel bei Pia der Groschen. Auch die Haushälterin des Pastors, Maria Gelting, hatte mal in der Kaserne oder in deren Umfeld auf List gearbeitet. Sie hatte sich mit ihr über die »Seekühe« im Wattenmeer bei Sylt unterhalten. Wenn sich die beiden zur selben Zeit dort aufgehalten hatten, wenn das Mordopfer und Maria Gelting sich von damals kannten, dann hatte das ganz sicher etwas zu bedeuten.

Sie wählte Olafs Nummer. »Seid ihr noch in Hochfeld?«, fragte sie ihn.

»Nein, wir sind schon wieder in Kiel. Gerade noch rechtzeitig. Siehst du nicht, was draußen los ist? Auf der Landstraße geht gleich gar nichts mehr.«

Pia warf einen Blick nach draußen. »So schlimm? Ich bin auf dem Hof der Behnings, denn ich suche Fiona Rogge. Sie war vor etwa einer Stunde bei mir am Ferienhaus, weil sie mir etwas mitteilen wollte, aber ich war nicht da. Nun ist sie nicht mehr zu erreichen. Habt ihr sie vielleicht noch gesprochen?«

»Nein, wir haben sie nicht gesehen. Wieso?«

»Ich fürchte, ihr könnte nachträglich etwas eingefallen sein, das mit dem Mord in Zusammenhang steht. Keiner weiß, wo sie ist. Ich hoffe, dass sie nicht in Gefahr ist.«

»Wo wurde sie denn zuletzt gesehen?«

»Wie gesagt, sie ist vor einer guten Stunde von unserem Ferienhaus losgefahren. Seitdem ist sie verschwunden. Und da ist noch etwas. Was habt ihr bisher über Maria Gelting herausgefunden? Michael Hollmann war doch bei der Bundeswehr in List auf Sylt. Und Frau Gelting hat mir erzählt, dass sie auch mal dort gearbeitet hat. Eben fiel mir ein, dass die beiden sich von früher kennen könnten.«

»Verdammt, *sie* ist das!«, sagte Olaf.

»Was meinst du?«

»Michael Hollmann hat mehrere Zeitungsartikel über eine Frau gesammelt, die 1979 in Kiel verurteilt wurde, weil sie ihr Neugeborenes getötet und im Keller in einem Koffer versteckt hatte. Ina Maria Broer war ihr Name. Sie hat deswegen eine längere Gefängnisstrafe verbüßt. Nach ihrer Entlassung verliert sich ihre Spur.«

»Du denkst, Maria Gelting ist Ina Broer?«

»Sie kann geheiratet oder mithilfe eines psychologischen Gutachtens ihren Namen geändert haben.«

»Sie hat möglicherweise in der Bundeswehrkaserne auf Sylt in der Küche gearbeitet, als Michael Hollmann dort stationiert war«, sagte Pia. »Er hat womöglich herausgefunden, wer sie ist. Und dann hat er sie hier im Pfarrhaus wiedergetroffen, wo sie sich ein nettes, scheinbar unbescholtenes Leben aufgebaut hat.«

»Und Michael Hollmann brauchte dringend Geld«, ergänzte Olaf. »Wir haben Hinweise darauf gefunden, dass er ein Erpresser war.«

»Was tun wir jetzt?«

»Du tust gar nichts! Wir werden Maria Gelting zur Sache vernehmen. Wahrscheinlich können wir sie dann gleich hierbehalten.«

»Ich meinte in Bezug auf das Mädchen, Fiona Rogge.«

»Wenn sie verschwunden bleibt, schreiben wir sie zur Fahndung aus.«

»So viel Zeit hat sie vielleicht nicht. Was ist, wenn sie etwas weiß und Maria Gelting sie vor uns findet?«

»Ich kümmere mich darum. Fahr du zurück zu deiner Familie, Pia.«

»Ich hab schon verstanden.« Es war nicht ihr Fall.

Pia wollte gerade hinausgehen, als sich ein Paar Autoscheinwerfer durch das unvermindert starke Schneetreiben dem Hofplatz näherte. Der Wagen stoppte vor dem Haus. Endlich, Fiona kam wieder! Sie hatte wohl doch zu besorgt reagiert und auch noch die Behnings damit aufgescheucht. Die Fahrerin des Wagens stieg aus und sah sich in alle Richtungen um. Als sie auf die Küchentür zusteuerte, streifte das Licht der Außenlaterne ihr Gesicht. Es war nicht Fiona.

8. Kapitel

Maria Gelting drückte die Türklinke runter, und als sie die Tür unverschlossen vorfand, trat sie ein. Sie fuhr zusammen, und ihre Augen verengten sich, als sie Pia am Küchentresen stehen sah. »Sie haben mich vielleicht erschreckt!«

»Tut mir leid. Ich habe die Behnings gesucht. Sie sind aber nicht hier«, sagte Pia.

»Nein, die sind bestimmt beim Babybier. Paula Christiansen hat heute ihr zweites Kind bekommen.«

Maria Gelting stand Pia gegenüber, die rechte Hand in der voluminösen Tasche ihres Parkas verborgen. Sie schien unschlüssig zu sein, wie es nun weitergehen sollte.

»Und was wollen Sie hier?«, erkundigte sich Pia. Sie sollte gehen. Es war nicht ihr Fall. Warum fragte sie überhaupt? Weil sie neugierig war? Weil sie wissen wollte, ob Maria Gelting und Ina Broer tatsächlich ein und dieselbe Person waren? Sie schaute ihr Gegenüber forschend an. Wir sehen, was wir sehen wollen, dachte Pia. Wenn wir jemandem zum ersten Mal begegnen, nehmen wir ihn meistens in der Rolle wahr, die er für uns spielt, und dann passt sich unser Eindruck von der Person dieser Rolle an. Die Haushälterin des verwitweten Pastors, die gute Seele des Pastorats, ein wertvolles Mitglied der Gemeinde. So hatte sie Maria Gelting gesehen. Trotz der ausgeprägten Linien in ihrem Gesicht, die ihr ein hartes Aussehen gaben. Trotz der oft lauernd zusammengekniffenen Augen und trotz der verräterischen Narbe an ihrer linken Hand. Die Brandnarbe rührte wohl nicht von einem Küchenunfall her, sondern überdeckte wahrscheinlich eine Knast-Tätowierung: die typischen drei Punkte zwischen Daumen und Zeigefinger, die die drei Affen des Gottes Vadjra symbolisierten. »Nichts hören, nichts sehen, nichts sagen.« Eine Art Ehrenkodex für Strafgefangene, nichts an Außenstehende zu verraten. Nach ihrer Zeit im Gefängnis, in ihrem neuen Leben, hatte sie versucht, die verräterischen Male zu beseitigen.

»Ich suche Fiona.« Maria Gelting blickte in Richtung Diele. »Es geht um den Auftritt des Chors am nächsten Wochenende«, setzte sie hinzu.

»Fiona ist auch nicht hier«, sagte Pia. »Können Sie sie nicht anrufen?«

»Sie geht nicht an ihr Telefon.«

So weit war Pia auch schon. Doch was würde Maria Gelting jetzt tun? Dachte sie wirklich, dass Fiona etwas wusste, das ihr gefährlich werden konnte? Pia vermutete, dass sie das Mädchen weitersuchen würde. Sie musste Maria Gelting irgendwohin locken, wo ein Mobiles Einsatzkommando der Polizei einen guten Zugriff auf sie haben würde. Wo sie niemand anders gefährdeten. Die Vorstellung, dass die Polizei Maria Gelting im Pastorat in Gegenwart des Pastors festnahm, war ihr jedenfalls zuwider. Außerdem glaubte sie nicht, dass die Frau jetzt einfach so wieder nach Hause fahren würde. Ihr Blick schweifte unruhig umher, die linke Hand war zur Faust geballt. Je länger Maria Gelting ihr gegenüberstand, desto mehr wirkte sie wie jemand, der nicht mehr viel zu verlieren hat. Und solche Menschen waren gefährlich.

»Möglicherweise ist Fiona auf dem Kasselstein«, sagte Pia, einer plötzlichen Eingebung folgend. »Und dort ist kein gutes Handynetz.« Sie wusste nicht, wie das Mobilfunknetz dort oben war, doch sie erinnerte sich, dass das Restaurant ab heute wegen Betriebsferien geschlossen hatte. Dort war wahrscheinlich kein Mensch. Ein guter Ort für einen Zugriff.

»Was sollte sie bei dem Schietwetter da oben wollen?«, fragte Maria Gelting misstrauisch.

»Fiona war vorhin noch kurz bei meinem Freund am Ferienhaus. Sie hat ihm erzählt, dass sie demnächst abends ab und zu im *Restaurant Kasselstein* im Service jobben will. Eine Freundin von ihr kellnert da auch hin und wieder. Sie wollte sich heute Abend mal dort vorstellen.«

»Reicht ihr das Praktikum bei den Behnings nicht mehr?«

Pia zuckte mit den Schultern. »Also, da die Behnings definitiv nicht hier sind, fahre ich wieder zurück zum Ferienhaus. Ich wünsche Ihnen noch einen schönen Abend, und grüßen Sie Pastor Klever von mir.«

»Oh, was? Ja, natürlich.«

Die Spannung waberte wie ein unsichtbares giftiges Gas zwischen ihnen. Pia wusste nicht, was Maria Gelting in ihrer rechten Hand in der ausgebeulten Tasche hielt, und wollte ihr beim Hinausgehen nicht den Rücken zukehren.

Maria Gelting sah Pia ebenfalls abwartend an.

Pia musste an die vermutlich verwendete Tatwaffe denken, womöglich das Ein-Kilo-Gewicht der Krämerwaage aus dem Fundus des Gemeindehauses. Mit etwas Schwung eingesetzt, knackte ein Kopf davon auf wie ein rohes Ei.

»Ich muss auch wieder los«, sagte Maria Gelting und ging ihr voraus in Richtung Tür. »Der Pastor wartet auf sein Abendbrot.«

Pia folgte ihr und zog die Küchentür sorgfältig hinter sich zu. An die Sitte der offenen Türen würde sie sich nie gewöhnen. Wahrscheinlich hatten die Behnings jedoch nur vergessen, die Nebeneingangstür abzuschließen.

Pia stieg langsam in ihren Wagen und beobachtete, wie

Maria Gelting in ihrem kleinen Ford im Schneegestöber davonfuhr. Sie rief ihren Kollegen Olaf an und berichtete ihm, was vorgefallen war und was sie Maria Gelting erzählt hatte. Er würde schon die erforderlichen Maßnahmen ergreifen.

Pia folgte Maria Gelting in unauffälligem Abstand. Als diese am Ende der langen Zufahrt nicht in Richtung Hochfeld, sondern auf die Landstraße in die entgegengesetzte Richtung abbog, die auch zum Kasselstein führte, hielt Pia einen Moment an. Sie trommelte auf das Lenkrad. Fuhr Maria Gelting tatsächlich direkt zum Kasselstein, um Fiona zu treffen? Oder war Pias Falle zu offensichtlich gewesen, und die Frau hatte vor unterzutauchen? Pia fühlte sich für das, was nun geschehen würde, verantwortlich. Sie war als Einzige vor Ort, und das Schneegestöber verhinderte, dass sich daran in naher Zukunft etwas änderte. Sie konnte nur hoffen, dass bereits ein Mobiles Einsatzkommando auf dem Weg zum Kasselstein war.

Lars konnte sie nicht um Hilfe bitten. Zum einen hatte er nichts mit der Polizeiarbeit zu tun, er hatte sie ja ausdrücklich gebeten, sich aus den Ermittlungen rauszuhalten. Zum anderen, und das war ausschlaggebend, wollte sie ihn bei Felix wissen.

Sie sprach ihm eine kurze Nachricht aufs Handy, dass sie etwas später kommen würde. Dann fuhr sie in dieselbe Richtung, die Maria Gelting genommen hatte.

Lars' Landrover war nicht gerade für Verfolgungsfahrten geeignet. Der Wagen war weder schnell noch wendig und schon gar nicht unauffällig. Es dauerte eine Weile, bis die Rücklichter des kleinen Fords wieder vor ihr auftauchten. Pia hielt nun einen so großen Abstand zu ihm ein, dass die Fahrerin sie durch den Schnee und in der Dunkelheit nicht identifizieren konnte. Maria Gelting dachte hoffentlich, dass nur irgendein x-beliebiges Auto dieselbe Strecke fuhr wie sie.

Auf der gewundenen Straße in Richtung Westen hatte der Kleinwagen einen deutlichen Vorteil. Maria Gelting hatte es so eilig, dass Pia Mühe hatte, ihr zu folgen.

Kurz bevor sie das nächste Dorf erreichte, hatte Pia den Ford aus den Augen verloren, doch auf der Landstraße in Richtung Kasselstein tauchte der Kleinwagen wieder vor ihr auf. Inzwischen war die Straße vollkommen schneebedeckt, und die dicht fallenden Flocken im Scheinwerferlicht übten beim Fahren eine beinahe hypnotische Wirkung aus. Maria Geltings Wagen war schnell wieder außer Sichtweite, doch als Pia die Abzweigung in Richtung Kasselstein erreichte, sah sie Reifenspuren in der frischen Schneedecke.

Sie bog ebenfalls scharf ab und folgte der schmalen Straße in den Wald hinein. Von dem Ford war immer noch nichts zu sehen. Als Pia ein weiteres Mal rechts abbog, war die Fahrbahn erstmals von einer Schneeverwehung bedeckt. Dem Landrover bereitete das noch keine Probleme, doch Pia sah an den Reifenspuren, dass der Wagen vor ihr schlitterte und die Fahrerin offenbar versuchte, den immer höher werdenden Schneewehen auszuweichen.

Pia hielt an und wartete einen Moment mit ausgeschalteten Scheinwerfern. Sie wollte Maria Gelting nicht einholen, sondern nur feststellen, wohin sie fuhr. Noch einmal rief sie ihren Kollegen in Kiel an und gab ihm einen kurzen Lagebericht. Er sagte, dass das Mobile Einsatzkommando auf dem Weg zum Kasselstein sei. Die Kollegen würden bald dort eintreffen.

Parallel zur Straße verlief ein mit Sträuchern und Bäumen bewachsener Wall, einer der typisch schleswig-holsteinischen Knicks. Durch die kahlen Zweige sah Pia links die angestrahlten Zinnen des im neugotischen Baustil errichteten Aussichtsturms über den Baumwipfeln. Es war nicht mehr weit. Wahrscheinlich kam Maria Gelting gleich oben an und stellte fest, dass sich Fiona Rogge gar nicht dort aufhielt, weil das Restaurant geschlossen war. Falls sie daraufhin wieder zurückfuhr, könnte Pia ihr an der nächsten T-Kreuzung den Weg versperren und die Frau so aufhalten, bis die Kollegen kämen. Dann wäre es jedoch mit dem bloßen Beobachten der Situation und der Zurückhaltung vorbei. Es würde auf eine Konfrontation mit einer mutmaßlichen Mörderin hinauslaufen. Genau das hatte Pia doch vermeiden wollen. Sie hatte es Lars versprochen.

Pia fuhr wieder an. Als sie die Abzweigung erreichte, von der die eine Straße nur noch zum Aussichtsturm und zum Restaurant hinaufführte, sah sie, dass der Wagen vor ihr von der Fahrbahn abgekommen und in den Graben gerutscht war.

Pia fluchte. War Maria Gelting verletzt? War sie bereits aus ihrem Fahrzeug gestiegen, oder brauchte sie womöglich Hilfe? Pia fuhr noch ein Stück an das verunglückte Fahrzeug heran und hielt an.

Der Wagen steckte so tief in einer Schneewehe, dass er ohne fremde Hilfe nicht mehr dort herauskommen würde. Und Pia konnte immer noch nicht erkennen, ob sich Maria Gelting noch im Auto befand oder nicht. Mist! Sie stieg aus dem Landrover, überlegte, ob sie irgendwas zu ihrer Selbstverteidigung mitnehmen sollte. Sie kannte sich in Lars' Wagen nicht so gut aus. Pia wusste zwar, dass er immer einen stabilen Wagenheber, einen »Jack«, dabeihatte, aber das Teil erschien ihr zu unhandlich. Und sie sollte sich besser beeilen. Vielleicht brauchte Maria Gelting dringend Hilfe. Sie würde hoffentlich mit der deutlich älteren Frau fertig werden.

Pia näherte sich dem verunglückten Wagen. Der Schnee knirschte unter den Sohlen ihrer Stiefel. »Frau Gelting? Sind Sie verletzt?«

Keine Antwort.

»Frau Gelting, brauchen Sie Hilfe?«

Pia ging zur Fahrerseite und leuchtete mit der LED-Lampe ihres Handys hinein. Es war niemand darin.

Jetzt erst sah sie die Fußspuren, die neben der Straße den Hügel hinaufführten, direkt auf das Restaurant und den Aussichtsturm zu. Pia seufzte, zog den Reißverschluss ihrer Jacke weiter hoch und folgte der Spur.

Oben angekommen, führten die Fußspuren zum Eingang des Restaurants, doch Pia konnte schon sehen, dass sie von dort weiter zum Turmeingang verliefen. Sie war für einen Schneespaziergang zu dünn angezogen, aber die körperliche Anstrengung und der drängende Wunsch, herauszufinden, was Maria Gelting vorhatte, hielten sie warm. Sie sah über die Schulter zurück. Noch waren keinerlei Anzeichen eintreffender Polizeikräfte erkennbar. Sie war mutterseelenallein hier oben, mit einer Mörderin, wie Pia vermutete, und alles, was nun passierte, war ganz allein ihre Schuld. Sie sollte sich zurückhalten und auf die Verstärkung warten. Doch dann würde sie sich für alles, was Maria Gelting in der Zwischenzeit tat, auf ewig verantwortlich fühlen. Sie hatte sie schließlich hierher gelockt.

Pia hielt sich weitestgehend im Schatten der verschneiten Büsche, während sie den Weg zum Turm hochstieg. Sie rutschte ein paarmal aus, als sie auf Vereisungen unter der dünnen Schneedecke trat. Dann ragte er vor ihr auf, der verwunschen aussehende Backsteinturm mit seinen runden, bunt verglasten Fenstern. Sie hatte gehofft, dass der Turm abends abgeschlossen sein würde, doch das Schicksal hatte sich gegen sie verschworen, denn die Tür stand offen, und verschneite Fußabdrücke führten hinein. Pia legte den Kopf in den Nacken und sah am Turm hinauf. Maria Gelting würde doch nicht …

Hastig suchte Pia in ihrer Tasche nach einer Münze für die Drehtür und gelangte hinein. Draußen hatte der Schnee trotz des bedeckten Himmels für eine gewisse Helligkeit gesorgt. Drinnen umfing sie klamme Düsternis. Pia tastete nach dem Handlauf und stieg leise die Wendeltreppe hinauf. Das rötliche Licht, das schwach durch die bunten Glasfenster fiel, reichte aus, um die Stufen gerade noch erkennen zu können. Pia wollte die Frau auf dem Turm nicht durch Licht oder Geräusche vorwarnen. Maria Gelting bei dem, was sie vorhatte, zu überraschen war noch ihre beste Option.

Oben angekommen, öffnete Pia die Tür, die auf die Plattform hinausführte, zunächst nur einen Spaltbreit. Maria befand sich außerhalb des Geländers, das vor den Zinnen angebracht war, und sah hinunter. Pias Herzschlag beschleunigte sich. War Maria Gelting gerade im Begriff, vom Turm hinunterzuspringen? War sie so verzweifelt wegen dem, was sie vermutlich getan hatte? Wollte sie einer weiteren Gefängnisstrafe entgehen? Bitte nicht!, dachte Pia. Es wäre meine Schuld. Ich muss auf jeden Fall verhindern, dass sie sich hinunterstürzt. Hoffentlich fuhren die angeforderten Polizeieinsatzkräfte nicht ausgerechnet jetzt auf dem Gelände unterhalb des Turmes vor!

Beinahe geräuschlos trat sie hinaus und blieb in dem im Schatten liegenden Eingang stehen. Der Wind, der über die Aussichtsplattform hinwegfegte, war eisig.

Maria Gelting saß jenseits des Geländers auf einer der Zinnen, hielt sich jedoch mit beiden Händen am Handlauf fest. Pia glaubte nicht, dass sie sich aus dieser Haltung kopfüber hinunterstürzen würde. Doch das Leben der Frau darauf verwetten wollte sie auch nicht. Sie könnte versuchen, sie zu überwältigen und festzuhalten, bis ihre Kollegen da waren, doch da Maria Gelting jenseits des Geländers saß, waren Pias Aussichten, sie im entscheidenden Moment zu halten, gering.

Alles, was sie tun konnte, war, mit ihr zu reden.

9. Kapitel

»Eine grandiose Aussicht, selbst bei Nacht«, sagte Pia ruhig.

Maria Gelting fuhr zu ihr herum. »Sie! Sie haben mich angelogen. Was sollte das? Das Restaurant macht Betriebsferien. Fiona ist gar nicht hier.«

»Warum wollen Sie mit Fiona sprechen?«

Maria Gelting starrte sie wütend an. »Bleiben Sie bloß weg! Sie haben doch keine Ahnung.«

»Wovon habe ich keine Ahnung?«

Maria Gelting konnte von dort, wo sie saß, die Zufahrt zum Turm überblicken. Pia musste sie ablenken, damit sich das Mobile Einsatzkommando mit etwas Glück und Geschick unentdeckt nähern konnte.

»Sie haben keine Ahnung, was hier wirklich läuft.« Sie spie die Bemerkung fast aus.

»Erzählen Sie es mir! Wir haben Zeit.«

»Ach, und wo sind Ihre Polizeikollegen, hm?«

»Ich bin allein. Außerdem bin ich im Urlaub hier, nicht im Einsatz.«

Sie lachte auf. »Wer's glaubt! Ich bin hergefahren, weil ich Fiona warnen will. Sie hat eine gefährliche Neigung. Eine romantische Ader, gepaart mit Naivität. Das ist eine verhängnisvolle Mischung. Glauben Sie mir, ich weiß, wovon ich spreche. Nur leider ist der Jugend die Meinung der Älteren meistens vollkommen egal, oder?«

»Nicht unbedingt.« Wer redet, springt nicht, hoffte Pia. »Wovor genau wollen Sie Fiona denn warnen?«

»Sie soll ihr Leben nicht wegwerfen, indem sie Typen wie diesem Michael Hollmann vertraut.«

»Michael Hollmann ist tot.«

»Es gibt viele wie ihn. Viel zu viele.«

»Sprechen Sie aus eigener Erfahrung?«

Maria Gelting schüttelte abwehrend den Kopf.

»Manchmal hilft es, über das zu reden, was einen belastet«, sagte Pia.

Maria Gelting sah sie lange an. Sie seufzte. »Wie haben Sie es herausgefunden?«, fragte sie.

»Ich habe gar nichts herausgefunden, sondern die ermittelnden Kriminalbeamten. Sie haben mal im Umfeld der Marineversorgungsschule auf Sylt gearbeitet. Zur selben Zeit, als Michael Hollmann dort war.«

»Na und? Daher weiß ich, dass er ein schlechter Mensch war.«

»Inwiefern schlecht?«

»Er hatte etwas über meine Vergangenheit herausgekriegt, das niemand wissen durfte.«

»Dass Sie eigentlich Ina Maria Broer heißen und dass Sie im Gefängnis gewesen sind. So ist es doch, oder?«

Maria Gelting sah unwillkürlich auf ihre linke Hand hinab, und Pia trat unauffällig einen Schritt auf sie zu.

»Wenn Sie schon so viel wissen, werden Sie den Rest sowieso in Erfahrung bringen. Sie kennen meine Geschichte, oder? Warum ich im Gefängnis war. Es war eine Kurzschlusshandlung vor beinahe vierzig Jahren. Ich habe damals mein eigenes Kind getötet. Das waren furchtbare zehn Minuten, die mein Leben vernichtet haben. Ich habe dafür gebüßt, mehr als Sie oder Michael Hollmann es sich je vorstellen können. Ich habe meine Strafe abgesessen. Er hatte kein Recht, mich damit zu erpressen!«

»Sie haben sich von ihm erpressen lassen. Sie haben ihm sogar einmal Geld gezahlt, nicht wahr?«

»Er nannte es eine ›Anzahlung‹, als Vertrauensvorschuss. Ich musste Zeit gewinnen, um mir zu überlegen, was ich tun soll, und so habe ich ihm die erste Summe gegeben. Mehr Geld hatte ich sowieso nicht.«

»Was ist dann passiert?«

»Nichts. Ich bin feige. Ich hatte nur Glück. Wissen Sie, Michael Hollmann war derselbe Typ Mann, der mir mit achtzehn ein Kind gemacht hat. Charmant, egoistisch und gewissenlos. Und ich war ganz allein damit. Mein Vater hätte mich totgeschlagen, wenn er es erfahren hätte. Ich konnte mit niemandem darüber reden. Es war nicht so wie heute, ganz und gar nicht. Sie können das nicht verstehen. Für meine Eltern war das eine so unaussprechliche Schande. Ich habe einen ganz, ganz schlimmen Fehler gemacht und bitter dafür bezahlt. Und dann, als sich mein Leben endlich zum Guten gewendet hatte, kam Michael Hollmann an, hat die alte Geschichte ausgegraben und wollte alles zerstören.«

»Was haben Sie getan?« Pia stand jetzt so dicht bei Maria Gelting, dass sie mit einem weiteren Schritt in ihre Richtung ihren Jackenärmel zu fassen bekäme. Doch damit konnte sie sie immer noch nicht vor dem Absturz bewahren, sollte die Frau versuchen zu springen. Pia hörte Geräusche. Sehr leise zwar, doch es näherten sich Menschen den Turm hinauf.

»Nichts. Das sagte ich doch schon. Ich war erst erleichtert, als ich erfahren habe, dass er tot ist. Aber dann ist mir klar geworden, dass durch die Ermittlungen trotzdem alles ans Licht kommen wird. Mein Leben ist zum zweiten Mal von einem Mann wie diesem Hollmann zerstört worden. Was ich noch tun kann, ist, Fiona zu warnen und dafür zu sorgen, dass ich Johannes nicht mehr unter die Augen treten muss.«

»Der Pastor weiß nichts von Ihrer Vergangenheit?«

»Hätte er mich sonst eingestellt?«

»Sie sollten ihn vielleicht nicht unterschätzen. Aber Sie denken, dass Johannes Klever nichts über Sie weiß. Der Pastor ist Ihnen sehr wichtig, oder?«

»Er bedeutet mir alles«, sagte Maria Gelting.

Sie lieferte Pia damit den letzten Baustein zu ihrem Motiv. Johannes Klevers Meinung bedeutete ihr demnach so viel, dass sie nicht einmal davor zurückgeschreckt war, einen Mord zu begehen, um ihr Geheimnis zu wahren. Pia war nun überzeugt, dass Maria Gelting Michael Hollmanns Tod geplant hatte. Die Haushälterin des Pastors hatte irgendwie von Fionas Rendezvous mit dem Erpresser erfahren. Sie hatte das Fahrrad des Mädchens sabotiert und war an dessen Stelle zu dem Treffpunkt gefahren. Dort hatte sie Hollmann mit dem Gewicht der Krämerwaage erschlagen, das sie zuvor in einen Beutel oder Strumpf gesteckt hatte. Maria Gelting hatte sogar vorsorglich ein fremdes Haar eingesteckt, vielleicht von einer Jacke an der Garderobe im Gemeindehaus, um es als falsche Spur auf dem Opfer zu platzieren. Sie hatte auch den Mantel aus dem Fundus übergezogen, um ihre eigenen Sachen vor Blutspritzern zu schützen. Und ganz bestimmt war Maria Gelting nicht nur hier rausgefahren, um Fiona zu warnen, sondern vielmehr, um zu erfahren, ob Michael Hollmann dem Mädchen etwas über ihr Vorleben erzählt hatte. Vielleicht hatte Fiona sie sogar zum fraglichen Zeitpunkt bei den Fahrrädern oder im Fundus des Gemeindehauses gesehen? Doch es war nicht Pias Aufgabe, das jetzt aufzuklären. Es konnte die Ermittlungen sogar gefährden, wenn sie zu viel mit Maria Gelting redete. Sie musste nur verhindern, dass die Frau sprang.

»Was war das?« Maria lauschte angespannt. Sie presste sich an das Türmchen, die Füße nah am Abgrund.

Pia hielt die Luft an. »Ich höre nichts. Der Wind vermutlich.«

»Versuchen Sie nicht, mich hereinzulegen! Sonst springe ich.«

»Die Menschen können Sie auch mit dem Wissen um Ihre Vergangenheit akzeptieren. Sie müssen ihnen zumindest die Chance dazu geben.« Das war vielleicht nur ein frommer Wunsch, doch ein Suizid war auch keine Lösung.

»Niemals.« Sie ließ das Geländer los und hielt sich bloß noch an der gemauerten Zinne fest. »Und es geht mir sowieso nur noch um einen. Wenn Johannes mir vergeben könnte ... Er ist der erste Mensch, der wirklich gut zu mir war. Doch das ist unmöglich, das weiß ich.«

»Wir können ihn bitten herzukommen«, sagte Pia.

Ein schwaches Lächeln erschien auf Maria Geltings Gesicht. Sie sah wieder hinunter. Pia spürte ihr Herz in der Brust trommeln. Ihr Mund war trocken.

»Da unten sind auf einmal so viele Leute«, sagte Maria.

Pia zog ihr Telefon hervor. »Ich rufe den Pastor an. Welche Nummer hat er? Er kommt bestimmt. Dann können Sie ihm alles erklären.«

Pia stand nah an der Tür zum Treppenhaus. Sie hörte, dass ihre Kollegen sich oben im Turm befanden, und hoffte, dass niemand auf die Idee käme, ausgerechnet jetzt auf die Aussichtsplattform zu stürmen. Sie hatten Maria Gelting von unten sehen können und mussten wissen, wie gefährlich die Situation gerade war.

Langsam streckte Pia die Hand nach der Frau aus. »Kommen Sie. Der Pastor wird mit Ihnen reden wollen. Er versteht doch etwas von Vergebung. Sie sind ihm die Wahrheit schuldig.«

Maria Geltings Blick löste sich von dem Treiben am Fuße

des Turms. »Sie denken, Johannes kann die Wahrheit über mich ertragen? Ohne mich zu hassen? Glauben Sie das wirklich?«

Pia nickte. »Ja, das glaube ich.«

Als Maria Gelting über das Geländer zurück auf die Plattform stieg, meinte Pia, den Stein, der ihr vom Herzen fiel, auf dem Boden aufschlagen zu hören.

Die Kollegen des Mobilen Einsatzkommandos hatten Maria Gelting alias Ina Broer vorläufig festgenommen. Sie behauptete weiterhin, nichts mit Michael Hollmanns Tod zu tun zu haben. Nun befand sie sich auf dem Weg nach Kiel, und alles Weitere war die Aufgabe ihres Kollegen Olaf Maiwald und seines Teams. Zum Glück war es nicht zu einem Suizid gekommen. Pia hätte es sich nie verzeihen können. Doch nun erwartete Maria Gelting wahrscheinlich ein weiterer Gerichtsprozess und unter Umständen auch eine weitere sehr lange Haftstrafe.

Auf der Fahrt zurück zur Ferienwohnung versuchte Pia, die deprimierenden Gedanken an Maria Geltings Taten und ihr zukünftiges Schicksal zurückzudrängen. Sie hatte Lars schon angerufen und ihm gesagt, dass sie auf dem Weg zu ihm war. Das Schneetreiben hatte aufgehört, und der Landrover pflügte sich mit vertrauenerweckend röhrendem Motorgeräusch durch die verschneiten Straßen. Auf der Zufahrt zu den reetgedeckten Ferienhäusern sah Pia jenseits der Dünen die Ostsee im Mondlicht silbrig und eiskalt schimmern. Hinter den Fenstern ihrer Ferienwohnung brannte Licht. Und Ilka Behnings Polo stand vor dem Haus. Fiona war also vermutlich bei ihnen. In Sicherheit. Das Erlebnis oben auf dem Turm kam Pia jetzt schon surreal vor.

Sie parkte hinter dem Polo, ließ sich mehr oder weniger aus dem Auto fallen und ging zum Haus hinüber. Pia war so erschöpft und in Gedanken schon bei Lars und Felix, dass sie die Gestalt an der Hauswand erst im letzten Moment sah. Da stand jemand nah an der Mauer und schaute durch das Wohnzimmerfenster in die Ferienwohnung hinein.

»He, was machen Sie da?«, entfuhr es ihr.

Ein blasses Gesicht wandte sich ihr zu. Sie hatte den Mann noch nie zuvor gesehen. Er starrte sie erschrocken an, dann lief er los.

Es war ein Reflex, ihm zu folgen. In wenigen Sätzen war Pia bei ihm, hielt ihn an der Schulter zurück, um ihn anzusehen und zur Rede zu stellen. Er stieß sie so heftig von sich, dass sie das Gleichgewicht verlor und mit dem Kopf gegen einen Baumstamm prallte. Sie sah bunte Lichtpunkte, ihr Sichtfeld verengte sich, und der Boden kam gefährlich nahe.

Als Pia das Bewusstsein wiedererlangte, holperte ihr Kopf über den Untergrund. Ihre Haare ziepten. Sie war nass und kalt. Jemand zog sie an den Fußgelenken und stöhnte und keuchte dabei. Pia strampelte mit den Füßen, wollte sich aufrichten, schaffte es jedoch nicht. Über ihr war Geäst, und Schnee fiel ihr in nassen Klumpen ins Gesicht. Sie tastete um sich, versuchte, sich irgendwo festzuhalten, doch ihre Hände griffen nur in dürre Zweige.

Mitten im Busch ließ der Mann sie schwer atmend los. Als ihre Füße wieder den Boden berührten, gelang es Pia, sich aufzurichten. Sie war von dem Aufprall immer noch benommen. Er trat sie, sodass sie zurücksank. Was geschah hier mit ihr? Wer war der Mann, und was hatte er vor? Sie konnte das erleuchtete Ferienhaus noch sehen. Es war nicht weit. Der Unbekannte hatte sie nur etwa fünf Meter weit fortgezogen. Er kniete sich neben sie und drückte ihre Handgelenke zu Boden.

Der Mann hatte Kraft, und er war um einiges schwerer als sie. Sein Atem roch abgestanden und nach Lauch oder Zwiebeln. Er war ein junger Mann mit kleinen Augen und nassen dunklen Haaren. Sein Gesicht war schweißüberströmt.

»Lassen Sie mich los!«, schrie sie ihn an.

»Wo ist Fiona?«

»Keine Ahnung. Ich such sie doch auch.« Pia wollte ihm ihre Arme wegreißen, um sich aufzurichten, doch er war zu kräftig.

»Halt still! Ich will nur mit Fiona sprechen.«

Pia versuchte es nun auf eine andere Weise. »Sie ist im Haus. Wir können zusammen reingehen.« Was zum Teufel wollte er von der jungen Frau?

»Warum nicht gleich so? Fiona hat mich gesehen. Sie weiß es. Hat sie mich verraten? Los, sagen Sie schon!«

»Ich weiß nicht, wovon Sie reden. Wer sind Sie?«

»Ich habe sie geliebt. Und sie mich auch. Bis er wieder aufgetaucht ist.«

»Michael Hollmann?«

»Mein sogenannter *Bruder*«, stieß er hervor. »Stiefbruder, um genau zu sein. Er wollte mir Fiona wegnehmen! Alles wollte er mir wegnehmen! So, wie er immer alle um den Finger gewickelt hat. Michael dachte, dass ihm einfach alles gehört.«

Der Mann musste Tobias Hollmann sein. Und er war außer sich vor Wut und außerdem panisch. Kein Wunder, wenn stimmte, was er gerade andeutete. Dass er seinen Bruder ermordet hatte. Dass Fiona das womöglich wusste. Doch was hatte er vor? Pia wand sich. »Lassen Sie mich sofort los! Sie machen es nur noch schlimmer.«

Er verlagerte das Gewicht, ohne ihre Handgelenke loszulassen, und drückte ihr sein Knie auf den Bauch. »Damit Sie loslaufen und mich verraten?«

Pia keuchte. »Die Polizei weiß sowieso Bescheid. Aber ich kann Ihnen helfen.«

»Sie lügen! Sie sollen ruhig sein!« Er suchte mit den Augen den Boden ab. Vielleicht nach etwas, mit dem er richtig zuschlagen konnte. Einem Stock oder einem Stein? So, wie er es bei seinem Bruder getan hatte. Er war jedenfalls kurz abgelenkt.

Pia stieß ihm ihr Knie zwischen die Beine. Er stöhnte auf und krümmte sich. Sie warf sich herum, doch er war schwerer, als sie gedacht hatte. In ihrem Kopf drehte sich alles. Sie versuchte, Tobias Hollmann zu fixieren, aber er war kräftig und wand sich wie ein Aal.

Die Tür des Ferienhauses öffnete sich. »Pia? Bist du wieder da?«

Als Pia und Lars eine Viertelstunde später zurück ins Haus kamen, leuchtete das Blaulicht zweier Streifenwagen in den Fensterscheiben. Tobias Hollmann befand sich in einem der Autos. Lars hatte Pia geholfen, ihn festzuhalten, bis die von ihnen alarmierten Polizeikräfte eingetroffen waren.

Felix saß im Pyjama neben Fiona auf dem Wohnzimmersofa und ließ sich von ihr aus einem Buch vorlesen. Er hatte nichts von dem Vorfall vor dem Haus mitbekommen. Felix blickte auf, als sie eintraten. »Du bist schmutzig!«, sagte er zu Pia.

Sie sah an sich hinunter. Es war nicht zu verleugnen. »Stimmt. Ich werde gleich mal duschen gehen.«

Lars brachte Felix ins Bett, während Pia Fiona erzählte, was sich bei den Behnings, am Kasselstein und eben vor dem Haus zugetragen hatte. Fiona weinte, als sie hörte, dass wohl Tobias Hollmann seinen Stiefbruder erschlagen hatte.

»Ich wusste nicht, dass er so verrückt nach mir ist«, sagte sie.

»Ich fand Tobias nur lästig, weil er immer wieder bei mir ankam. Ich habe ihn nicht ernst genommen. Wir haben sogar heimlich Witzchen über sein Verhalten gemacht, Ilka, Jörn und ich. Aber was hätte ich denn tun sollen?«

»Ich glaube, da kann man nicht viel machen«, antwortete Pia. »Doch warum dachte er, dass Sie über ihn Bescheid wüssten, Fiona?«

»Nach dem Fahrradunfall hab ich einen weißen Kombi an mir vorbeifahren sehen. Er hatte einen grünen Aufkleber am Heck. Heute Nachmittag fiel mir derselbe Aufkleber an Tobias' Wagen auf. Deswegen habe ich mich überhaupt erst daran erinnert. Er fuhr kurz nach dem Unfall an mir vorbei, aber er hielt nicht an und hat mir nicht geholfen. Das war seltsam, oder? Oder auch nicht, wenn er es war, der mein Fahrrad sabotiert hatte, um an meiner Stelle zu dem Treffen mit Michael zu fahren.« Fiona schniefte. Pia reichte ihr eine Packung Papiertaschentücher, die auf dem Couchtisch lag. Die junge Frau putzte sich die Nase. »Ich kann es überhaupt nicht begreifen«, sagte sie mit tränenerstickter Stimme. »Tobias soll so verrückt nach mir gewesen sein, dass er aus lauter Eifersucht seinen eigenen Stiefbruder erschlagen hat? Andererseits riskiert er mit der Sabotage meines Fahrrads, dass ich mich bei einem Sturz verletze oder Schlimmeres.«

»Ich vermute, dass Ihre Verabredung mit Michael Hollmann nur der letzte Auslöser war, seinem Stiefbruder etwas anzutun. Wahrscheinlich hat Tobias schon sehr lange einen tiefen Groll gegen ihn gehegt. Als sein Bruder zurückkam und ihm auch noch die Frau vor der Nase weggeschnappt hat, in die er sich verliebt hatte, hat er die Kontrolle verloren.«

»Aber die Tat war doch nicht spontan. Er muss das alles geplant haben.«

»Vielleicht hat er nur geplant, Sie beide an dem Rendezvous

zu hindern und seinen Bruder stattdessen zur Rede zu stellen. Es kam zum Streit, und dann …« Dagegen sprach jedoch, dass Tobias Hollmann sich vor der Tat den Mantel und das Gewicht im Gemeindehaus besorgt hatte. Irgendwie musste auch das gefärbte Haar, das die Kriminaltechniker sichergestellt hatten, an die Leiche gekommen sein. Es konnte von Hedda Hollmann stammen und zufällig an den Sachen des Toten haften geblieben sein, oder ihr Sohn Tobias hatte absichtlich ein fremdes Haar, das er irgendwo aufgelesen hatte, dort platziert. Pia war froh, dass es nicht ihre Aufgabe sein würde, das alles richtig zu beurteilen.

Fiona nickte. Sie knüllte das benutzte Papiertaschentuch in der Hand zusammen und sah in das Feuer im Kamin.

»Fiona, eines interessiert mich noch: Warum haben Sie das mit dem weißen Kombi und dem Aufkleber nicht der Polizei gesagt?«

»Ich … hatte es vergessen. Wirklich. Das war der Schock, glaube ich. Es ist mir erst wieder eingefallen, als ich heute Nachmittag Tobias in Hochfeld vor der Ladenzeile getroffen habe. Ich hab sein weißes Auto mit dem Aufkleber gesehen. Vielleicht hat er da bemerkt, dass ich mich an seinen Wagen erinnere. Doch ich konnte es auch nicht glauben. Er wirkte immer so schwach und überhaupt nicht wie ein Mörder.«

»Das sieht man den wenigsten Menschen an. Und ich glaube sogar, dass man die meisten Leute bis zum Äußersten treiben könnte …«

»Aber Michael war so stark. Wie hat Tobias ihn überwältigt?«

»Das war wohl nicht sehr schwierig. Michael hatte keine Ahnung, was Tobias vorhatte. Wahrscheinlich hat er ihn genauso unterschätzt, wie Sie und die meisten anderen hier in Hochfeld Tobias unterschätzt haben. Michael Hollmann ahnte nichts Böses, als er ihn hinter der Feldscheune getroffen hat. Tobias musste nur etwas sagen wie ›Du hast da einen Nagel in deinem Reifen stecken‹, und Michael hätte sich arglos vor ihm hinuntergebeugt.«

Lars trat in die Küche. »Felix schläft tief und fest. Soll ich Sie zu den Behnings fahren, Fiona? Sie sind jetzt wieder zu Hause.« Er lächelte dem Mädchen zu, doch Lars vermied es, Pia anzusehen.

»Nicht nötig. Ich bin ja selbst mit dem Auto da.« Fiona erhob sich. »Aber danke für das Angebot!«

Pia und Lars brachten sie zum Wagen und blickten ihr nach, als sie davonfuhr. Pia war beklommen zumute. Sie strich sich das immer noch feuchte Haar zurück, in dem Blätter und ein paar kleinere Zweige hingen. Sie zitterte, aber das kam sicher nur von der Kälte.

Lars sah sie mit gerunzelter Stirn an. Er war richtig sauer.

»Um es vorwegzunehmen«, sagte Pia. »Es tut mir leid. Alles. Ich wollte mich wirklich an unsere Vereinbarung halten.«

Der Lärmpegel im Gemeindehaus von Hochfeld ähnelte dem hinter den Düsen eines startenden Turbojets. Kinder, Eltern, Geschwister und Verwandte strömten in den Saal und suchten die besten Sitzplätze. Der Pastor steuerte mit Maria Gelting auf die erste Reihe zu und rückte seiner Haushälterin zuvorkommend einen Stuhl zurecht. Maria Gelting fing Pias Blick auf und nickte ihr beinahe unmerklich zu. Die Mütter oder Väter begleiteten ihre Kinder hinter die provisorische Bühne, wo diese einander lautstark begrüßten, ihre Kostüme und Requisiten zusammensuchten und umherrannten. Das kleine Orchester wärmte sich schon einmal mit den Tamburinen, Triangeln, Trommeln und Blockflöten auf. Bella, die jugendliche Betreuerin, zeigte eine bemerkenswerte Ruhe, während Rudolf Schütz der Schweiß auf der hohen Stirn stand.

Heute war der dritte Adventssonntag. Pia und Lars waren extra noch einmal von Lübeck nach Hochfeld gefahren, damit Felix an dem Krippenspiel teilnehmen konnte, auch wenn ihr Urlaub schon wieder vorüber war.

Hinter der Bühne war die bevorstehende Aufführung Thema Nummer eins. Draußen im Saal wurden jedoch bestimmt immer noch Informationen über den Mordfall und Tobias Hollmanns überraschende Festnahme ausgetauscht. Und dazu wollte Pia weder etwas beisteuern, noch wollte sie etwas darüber hören. Sie war froh, hinter der Bühne zu stehen. Diskussionen über die Ermittlungen und vor allem ihre Beteiligung daran hatte sie auch schon zur Genüge mit Lars geführt, der ihren letzten Einsatz nicht gerade guthieß. Momentan konnte man eher von einem Abbruch der Debatte als von friedlich-weihnachtlicher Eintracht reden.

Pia bedachte ihren Freund mit einem Seitenblick. In Felix' Gegenwart merkte man ihm nichts an, doch wenn sie allein waren, spürte Pia, dass er immer noch sauer auf sie war. Vielleicht zu Recht.

»Ah, da bist du ja, Felix!«, begrüßte Bella Pias Sohn und beugte sich lächelnd zu ihm hinunter. »Unser großartiger Hirte!«

»Ich bin ein Engel.« Felix sah begehrlich zu den fedrigen weißen Engelsflügeln, die in einem Pappkarton neben der Bühne lagen. Ein paar »Engel« in glänzenden weißen Hemdchen hüpften bereits um sie herum.

Bella hielt ein braunes, sackartiges Gewand, einen schwarzen Poncho und einen Filzhut in die Höhe. »Schau, hier ist dein Kostüm. Du kannst es jetzt gleich anziehen.«

Felix schüttelte vehement den Kopf.

»Ich dachte auch, er sei ein Engel«, sagte Pia nun halblaut zu Bella. »Er hat zu Hause immer die Engelslieder gesungen und redet auch von nichts anderem.« Eine Probe hatte sie allerdings verpasst, da Felix an ihrem letzten Urlaubstag verkündet hatte, sie brauche nun nicht mehr die ganze Zeit über im Gemeindehaus auszuharren. Was war da passiert?

»Wir mussten leider noch mal umdisponieren«, sagte Bella. »Felix war auch damit einverstanden und hat bei der letzten Probe die Hirtenrolle übernommen. Er macht das echt super.«

»Wow, Felix, du spielst einen Hirten? Das ist eine sehr wichtige Rolle im Krippenspiel.« Lars reagierte schnell auf den sich anbahnenden Konflikt. Er lächelte Pia beruhigend zu.

»Ich will ein Engel sein!«, rief Felix störrisch.

»Wir haben schon so viele Engel, aber wir brauchen doch jemanden, der den Hirten spielen kann. Der Hirte muss etwas sagen. Sie folgen dem Stern zum Stall ...«, argumentierte Bella.

»Ich bin ein Engel im Stall.« Felix schob die Unterlippe vor.

Pia wusste, dass es spätestens jetzt kritisch wurde. »Zeig doch noch mal das schöne Hirtenkostüm, Bella«, bat sie die junge Frau. Pia nahm es entgegen, und der kratzige Stoff des Gewands verursachte ihr eine Gänsehaut. Sie hätte auch lieber das schneeweiße Engelskostüm übergezogen, wenn sie die Wahl hätte. Aber Felix hatte wohl keine Wahl mehr, sollte das Krippenspiel reibungslos über die Bühne gehen. »Komm, Felix, zeig uns mal, wie gut du darin aussiehst.«

»Nö!«

»Ich durfte auch mal der Hirte sein«, behauptete Lars. »Doch ich glaube, du kannst das noch besser als ich.«

Felix sah ihn aufmerksam an und streckte schon einmal vorsichtig die Hand nach dem Poncho aus. Er ließ sich von Pia hineinhelfen, weigerte sich aber verständlicherweise, vorher den kratzigen »Sack« überzuziehen.

»Ich finde, so sieht das schon richtig toll aus«, sagte Pia zu Bella, die hoffentlich verstand, welch große Überwindung Felix der Rollenwechsel kostete. Von dem Filzhut war auch sie nicht wirklich begeistert, wie wohl jede Mutter, die einmal eine Läuse-Epidemie in einem Kindergarten miterlebt hatte. Sie ließ die Kopfbedeckung unauffällig in einem Berg aus Kleidungsstücken hinter ihrem Rücken verschwinden.

»Ja, so bist du ein wunderbarer Hirte«, bestätigte Bella. »Das erkennt man sofort.« Sie zog einen kleinen Kasten mit Theaterschminke aus ihrer Tasche, tauchte den Finger in die braune Farbe und schmierte Felix zwei »Schmutzstreifen« auf die Wangen. Dann hielt sie ihm freudestrahlend einen Handspiegel hin.

Er fasste sich ins Gesicht und starrte dann auf sein Spiegelbild und anschließend auf die Farbe an seinen Fingern. Seine Augen füllten sich mit Tränen. »Ich will nicht schmutzig sein!«, sagte er empört.

»Das ist doch kein Schmutz. Die Schminke gehört zu der Verkleidung als Hirte dazu.«

Felix war nicht zu überzeugen.

»Wenn du es nicht magst, wischen wir es einfach wieder ab«, schlug Pia vor.

Felix nickte, schniefte und rieb sich weiter über das Gesicht. Pia half ihm mit einem feuchten Papiertuch, die Theaterschminke zu entfernen. Als er wieder sauber war, hatte er sich einigermaßen gefasst, seine Miene verhieß jedoch weiterhin nichts Gutes. Auch und besonders nicht, als die Eltern aufgefordert wurden, jetzt alle ihre Plätze vor der Bühne einzunehmen, weil das Stück gleich anfangen sollte.

Lars ging vor Felix in die Hocke und flüsterte ihm etwas ins Ohr. Das zauberte Pias Sohn ein tapferes Lächeln ins Gesicht.

Sie bedachte Lars mit einem dankbaren Blick.

»Nun komm.« Er zog sie mit sich in den Zuschauerraum. »Vertrau ihm. Er macht das schon.«

»Was hast du denn zu ihm gesagt?«, fragte Pia, als sie sich in die enge Sitzreihe zwängten.

»Dass er ein engelsgleicher Hirte sein wird. Und dass ich mal das Brot bei *Frau Holle* spielen musste, und in dem *Märchen vom dicken, fetten Pfannekuchen* war ich der dicke, fette Pfannekuchen.«

Pia spürte einen eher unangemessenen Heiterkeitsausbruch in sich aufsteigen. »Du hast einen Pfannkuchen gespielt?«

Ein paar Eltern sahen verwundert zu ihnen herüber.

Er senkte die Stimme. »Was glaubst du? Das war die Rolle meines Lebens.«

»Dafür hast du dich aber gut entwickelt«, sagte sie.

Er lächelte. Endlich. Der Vorhang glitt zur Seite, und das Spiel begann.

Eva Almstädt

DUNKLER ABGRUND

1. Kapitel

»Dieser Weg führt nirgendwohin!« Jakob Blank, der auf der Rückbank des schwarzen Polos saß, stützte sich auf den Lehnen der Vordersitze auf. Bei jedem Buckel in der Fahrbahn stieß er mit dem Kopf gegen den Dachhimmel.

Mathilda Schubert drehte sich vom Beifahrersitz zu ihm herum. Ihr sommerblondes Haar kitzelte ihn an der Wange. »Ich hab euch doch gleich gesagt, dass der alte Kolonnenweg nirgends hinführt.«

»Da war doch ein Ortsschild«, sagte Leon.

»Ach ja? Ich sehe nur keine Häuser«, erwiderte Mathilda.

»Und ich sehe nur Wald«, ergänzte Jakob.

»Also mir gefällt's.« Leon steuerte seinen Wagen den holprigen und von Büschen und Bäumen beinahe zugewachsenen Weg entlang. »Oder habt ihr es eilig, zu euren Eltern zu kommen?«

Die drei Jugendlichen waren auf dem Weg zur Hochzeit von Jakobs Onkel Markus, die in den folgenden Tagen in großem Rahmen gefeiert werden sollte. Das Schlosshotel, in dem sie erwartet wurden, lag laut Leons Navi noch eine knappe halbe Stunde entfernt, und gerade vergrößerte sich die Distanz, anstatt sich zu verringern.

»Wir sind hier falsch. Dahinten ist ein See und …« Der Wagen kam vor einem umgestürzten Baum zum Stehen, der die ohnehin schmale Fahrspur versperrte.

»Das war's dann wohl«, sagte Mathilda. »Will einer von euch Jungs den Baum zur Seite ziehen? Oder habt ihr vielleicht eine Säge oder eine Axt dabei?«

Für Mathilda hätte Jakob gern einen Baum abgesägt, aber das einzige Werkzeug, das er griffbereit hatte, war ein winziger Schraubendreher für seine Brille. Nicht, dass er viel Erfahrung mit Sägen hätte. Jakob wartete, bis Leon und Mathilda ausgestiegen waren, bevor er den Vordersitz umklappte und ebenfalls den Wagen verließ. Die Waldluft war schwülwarm. In den letzten Tagen hatte es ein paar heftige Regengüsse gegeben, und heute lag die Temperatur knapp über fünfundzwanzig Grad.

»Du siehst aus wie ein verhakter Zollstock, wie du dich aus dem Auto rausschälst«, spottete Leon.

»Dann besorg dir einen anständigen Wagen«, murrte Jakob. Er stellte sich neben Mathilda, die die umgestürzte Birke mit in die Hüften gestützten Händen betrachtete. Leon schob einen Ast ein Stück zur Seite, doch der schnellte zurück, und ein Zweig klatschte gegen Jakobs Arm.

»Du musst hier irgendwo umdrehen.« Mathilda blickte über die Schulter zurück. Hinter ihnen bedrängte üppig wuchernde Vegetation den ehemaligen Kolonnenweg, bis er in der Ferne vom Grün verschluckt wurde.

»Oder ziemlich lange rückwärtsfahren«, feixte Jakob.

Leon kümmerte sich nicht um die Kommentare. Er stieg über den Baum hinweg und wanderte weiter den Weg hinunter.

»Was soll das, Leon? Wir kommen zu spät«, mahnte Jakob. »Die fragen sich bestimmt schon alle, wo wir bleiben.«

»Du wolltest mit deinem Cousin Leon mitfahren«, sagte Mathilda. »Also komm, sei kein Spielverderber! Wir schauen uns den See da unten mal an. Vielleicht gibt es eine Badestelle.«

Jakob zuckte mit den Schultern und trottete den beiden anderen hinterher. Die Sonne stand noch hoch am Himmel und schickte flirrende Strahlen durch das dichte Blätterdach.

Mücken umschwirrten sie, und in der Ferne klopfte ein Specht. Nach ein paar Minuten wurde der Wald lichter. Leon schlug sich nach rechts. Mathilda folgte ihm. Von schräg oben konnte Jakob auf ihren von der Sonne geröteten Scheitel blicken. Sie war ein Jahr älter als er, volljährig. Waren sie nicht noch vor Kurzem in etwa gleich groß gewesen? Jakob war erst in den letzten Monaten auf seine Körpergröße von fast ein Meter neunzig hochgeschossen. Manchmal fühlte es sich so an, als bewegte er sich in einem fremden Körper. Seine langen Füße in den Sportschuhen, dem dritten Paar in diesem Jahr, blieben an Baumwurzeln hängen, und er musste bei fast jedem Schritt den Kopf einziehen, um nicht gegen Äste zu stoßen. Jakob sah zu, dass er nicht den Anschluss verlor. Er traf Mathilda nicht allzu häufig. Sie war die Tochter einer alten Freundin der Familie und das Patenkind seines Onkels. Sie lebte auch in Hannover. Mathilda wohnte allerdings in Bothfeld und Jakob in der List. Er rutschte aus und sah hinunter auf das, was unter dem Laub verborgen gewesen war.

»Wartet mal!«, rief er. »Guckt euch das einmal an.« Es war ein Fliesenboden aus quadratischen orangeroten Fliesen.

Leon kam hinzu und kratzte mit dem Schuh in der Erde. Er förderte weitere Bodenfliesen zutage. »Wie krass ist das denn?«

Mathilda begann ebenfalls, mit den Füßen zu scharren, ungeachtet der Tatsache, dass sie sich damit ihre feinen Ledersandalen ruinierte. Zwischen Unkraut und Laub erschienen weitere rötliche Fliesen.

Jakob ging in die Hocke und wischte über die glatte Oberfläche. »Hier muss mal ein Haus gestanden haben. Wir stehen wohl mitten in der ehemaligen Küche oder der Diele.« Er ging ein paar Schritte weiter. »Hier liegen auch Mauersteine und Reste eines Fundaments.«

Mathilda sah sich um. »Komisch. So mitten im Wald.«

»Ob an dieser Stelle noch mehr Häuser standen?«, fragte Leon.

Jakob sah sich mit zusammengekniffenen Augen um. »Ich hab mal gelesen, dass sie damals in der DDR die Dörfer, die sich zu nahe an der innerdeutschen Grenze befanden, einfach plattgemacht haben.«

»Ein geschleiftes Dorf.« Leon lächelte. »Aufregend.«

Sie fanden weitere Mauerreste, einen Schacht, der mit Brettern und einem brüchigen Betondeckel gesichert war, einen Eisenring in einem Rest Beton, der wahrscheinlich zu einem alten Stall gehörte und an dem einst Kühe oder Pferde festgebunden worden waren. Jakob, der sich für Geschichte interessierte, hatte gelesen, dass es in der Gegend ein paar Wüstungen gab: Siedlungen, die innerhalb der fünf Kilometer breiten Sperrzone an der innerdeutschen Grenze gelegen hatten. Die Bewohner waren umgesiedelt worden, die Dörfer hatte man später zerstört. Seltsam, dass sie zufällig auf eines gestoßen waren ... Sie waren sicher weit und breit die einzigen Menschen, und trotzdem fühlte er sich in dem Bewusstsein dessen, was hier gewesen und geschehen war, beobachtet. Als sie weitergingen, lichtete sich der Wald und führte sie auf eine Wiese.

Mathilda entdeckte einen Gedenkstein, einen Findling mit der Inschrift: *Blenkow, 1209–1976, geschleift.* »Wie traurig«, sagte sie.

»Auf dem Ortsschild vorhin stand auch *Blenkow.*« Jakob betrachtete die Gegenstände, die auf dem Gedenkstein abgelegt worden waren: Backstein, Bruchstücke verschiedener Fliesen, ein zerbrochener Isolator aus Keramik.

»Ist doch schon lange her«, sagte Leon. »Wen kratzt das noch?«

»Einige Leute ja wohl offensichtlich schon.« Jakobs Blick

wanderte zu dem vertrockneten Blumenstrauß, der unter dem Gedenkstein lag.

»Ich finde es nicht so toll hier.« Mathilda trat von einem Fuß auf den anderen. »Lasst uns wieder zum Auto gehen.«

»Und wenn es gar nicht mehr dort steht?« Leon rollte mit den Augen »Huhuh! Gruselig, was?«

»Wohl kaum.«

Jakob sah sich um. »Aber spannend ist es schon.« Über die ausgedehnte Wiese wehte ein frischer Wind. Mathildas Arme hatten sich mit einer Gänsehaut überzogen. Jakob wollte sie gern an sich ziehen, um sie zu wärmen. Wenn nur Leon nicht da wäre, der ihn beobachtete und alles, was er tat, kommentierte. »Trotzdem hat Mathilda recht. Wir müssen los.«

»Ich dachte, wir wollten noch im See da unten baden?«

»Wir sind zwei gegen einen, wir fahren jetzt zurück«, forderte Jakob.

»Es ist mein Auto. Ich bin der Fahrer. Wenn wir in dem See schwimmen waren, geht's weiter.«

»Wir haben nicht mal Badesachen dabei.«

Leon bedachte Jakob mit einem verächtlichen Blick.

»Also, ich geh zum Auto.« Mathilda marschierte los.

Leon stieß Jakob mit dem Ellenbogen in die Seite. »Und ich dachte, du wolltest sie gern mal nackt sehen«, raunte er seinem Cousin zu.

»Halt die Klappe!«

Mathilda war schon am Waldrand angelangt. Sie drehte sich um. »Kommt ihr? Ich hab Hunger und Durst. Unsere Eltern und die anderen warten bestimmt schon auf uns.«

»Da entdecken wir ein Mal was Spannendes, und du willst zurück?«, fragte Leon.

»Wir können ja heute Abend noch mal herkommen«, schlug Mathilda vor. »Aber nur, wenn wir jetzt weiterfahren.«

Leon lief los und holte Mathilda ein. »Versprochen? Mit einem Mitternachtsbad im See?«

Sie lachte. »Und wovon träumst du nachts?«

»Nur von dir.« Er bot ihr übertrieben galant seinen Arm an, und sie hakte sich bei ihm ein.

Jakobs Herz zog sich zusammen, und er wandte den Blick ab. Mürrisch schlenderte er hinter den beiden her, die sich über irgendetwas, das Leon gerade gesagt hatte, vor Lachen ausschütteten.

Nach der Fahrt zwischen goldgelben Feldern und sattgrünen Weiden hindurch, durch Alleen und verschlafene Dörfer, hätte Pia die Abzweigung zum Schloss beinahe verpasst. Sie bremste scharf, bog rechts ab, fuhr an einem Teich vorbei, und dann lag es vor ihr: Schloss Tedendorf, in dem ihre Schwester Nele und ihr zukünftiger Mann Markus ihre Hochzeit feiern wollten.

»Felix, schau mal, da ist es schon!«, rief sie ihrem vierjährigen Sohn zu, der hinter ihr in seinem Kindersitz saß. Keine Reaktion. Sie warf einen Blick über ihre Schulter. Die ganze Fahrt über hatte Felix aufgeregt von Schlössern, Burgen, Rittern und Drachen erzählt, um sich im entscheidenden Moment einen verspäteten Mittagsschlaf zu gönnen.

Eine kreisrunde Auffahrt führte auf das Gebäude mit der klassizistischen weißen Fassade zu. In der Mitte der gepflegten Rasenfläche hoben zwei steinerne Hirsche ihre Köpfe in den Himmel. Es gab einen Hotelparkplatz, wo die die Optik störenden Autos abgestellt werden sollten, aber Pia wollte mit ihrem schlafenden Sohn auf dem Arm und dem Rollkoffer im Schlepptau nicht kilometerweit laufen, also fuhr sie vor.

Felix erwachte in dem Moment, als sie ihn aus dem Wagen gehoben hatte. Er rieb sich die Augen und setzte an, ein wenig zu jammern und zu quengeln. Sie stellte ihn auf die Füße, und er blinzelte und legte den Kopf in den Nacken, um an der Schlossfassade hinaufzuschauen. »Schön«, befand er und marschierte los, die Stufen zum Portal hinauf, sodass Pia nur noch sehen konnte, wie sie mit dem Koffer hinterherkam.

Die Rezeption des Schlosshotels war dezent in einer Ecke der Empfangshalle untergebracht. Pia bekam ihren Zimmerschlüssel ausgehändigt und eine kurze Einweisung, was die Frühstückszeiten und die vorhandenen Räumlichkeiten anbelangte. Durch eine zweiflügelige Glastür konnte sie eine sonnige Terrasse sehen, auf der schon ein paar Leute standen. Stimmengewirr klang gedämpft bis in die Halle.

Sie fühlte sich verschwitzt, weil sie im Kommissariat stundenlang mit einem Beschuldigten in einem viel zu warmen Verhörraum gesessen hatte. Auf Felix' geringeltem T-Shirt prangte ein handtellergroßer Kakaofleck. Pia hatte ihn nach der Arbeit aus dem Kindergarten abgeholt und war von dort aus direkt aufgebrochen. Die Fahrt hatte nur eine Stunde gedauert, trotzdem wollte sie ihr Hotelzimmer aufsuchen, bevor sie sich der übrigen Gästeschar stellte.

Ihre kleine Schwester Nele heiratete! Pia hatte sie bestimmt ein paar Monate lang nicht gesehen, und davor auch immer nur kurz, zum Beispiel bei ihren Eltern. Sie kannte nicht mal den Bräutigam besonders gut. »Markus«, murmelte sie, »er heißt Markus.« Entschlossen, sich der Herausforderung der Begegnung mit Nele erst in einem einigermaßen ansehnlichen Zustand zu stellen, griff Pia ihren kleinen Koffer, lockte Felix von einer Ritterrüstung fort und machte sich an den Aufstieg die Schlosstreppe hinauf. Sie waren in einem Zimmer unter dem Dach untergebracht. Ein großzügiges Doppelbett in Pastelltönen unter dunklen Eichenbalken, flauschiger Teppichboden. Für Felix stand wie bestellt ein Kinderbett bereit.

Eine halbe Stunde später trat Pia etwas frischer als zuvor und neu eingekleidet mit Felix an der Hand auf die Schlossterrasse. Es dauerte einen Moment, bis sie zwischen den vielen Leuten ein paar bekannte Gesichter ausmachte. Sie begrüßte ihre Mutter und ihren Stiefvater; Felix wurde auf den Arm genommen und herumgeschwenkt, bis er vor Vergnügen kreischte. Pia entdeckte auch ihren Bruder Tom, ihre Schwägerin Marlene und beider Kinder Clarissa und Philipp. Sie sprach gerade mit ihrer Nichte Clarissa, als jemand ihr auf die Schulter tippte. Nele, in einem sonnengelben Kleid und geschminkt wie ein Model, stand mit einem Mal hinter ihr.

»Pia! Hast du es auch endlich geschafft.« Sie umarmten sich – Pia wehte der Duft von Sekt und etwas Blumigem in die Nase, und Neles lockiges Haar streifte ihre Wange. Die braunen Augen ihrer Schwester leuchteten, und ihr Gesicht war gerötet, als sie einen Mann am Ärmel seines hellblauen Hemdes zu sich heranzog. »Und das ist er! Markus – mein Zukünftiger. Und das ist Pia, meine Schwester. Kennt ihr euch eigentlich schon?«

Der so Vorgestellte lächelte ein wenig verlegen und reichte Pia die Hand. »Ja klar, wir sind uns schon bei euren Eltern begegnet, Nele. Weißt du nicht mehr? Aber nun lerne ich die berühmt-berüchtigte Schwester meiner Frau endlich mal richtig kennen. Freut mich sehr, Pia.«

»Schön, dich wiederzusehen, Markus.« Wieso berühmt-berüchtigt? Was hatte ihre Schwester über sie erzählt?

»Noch nicht *Frau*, Markus. Noch heißt es *Verlobte* oder *Zukünftige.* Alles Weitere kommt erst am Samstag«, sagte Nele. Ihre Aufmerksamkeit galt schon den nächsten Gästen, die auf die Terrasse traten, und sie ließ Pia mit ihrem zukünftigen Ehemann stehen.

»Einen tollen Ort habt ihr für eure Hochzeit gefunden«, sagte Pia mit Blick über den weitläufigen Park. Die Bäume warfen lange Schatten auf die gepflegte Rasenfläche. Noch schien die Sonne, doch am Horizont ballten sich Quellwolken zusammen.

»Ja. Es passt einfach alles. Wir haben uns einiges angeschaut, aber Schloss Tedendorf ist nicht zu übertreffen. Bist du auch gut untergebracht?«

»Ich hab ein wunderschönes Zimmer hier im Haus, direkt unter dem Dach.« Ihr zukünftiger Schwager lächelte. Er war schlank, ohne sonderlich sportlich auszusehen, hatte dunkelblonde Haare, modisch geschnitten mit etwas zu viel Gel darin, und blassgraue Augen. Pia wusste von ihrer Mutter, dass er fast zehn Jahre älter war als Nele. Sie war zweiunddreißig, er Anfang vierzig.

»Findet die große Feier auch hier im Schloss statt?«, fragte sie.

»Nein, dort hinten im ehemaligen Marstall. Sie haben ihn zu einem Festsaal umgebaut. Ist nicht wiederzuerkennen.«

»Kennst du den denn von früher?«

»Ich komme aus der Gegend hier. Aus Färsendorf. Das ist nicht sehr weit von hier entfernt.«

»Dann ist das für dich ja fast ein Heimspiel«, sagte Pia. »Wie viele Gäste erwartet ihr eigentlich insgesamt?«

»Heute und bis nach der standesamtlichen Trauung sind nur die Familien und engere Freunde hier, am Samstag zur kirchlichen Trauung und zur Feier sind wir dann über hundert Leute.«

»Alle Achtung«, murmelte Pia. Heute war Mittwoch. Immerhin würden sie eine Menge Zeit haben, sich alle ein bisschen besser kennenzulernen. Sie behielt Felix im Blick, der sich von ihrer Mutter mit Häppchen füttern ließ, die herumgereicht wurden. Pia nahm sich ein Glas Sekt und hoffte, dass es sie lockerer machen würde.

»Nele sagte mir, dein ... Freund kommt auch?«, fragte Markus.

»Ja, aber etwas später. Lars wollte eigentlich schon heute mit uns mitfahren, doch ihm ist beruflich etwas dazwischengekommen.«

»Ja, ja, der Beruf. Du bist bei der Polizei, oder?«

»Stimmt. In Lübeck.«

»Nele sagte so etwas.« Er sah sich um. »Jakob? Komm doch mal her.«

Erst jetzt fiel Pias Blick auf drei Jugendliche, die auf der Steinbrüstung saßen und die langen Beine baumeln ließen. Sie waren schätzungsweise um die siebzehn, achtzehn Jahre alt. Einer von ihnen tippte auf seinem Handy, die anderen, ein Junge und ein Mädchen, schienen müßig die ankommenden Gäste zu beobachten. Der Kopf des einen jungen Mannes flog hoch, als er gerufen wurde. Er sah die beiden anderen an, und zu dritt bewegten sie sich auf Pia und Markus zu.

Markus umarmte den Jungen mit einer etwas aufgesetzt kumpelhaften Geste, was seine beiden Gefährten dazu veranlasste, peinlich berührt Löcher in die Luft zu starren. »Das ist mein Neffe Jakob. Der Sohn meines Bruders Rolf und seiner Frau Andrea. Jakob, das ist Neles Schwester Pia. Du weißt doch, die Polizistin.«

»Oh, hallo.« Jakob reichte ihr eine große, kühle Hand.

»Ich bin Mathilda«, stellte sich die junge Frau neben ihm vor und trat auf Pia zu. »Nicht so richtig verwandt mit der Sippe hier, aber ich bin Markus' Patenkind.« Sie lächelte. »Und der Herr zu meiner Rechten ist Leon Pretzel. Leo, wie gehörst du eigentlich dazu? Du bist bestimmt nur hier, weil gerade Sommerferien sind und du das leckere Essen abstauben willst«, neckte sie ihn.

»Nein, Mattie, ich verdinge mich als Chauffeur.« Leon

begrüßte Pia lässig mit Küsschen links und Küsschen rechts. »Und du bist also die berühmte Schwägerin«, sagte nun auch er. »Aber da die Wahrheit sowieso ans Licht kommen wird: Ich bin ein Cousin zweiten Grades des Bräutigams, glaube ich.«

»Eher eine Art Neffe«, sagte Jakob.

Leon zuckte mit den Schultern.

»Also, Jakob überlegt, auch zur Polizei zu gehen«, schaltete Markus sich ein. »Er macht nächstes Frühjahr sein Abitur. Vielleicht könnt ihr euch in den nächsten Tagen ja mal unterhalten.« Er nickte seinem Neffen noch einmal aufmunternd zu und widmete seine Aufmerksamkeit dann einem älteren Paar, das gerade die Stufen zur Terrasse heraufkam.

»Wenn du Fragen hast, jederzeit gern«, sagte Pia. Jakob, dessen Blick auf Mathilda und Leon gerichtet war, die miteinander herumalberten, nickte abwesend.

»Sind Sie allein hier?« Mathilda nippte an ihrem Sekt.

»Nein, mit meinem Sohn. Und wir können uns auch gern duzen.« Pia deutete mit dem Kopf in die Richtung, wo Felix auf dem Arm seines Großvaters gerade alle Umstehenden unterhielt. Die Details zu Lars' verspäteter Ankunft ersparte sie den Anwesenden.

»Oh, der Kleine dort ist deiner? Der ist ja sooo süß!«

»Ist dir kalt, Mattie?« Leon legte Mathilda einen Arm um die Schultern. Sie sagte etwas in sein Ohr, und er grinste. Als er merkte, dass Jakob sie beobachtete, zog er die junge Frau näher zu sich heran. Zwei rote Flecken erschienen auf Jakobs blassen Wangen, und sein Ausdruck wurde starr.

»Mach dir nichts draus, sie will gar nichts von ihm«, hätte Pia am liebsten zu dem jungen Mann gesagt. Doch sie wusste, dass sie ihm weder die Selbstzweifel noch die brennende Eifersucht nehmen konnte. Jakob standen während der Hochzeitsfeierlichkeiten allem Anschein nach harte Tage bevor.

2. Kapitel

Auf den Begrüßungssekt auf der Terrasse folgte das eher lockere Abendessen in der Jägerstube. Es gab eine große Terrine Pilzsuppe und belegte Brote. Dazu Wein und Bier, Kaffee, Brandy, Obstler, Portwein und was den Leuten noch einfällt, wenn sie in Gesellschaft sind, sich eine gut bestückte Bar und ein Weinkeller in ihrem Zugriff befinden und sie nicht mehr Auto fahren müssen. Von Markus erfuhr Pia, dass die bisher angereisten Hochzeitsgäste alle im Schloss untergebracht waren. Diejenigen, die erst am Samstag eintrafen, hatten Zimmer in den angrenzenden Ortschaften gebucht oder fuhren abends noch nach Hause.

Gegen neun brachte Pia Felix ins Bett und installierte ein Babyfon und sein Nachtlicht, das sie extra aus Lübeck mitgebracht hatte. Ihr Sohn war so voller neuer Eindrücke, dass er nicht gleich einschlafen konnte. Zweimal musste sie das Nachtlicht, eine Lampe in Form eines Fliegenpilzes, anders positionieren, sodass Felix das Licht nicht direkt ins Gesicht schien, er es aber vom Bett aus sehen konnte.

»Ist es so gut?«, fragte sie, als er endlich eingekuschelt in dem bereitgestellten Kinderbett lag.

»Jaaa«, kam es gedehnt. »Kann aber immer noch nicht schlafen. Ich kann nie einschlafen.«

»Soll ich dir noch etwas vorlesen?«

»Nöö.« Er rieb sich die Augen. Felix war offensichtlich hundemüde, und wenn er nicht bald zur Ruhe kam, rechnete Pia mit einer Katastrophe.

»Soll ich einfach noch ein bisschen bei dir sitzen bleiben?«
»Hm.«
Pia setzte sich neben das Bett, streichelte Felix über den Kopf und schloss einen Moment die Augen. Wie still es im Zimmer war. Zu Hause in ihrer Lübecker Wohnung war es kaum je so ruhig. Sie gähnte. Die Abgeschiedenheit hinter den dicken Schlossmauern war ungewohnt. Pias Tag hatte um halb sechs begonnen und war anstrengend gewesen. Wenn sie nicht aufpasste, würde *sie* gleich fest eingeschlafen sein.
Felix fuhr wieder hoch.
»Was hast du denn, Schatz?«
»Ist zu dunkel.«
»Aber schau mal, da vorn ist doch dein Nachtlicht.«
»Ich mag den Fliegenpilz nicht«, maulte er.
»Das ist ja ganz neu. Wieso denn nicht?«
»Der macht nur Glück. Kein Licht!«

Als Pia aufwachte, schlief Felix tief und fest. Sie sah im Licht der Fliegenpilzleuchte auf ihre Armbanduhr. Halb elf. Ihr ärmelloses, kurzes Kleid war nicht für ein Nickerchen hinter kühlen Schlossmauern gemacht. Sie rieb sich die kalt gewordenen Arme, warf noch einen Blick in den Spiegel und griff nach dem Empfänger des Babyfons.

Im Restaurant hatten sich die Reihen gelichtet. Gut die Hälfte der Gäste schien sich schon auf ihre Zimmer zurückgezogen zu haben. Die übrigen saßen in kleinen Gruppen zusammen oder waren zum Rauchen auf die Terrasse gegangen.

Pia wollte die ungewohnte Freiheit, einen Abend außer Haus ohne Kind und ohne Verpflichtungen, nicht ungenutzt verstreichen lassen. Sie ging an die Bar.

Die Kellnerin, die sie zuvor in der Jägerstube bedient hatte, eine Frau Ende vierzig mit gefärbtem Haar, das vom Ton her nah bei Roter Bete lag, sprach gerade mit dem Barkeeper. »Ich fahr nach Hause, Alexander. Jackie meint, du schaffst das hier jetzt auch allein.«

»Wenn Jackie das sagt. Aber klar, kein Problem, Ramona. Ich wünsch dir einen schönen Feierabend.«

Sie lachte bitter auf. »Dein Wort in Gottes Ohr. Und morgen früh geht es gleich weiter.«

»Das wird so sein.« Der Mann hinter der Bar, der einen halben Kopf größer war als Pia und die Schultern eines Rugby-Spielers hatte, wandte sich ihr zu. »Hi! Womit kann ich dienen?«

Sie musste nicht mehr fahren. »Mit einem Cocktail. Gibt es eine Empfehlung des Hauses?« Pia nahm auf dem Barhocker Platz.

»Aber sicher. Ich nenne ihn ›Castle Rock Surprise‹.«

»Solange die Überraschung nicht darin besteht, dass ich nach einem Drink sturzbetrunken vom Stuhl kippe …«

Er taxierte Pia, schüttelte den Kopf. »Sie sehen nicht so aus. Keine Sorge.«

Sie schaute ihm müßig zu, wie er routiniert zu mixen begann. Es war ein netter Anblick. »Und wer ist Jackie?«

»Unsere Chefin. Jacqueline von Kieslow. Haben Sie sie noch nicht gesehen?« Er hob die Hand etwas über Schulterhöhe. »So groß, dunkles Haar, Zopf, ein unglaubliches Energiebündel.«

»Doch. Sie war am Empfang, als ich gekommen bin.« Pia nahm das mit Physalis, einer Scheibe Sternfrucht und einem schwarzen Strohhalm dekorierte Getränk entgegen und schlug die Beine übereinander.

Er hatte sich auf den Tresen gestützt, ließ den Blick einen Moment über Pias Körper wandern und sah ihr dann wieder ins Gesicht. »Woher kommen Sie?«

»Aus Lübeck. Ich hatte keine sehr lange Anreise. Und Sie?«

»Ich bin in einem Dorf nebenan aufgewachsen.«

»Der Bräutigam stammt auch aus der Gegend«, sagte Pia.

Alexander nickte. »Dann kennt er das Schloss bestimmt von früher. Es war aber nicht immer so gut in Schuss.«

»Ist es schon lange ein Hotel?«

»Jackies Mann, Hasso von Kieslow, hat es 2001 gekauft. Die beiden haben sofort mit den Renovierungsarbeiten begonnen. Zu DDR-Zeiten wurde es als Erholungsheim genutzt, aber später stand es lange Zeit leer und ist dann mehr und mehr verkommen. Drei Jahre hat es gedauert, bis alles so war, wie Sie es jetzt sehen können. Eine Heidenarbeit.«

»Es ist wunderschön. Ist denn viel los hier?«

»Wir haben viele Hochzeiten. Aber ich jobbe nur unregelmäßig im Hotel. Eigentlich bin ich Reisejournalist.«

»Und wo kann ich etwas von Ihnen lesen?«

»In verschiedenen Reisejournalen. Doch ich arbeite auch an einem Buch«, setzte er hinzu.

»Spannend. Dann viel Erfolg.« Pia erhob sich, um sich wieder zu den anderen zu setzen, und strich ihr Kleid glatt.

»Das kann ich brauchen«, sagte er. »Besonders, wenn es an die Verlagssuche geht. Sie arbeiten nicht zufällig in der Branche?« Er fixierte sie einen Moment.

»Nein, ganz woanders«, antwortete Pia. »Bis später.«

Sie fühlte seinen Blick zwischen ihren Schulterblättern, als sie ins Restaurant zu Nele, Markus und ein paar anderen an den Tisch ging.

Neben Markus saß ein Paar, das er als seinen Bruder Rolf und seine Schwägerin Andrea vorstellte. Der Mann war etwa zehn Jahre älter als Markus. Er sah aus wie eine untersetzte, etwas angegraute und gestresste Version von Jakob, seinem Sohn, den Pia vorhin ja schon kennengelernt hatte. Die drei jungen Leute konnte sie nirgendwo entdecken. Sicher war es ihnen zu langweilig mit all den Älteren geworden.

Ramona Winkler legte im Personalraum ihre Schürze ab, zog sich die Sandalen, die sie zum Kellnern trug, aus und schlüpfte mit schmerzenden Füßen in die bequemen, weil ausgeleierten Halbschuhe. Sie verfluchte ihre Ballenzehen, die nach einem langen Arbeitstag bei jedem Schritt schmerzten. Dann griff sie nach ihrer Handtasche und warf beim Hinausgehen noch einen Blick in den Spiegel. Sie konnte ihr Spiegelbild betrachten, ohne sich wirklich zu sehen. Nur ein prüfender Blick auf die Frisur – die festgesprayten roten Wellen saßen noch an Ort und Stelle, kein verschmierter orangeroter Lippenstift, keine Rotweinflecken auf Bluse oder Hose? Ihr Gesicht, von dem sie wusste, dass es zerknittert und ungeheuer müde aussah, mit geröteten Augen, die unter bleischweren Lidern verschwanden, war ein blinder Fleck für sie. Es wäre unnötig schmerzhaft, sich dem zu stellen, noch dazu im Neonlicht. So wie die Frau in dem blauen Kleid eben am Tresen, die Alex so unverhohlen neugierig angeschaut hatte, würde sie nie wieder aussehen. War es je so gewesen? Oder wie die drei jungen Leute, das bildhübsche blonde Mädchen und die zwei baumlangen Knaben, die eben kichernd und aufgedreht in dem schwarzen Polo davongebraust waren. War sie jemals so unbeschwert gewesen? Nein, beschied sie sich selbst und schloss die Tür des Personalraums. Andere Zeiten, ganz andere Zeiten waren das gewesen! Und außerdem war sie nicht mit einem goldenen Löffel im Mund geboren worden. Dass sie in ihrem Leben nichts als Arbeit kennen würde, dieses Schicksal war ihr wohl schon in die Wiege gelegt worden – die in Wahrheit die alte Kommodenschublade ihrer Großmutter gewesen war. Da konnte man gar nichts machen. Ramona kniff die Lippen zusammen. Ab nach Hause, wo ihr Mann hoffentlich schon schlief. Die nächsten Tage würden noch anstrengend werden, mit einer großen Hochzeitsgesellschaft über vier bis fünf Tage und mit viel zu wenig Personal.

»Ramona, alles in Ordnung?« Jackie von Kieslow kam aus ihrem Büro auf sie zu. Trotz der späten Stunde wippte ihr dunkelbrauner Pferdeschwanz noch munter bei jedem ihrer Schritte, und die weiße Bluse schimmerte wie frisch aufgebügelt.

»Ja, alles bestens. Alex hat in der Jägerstube für mich übernommen. Ist ja nicht mehr viel los.«

»Ich wollte noch mal Danke sagen. Für Ihre allzeitige Aufmerksamkeit.« Jackie lächelte und reichte Ramona die Hand. Es knisterte in ihrer Handfläche.

»Keine Ursache. Das hatten wir ja so besprochen. Ich bin morgen um sechs wieder da, um das Frühstück vorzubereiten.«

»Ich denke, dass halb sieben auch ausreicht«, sagte Jackie. »Es wird kaum jemand um sieben ein vollständiges Frühstücksbuffet erwarten. Die werden alle ausschlafen.«

»Das weiß man nie.«

»Halb sieben.« Jackie nickte noch einmal und drehte sich um. Ramona hörte das Klopfen ihrer harten Absätze auf dem Steinboden, als sie selbst geräuschlos zur Tür hinaushuschte.

Die drei jungen Leute, das »bildhübsche Mädchen und die zwei baumlangen Knaben«, stellten Leons Polo nahe der Gedenktafel für das geschleifte Dorf ab. Sie hatten diesmal nicht den alten Kolonnenweg genommen, sondern waren die Landstraße hinuntergefahren, von der eine Abzweigung, ein einfacher Forstweg, ebenfalls zu dem verschwundenen Dorf führte. Es gab sogar ein weiteres Ortsschild für den nicht mehr vorhandenen Ort.

»Nachts ist es ja noch unheimlicher«, stellte Mathilda erwartungsfroh fest. »Schaut mal, der Mond hinter den Wolken ...«

»Wenigstens haben wir bald Vollmond«, sagte Jakob. Beim Anblick der unergründlichen Dunkelheit des Waldes und in Anbetracht all der Geräusche, die er nicht zuordnen konnte, fand er die Idee, nachts hierherzukommen, vollkommen bescheuert. Beinahe hätte er vor der Abfahrt noch gekniffen, aber Mathilda war wild entschlossen gewesen, und sie allein mit Leon hierherfahren zu lassen, kam gar nicht infrage.

Leon schaltete eine Taschenlampe ein, die er aus dem Kofferraum geholt hatte, und ließ den Lichtfinger über die Wiese huschen. »Weißt du, dass du beinahe alles vermasselt hättest, Jakob?«, sagte er. »Beim Abendessen so laut über unsere Pläne zu quatschen. Da hättest du deinen Dad auch gleich um Erlaubnis fragen können.«

»Es hat uns doch niemand zugehört«, entgegnete Jakob.

»Ach, glaubst du?«

»Kommt, lasst es gut sein«, mischte Mathilda sich ein. »Ich möchte noch mal zu dem Haus, von dem wir den Fußboden gefunden haben.«

»Ich möchte dorthin, wo der einzelne Baum steht«, sagte Jakob. Wenn er schon mal hier war ... »Dort soll die Dorfkneipe gewesen sein.«

»Ach ja?«

»Da ist ein Lageplan auf der Informationstafel. Die hab ich mir heute Nachmittag schon angesehen.«

Sie blieben dicht zusammen. Das Vorhaben, tiefer in den Wald zu gehen, mussten sie aufgeben, weil der Boden zu uneben und rutschig war. Stattdessen wanderten sie den Weg am Rande der Wiese entlang in Richtung des Sees, der kalt im Mondlicht schimmerte.

»Hier haben sie damals die Steine und den Schutt und alles reingeschoben«, sagte Jakob. »Ein ganzes Dorf in einer Nacht dem Erdboden gleichgemacht. Auf der Tafel steht, es war ein Silvesterabend.«

»Und warum?«, wollte Leon wissen.

»Nur weil es zu nahe an der Grenze lag.«

»Was da nun wohl noch alles im See liegt?«, überlegte Mathilda. »Ob es sich lohnt zu tauchen?«

»Das traust du dich nicht«, neckte Leon sie.

»Ich bin mal in Ägypten getaucht.«

»Da liegen hauptsächlich Steine, Ziegel, Balken und Hausrat drin«, vermutete Jakob. »Danach willst du nicht tauchen. Ist auch zu gefährlich.« Er wollte von dem Thema »Urlaubsreisen« ablenken. Er wusste, dass Mathildas Eltern in Geld schwammen, während Leons Mutter, die früh Witwe geworden war, auf jeden Euro achten musste. Gleichzeitig fragte er sich, warum er seinen Cousin schützen wollte, der sich doch immer wie »King Louie« aufführte.

Mathilda kniff Jakob in den Arm. »Hast du das gehört?«

»Was denn?«

»Ich glaube, da ist ein Auto gekommen.«

Sie schauten über die Wiese, zu der Baumgruppe, unter der sie den Polo geparkt hatten. »In dem Fall hätten wir Scheinwerfer gesehen«, entgegnete Leon. »Und wenn, dann ist es ein Liebespaar, das hier ungestört rummachen will. Wollen wir ihnen einen kleinen Schrecken einjagen?«

»Spinnst du?«

»Ich finde den Ort ziemlich öde. Lasst uns zurückgehen«, schlug Jakob vor.

»Genug von den ruhelosen Geistern, die hier nach ihrer alten Heimat suchen?«, spottete Leon.

»Quatsch. Ich weiß nur nicht, was ihr hier wollt.«

»Du wolltest doch noch dahin, wo die Dorfkneipe war, Jakob. Lasst uns dort entlang zurückgehen«, schlug Mathilda vor. »Und dann fahren wir zurück.« Sie redete, als plante sie einen Einkaufsbummel in Hannovers Innenstadt.

Schweigend gingen sie durch das hohe Gras. Leon stieß mit dem Fuß gegen etwas Hartes. »Hier unten sind wieder alte Fundamente.«

»Da vorn, wo die Büsche sind, müsste eine Scheune gestanden haben«, sagte Jakob.

»Woher weißt du das? Hast du Visionen?«

»Wie gesagt, ich habe den Lageplan auf der Hinweistafel studiert.«

Mathilda schritt langsam auf das Gebüsch zu, leuchtete dabei mit ihrem Mobiltelefon vor sich, um nicht zu stolpern. Sie bückte sich, hob etwas aus dem Gras auf, betrachtete es, warf es fort. Jakob folgte ihr.

»Wartet mal, Leute. Runter!« Leon löschte sein Licht.

Jakob ging automatisch in die Hocke und zog Mathilda am Zipfel ihrer Jacke mit sich. Einige Meter von ihrem geparkten Polo entfernt, direkt am Waldrand, bewegte sich ein Lichtschein.

»Scheiße. Wer ist das?«

»Ein Spaziergänger?«, wisperte Mathilda.

»Es kommt auf uns zu!«

Angespannt beobachteten sie, wie das bläuliche Licht sich bewegte.

Leon kroch geduckt auf sie zu. »Ob der uns gesehen hat?«

»Klar, du hattest ja die Taschenlampe an.«

»Aber auf die Entfernung?«

»Wir sehen ihn ja auch.«

»Wir tun doch nichts Verbotenes.« Leon richtete sich wieder auf. Die Taschenlampe ließ er jedoch ausgeschaltet. Jakob und Mathilda folgten seinem Beispiel. Das bläuliche Licht war für einen Moment aus. Nun ging es wieder an. Es schien näher gekommen zu sein.

»Verschwinden Sie von hier!«, hallte eine männliche Stimme durch die Nacht. »Das ist Privatgrund!«

Die drei sahen sich an. »Und nun?«

»Zum Auto zurück, aber in einem großen Bogen und immer an den Büschen entlang«, schlug Leon vor. »Damit wir ihm nicht in die Arme laufen. Ich zuerst, danach Mathilda, dann du, Jakob.«

»Und wenn er uns den Weg abschneidet?«, fragte sie.

»Verschwinden Sie, oder ich hetze meine Hunde auf Sie!«, tönte es wieder durch die Nacht.

»Verdammter Mist«, flüsterte Leon.

Wie wahr, und den Letzten fressen die Hunde!, dachte Jakob, doch er nickte. Mathilda sollte nicht als Letzte laufen müssen. Als sich das Licht auf sie zubewegte, rannten sie los.

3. Kapitel

Ramona Winkler parkte vor ihrer Kate am Dorfrand. Das Haus, eher eine Ansammlung von Anbauten aus verschiedensten Materialien, die den ursprünglichen Bau aus Backstein beinahe verbargen, befand sich in einer Senke. Nach den Regengüssen der letzten Tage stand in der Einfahrt immer noch Wasser. Neben der Haustür schwang die Außenlaterne im Nachtwind. Drinnen lief der Fernseher, wie Ramona an dem zuckenden Lichtschein, der in den schmalen Flur fiel, erkennen konnte. Sie hoffte, dass Frank schon schlief.

Er lag seltsam verdreht und mit offenem Mund auf der Couch und schnarchte. Auf dem niedrigen Tisch und dem Boden vor dem Sofa standen Flaschen und ein überquellender Aschenbecher. Daneben lagen Chipstüten und Werbeprospekte. Es roch muffig. Ramona verzog das Gesicht und ging auf Strümpfen in die Küche, wo sich das Chaos fortsetzte. Ihr Mann hatte sich eine Dose Ravioli aufgemacht, wie sie an dem Teller, dem schmutzigen Topf und allen übrigen Utensilien erkennen konnte. Außerdem schien er sich schon wieder Pizza bestellt zu haben. Der Karton lag offen auf dem Küchentisch, darin noch die abgenagten Ränder, die Frank immer übrig ließ.

Ramona genehmigte sich einen kräftigen Schluck Rosé aus dem Kühlschrank und tappte weiter ins Bad. Sie putzte sich flüchtig die Zähne, wusch sich das Gesicht, wieder ohne sich im Spiegel wirklich wahrzunehmen, und fuhr sich mit der Bürste durchs Haar. In diesem Licht war die Farbe doch etwas grell geraten. Ramona beeilte sich, fertig zu werden. Solange

Frank auf dem Sofa schnarchte, hatte sie die Chance, ungestört in ihrem Bett einzuschlafen. Als sie in Richtung Schlafzimmer schlich, knarrte die Couch, und es polterte.

»Ramona! Ramona, bist du endlich da?«

Sie hoffte, dass ihr Mann wieder einschlafen würde, wenn sie nicht reagierte.

»Verdammt, Ramona, wo bleibst du denn?« Er stand im Türrahmen. So betrunken oder verschlafen er auch sein mochte, er konnte blitzschnell sein, immer dann, wenn sie es am wenigsten erwartete. Er musterte sie aus den blutunterlaufenen Augen des regelmäßigen Trinkers. »Hast du Geld mitgebracht?«

»Das Hotel überweist mir mein Gehalt. Das weißt du doch.«

»Es ist kein Geld mehr da! Weder im Portemonnaie noch in der Haushaltskasse. Ich hatte Hunger, und bei Schröders lassen sie mich nicht mehr anschreiben.«

»Am Ersten gibt es wieder Geld.« Ramona ging zwei Schritte in Richtung Schlafzimmer. »Bis dahin ist noch genug in der Speisekammer.«

»Soll ich trockene Nudeln essen, oder was?« Er packte sie am Oberarm.

»Lass das, Frank. Du tust mir weh.«

»Du tust mir weh«, äffte er sie nach. »Pass auf, dass ich dir nicht noch mehr wehtue. Ich brauche Geld, verstehst du mich? GELD.«

Jakob rannte. Vor ihm lief Mathilda, mit wehenden Haaren, die im Mondlicht schimmerten. Leon sah er nur als dunklen Schatten weiter vorn. Er hörte nichts als ihre trampelnden Schritte und seinen keuchenden Atem. Das blaue Licht leuchtete jetzt schräg vor ihnen auf. Leon wandte sich nach links, tiefer in die

Büsche hinein. Jakob folgte ihm. Zweige schlugen ihm ins Gesicht, und er trat auf etwas Hartes. Er knickte um, biss sich auf die Lippe und fluchte. Dann humpelte er weiter.

Seine beiden Freunde waren in der Dunkelheit verschwunden. »Mathilda? Leon?«, wisperte er.

»Pst!«, flüsterte Leon. »Hier rüber.«

Das blaue Licht kam näher. Er hörte seine Freunde, doch er konnte sie nicht sehen. Jakob fühlte Panik in sich aufsteigen. Er brach durch Zweige, um zu seinen Gefährten zu gelangen, rutschte aus, sackte ein Stück ein, und beim nächsten Schritt gab der Boden unter ihm nach. Jakob fiel abwärts. Instinktiv breitete er die Arme aus, bekam Grasbüschel und kalte, nasse Erde zu fassen, die er mit sich in die Tiefe riss. Er landete auf seinem Hintern in etwas Nassem und schlug sich seitlich den Kopf an. Jakob spürte Erdbrocken und Steinchen auf sich herabregnen. »Oh Gott, ich werde verschüttet!« Er stemmte sich hoch, doch sein Knöchel tat entsetzlich weh, und seine Füße fanden in dem Schlamm keinen Halt. Das Wasser, in dem er stand, war eisig und roch widerlich. Weil immer noch Erde rieselte, sah er blinzelnd nach oben und schluchzte auf, als durch einen Spalt über ihm ein Lichtschein fiel.

»Jakob?«, hörte er gedämpft Mathildas Stimme. »Oh mein Gott, Jakob, wo bist du denn?«

»Ich bin hier unten, Mathilda.«

»Oh nein, bist du okay, Jakob?«

Sein Fuß tat höllisch weh, und seine Hände brannten. Ansonsten fehlte ihm anscheinend nichts. »Ja, es geht.«

»Kannst du hochkommen?«

»Ich weiß nicht.« Er versuchte, sich hochzuziehen, doch wo er auch anfasste, er lockerte nur weitere Erdbrocken und Gestein. »Ich schaff das nicht. Und ich hab keine Ahnung, was das hier ist. Könnt ihr mal zu mir herunterleuchten?«

Er hörte einen erregten, aber gedämpften Wortwechsel. Schemenhaft konnte er Mathildas Umriss gegen den Nachthimmel sehen. Das Licht der Taschenlampe blendete Jakob. Mathilda unterdrückte einen Aufschrei. Er musste einen furchtbaren Anblick bieten, nass und über und über mit Erde bedeckt. Der helle Strahl von Leons Lampe wanderte durch die Erdhöhle. Sie lag so tief, dass er mit den Händen kaum zu seinen Freunden hinaufreichen konnte, und sie war nicht sehr groß. Die Seitenwände bestanden teilweise aus altem Mauerwerk, teils aus Erdreich, durchsetzt mit Baumwurzeln, und immer wieder rieselte Erde nach unten. Weiter oben befanden sich die blinden und zerbrochenen Scheiben eines verschütteten Kellerfensters. Er war in einen der alten Keller gestürzt. Allein kam er hier nicht wieder hinaus.

Pia wollte sich gerade von den anderen verabschieden und nach oben auf ihr Zimmer gehen, als Rolf Blank nach einem Anruf auf seinem Handy mit sorgenvollem Blick an den Tisch in der Jägerstube zurückkehrte.

»Was ist denn los, Schatz?«, fragte seine Frau.

»Das war Mathilda. Sie sagt, Jakob ist in irgendwelchen Schwierigkeiten. Ich muss sofort los.«

»Was denn für Schwierigkeiten? Wo sind die Kinder überhaupt?«, fragte Andrea beunruhigt.

»Leon, Mathilda und Jakob sind nach dem Essen noch mal losgefahren. Sie sind anscheinend in Blenkow. Das ist ein zerstörtes Grenzdorf, eine Wüstung. Das wollten sie sich wohl noch mal anschauen«, sagte Rolf.

»Im Dunkeln?«

Rolf Blank hob die Schultern. »Sie sind beinahe erwachsen, Andrea. Willst du sie festbinden?«

»Und was zum Teufel ist mit Jakob passiert? Warum ruft er nicht selbst an?«, fragte Andrea.

»Mathilda sagt, es geht ihm einigermaßen gut. Ich soll nur kommen«, antwortete ihr Mann beschwichtigend.

»Dann begleite ich dich.«

»Nein, bleib du bei den Kleinen.«

Andrea und Rolf hatten außer Jakob noch zwölfjährige Zwillinge, zwei Mädchen, die bereits im Bett lagen. Mathildas Eltern waren ebenfalls schon auf ihr Zimmer gegangen, und Leons Mutter würde erst am Samstag nachkommen.

»Weißt du überhaupt, wo dieses ehemalige Dorf ist?« Sie schüttelte den Kopf. »An alldem ist bestimmt Leon schuld!«, sagte Jakobs Mutter.

»Mathilda hat mir ihre Geokoordinaten geschickt. Ich finde das schon.«

»Willst du nicht die Polizei oder einen Rettungswagen verständigen?«, fragte Markus, der auf das erregte Gespräch aufmerksam geworden war. »Kannst du überhaupt noch fahren?«

»Ich hab nur alkoholfreies Bier getrunken. Und Mathilda hat ausdrücklich gesagt, dass ich niemanden benachrichtigen soll. Nur dorthin kommen soll ich.«

»Ich kann mitfahren«, bot Pia an. Sie gehörte, zusammen mit ihren Eltern, dem Ehepaar Blank sowie Nele und Markus, zu den letzten Gästen im Restaurant. »Würdest du solange mein Babyfon nehmen?«, bat sie ihre Mutter. »Nur falls Felix aufwacht.«

»Klar, aber kann nicht einer der anderen …«

Nele und Markus hatten deutlich mehr Alkohol getrunken als Pia. Außerdem wollte sie die beiden nicht nachts durch die Gegend fahren lassen. Und nicht zuletzt machte sie sich Sorgen, was den Jugendlichen passiert sein mochte. Dass Mathilda nicht nur aus Spaß anrief, dessen war sie sich zumindest sicher.

4. Kapitel

Rolf Blank fuhr schnell, aber konzentriert. Nachdem sie das Ortsschild von Blenkow passiert hatten, erwartete Pia, irgendwann auf Häuser, Lichter, eine richtige Straße zu treffen, doch der Forstweg endete in einer mit Gras bewachsenen Senke, die von drei Seiten von Wald umgeben war.

»Weiter geht's nicht«, bemerkte Rolf beim Aussteigen. »Da vorn müsste ein See sein.« Die Wasserfläche war auf der Karte des Navigationsgerätes zu sehen gewesen.

»Wo ist das Dorf?« Pia hatte nicht mitbekommen, was Rolf über das zerstörte Grenzdorf gesagt hatte.

»Das existiert schon lange nicht mehr. Aber dahinten steht Leons Polo.« Rolf deutete auf den dunklen Wagen im Schatten der Baumgruppe. »Sie müssen hier irgendwo sein.«

Pia ging zu einer Hinweistafel und leuchtete sie mit ihrer Taschenlampe an. »Ein geschleiftes Grenzdorf«, sagte sie über ihre Schulter hinweg. »Deshalb gibt es Blenkow nicht mehr.«

»Ja. Es wurde Mitte der Siebziger zerstört.« Rolf war neben sie getreten. »Was zum Teufel wollten Jakob und die anderen hier? Und wo sind sie?«

Sein Telefon klingelte. Noch während er telefonierte, sah Pia am anderen Ende der Wiese ein Licht aufleuchten und lief darauf zu.

Leon und Mathilda erhoben sich und winkten, als Pia und Rolf näher kamen.

»Wo ist Jakob?«, fragte Rolf scharf.

»Da unten. Da muss ein alter Keller oder so sein«, sagte Leon.

»Er ist eingebrochen. Ihm fehlt aber nichts«, ergänzte Mathilda. »Wir haben nur Angst, dass noch mehr Erde nachrutscht, wenn wir allein versuchen, ihn dort rauszuziehen.«

Pia kniete sich an den Rand des Erdlochs und leuchtete hinunter. Im Schein ihrer Taschenlampe sah sie Jakob mit angezogenen Beinen mehr als zwei Meter unter sich sitzen. Er hatte den Kopf in den Nacken gelegt und schaute zu ihr herauf. Jakob sah blass und schmutzig aus, doch auf den ersten Blick schien er unversehrt zu sein.

»Hi, Jakob. Hast du etwas Spannendes da unten entdeckt?«

»Es geht.« Er griff ihren lockeren Tonfall auf. »Aber allmählich wird's öde.« Dann schluckte er. »Ist mein Vater auch da? Könnt ihr mich rausholen?«

Rolf kniete sich neben Pia. Es gab einen erregten Wortwechsel zwischen Vater und Sohn. Pia stand auf.

»Wohin wollen Sie?«, fragte Mathilda.

»Ein Abschleppseil holen. Und den Verbandskasten. Oder habt ihr schon etwas Derartiges hier?«

Mit vereinten Kräften gelang es ihnen, Jakob mithilfe des Seils nach oben zu ziehen. Pia untersuchte ihn provisorisch. Sein rechter Knöchel schien verstaucht zu sein, vielleicht auch angebrochen. Außerdem hatte er ein paar Kratzer. Ansonsten war er aber wohl mit dem Schrecken davongekommen.

Rolf war der Ansicht, dass Jakob ins Krankenhaus gefahren werden sollte, doch sein Sohn beteuerte, dass ihm nichts fehle. Er wolle nur ins Hotel, heiß duschen und dann ins Bett. Sein Fuß tat auch angeblich gar nicht mehr so weh. Zur Not würde er morgen zu einem Arzt fahren. Um die Praktikabilität seines

Vorhabens zu untermauern, humpelte er beinahe ohne Hilfe auf die beiden Autos zu. Pia sicherte den Einsturzort, sodass nicht noch jemand zu Schaden kam. Dann fuhren sie zurück ins Schlosshotel.

Beim Frühstück war das Erlebnis der Jugendlichen das Thema Nummer eins. Jackie von Kieslow, die das geschleifte Dorf ebenfalls kannte, führte ein paar Telefonate, damit der Einsturzort richtig gesichert wurde. Ein Hotelgast, ein enger Freund von Markus und zufällig praktischer Arzt, hatte sich Jakobs Fuß angeschaut, meinte aber, ohne Röntgenbild könne er nichts Näheres sagen. Also waren Andrea Blank und ihr Sohn nun auf dem Weg zu einem Radiologen, während Rolf sich bemühte, die lebhaften Zwillinge unter Kontrolle zu halten.

Die rothaarige Kellnerin kümmerte sich um das Frühstücksbuffet. Unterstützt wurde sie von einer jungen Aushilfskraft, die dabei mehr mit Eifer als mit Geschick zu Werke ging. Ramona sah, wenn möglich, noch erschöpfter und frustrierter aus als am Abend zuvor. Der Barkeeper Alexander hingegen schien heute ausschlafen zu dürfen. Seine Schicht hatte bis zwei Uhr morgens gedauert. So lange hatten seine letzten Gäste – Nele, Markus, Rolf, Andrea, Mathilda, Leon, Jakob und Pia – noch an der Bar gesessen. Jakob hatte entgegen seiner Ankündigung darauf bestanden, noch nicht zu Bett zu gehen. Eine Schmerztablette, ein Kühlpack um den hochgelegten Fuß und ein heißer Kakao, den Alexander aus Milchschaum aus dem Kaffeeautomaten zubereitet hatte, hatten Jakob als erste Krisenmaßnahme genügt. Er war sichtlich zu aufgewühlt gewesen, um allein zu sein. Jakob hatte es jedoch weitestgehend Mathilda und Leon überlassen, ausgesuchte Sequenzen ihres Abenteuers zu schildern und auch die Kritik einzustecken, dass sie nicht sogleich die Feuerwehr und einen Rettungswagen gerufen hatten.

Nach dem Frühstück traf Pia mit Felix in der Halle auf Jakob und dessen Mutter Andrea. Jakob hatte eine Kunststoffbandage um den Fuß und bewegte sich noch vorsichtig an zwei Krücken durch die Hotelhalle.

»Wie geht's dir, Jakob? Was ist mit deinem Fuß?«, fragte Pia.

»Halb so wild.« Er wollte abwinken, doch mit den Händen an den Krücken ging das nicht. »Bloß verstaucht, nicht gebrochen. Nur ...«

Pia sah ihn fragend an. Jakob warf einen Seitenblick auf seine Mutter, die gerade das Ölporträt einer ehemaligen Schlossbewohnerin bewunderte. »Ach, nichts. Ich geh raus auf die Terrasse und suche mir ein ruhiges Plätzchen, wo ich mein Bein hochlegen kann.«

Felix deutete auf die leuchtend blauen Krücken. »Ich will auch mal.«

»Die sind doch viel zu groß für dich«, entgegnete Jakob.

»Trotzdem«, beharrte Felix.

»Na gut.« Jakob lächelte. »Aber erst, wenn ich sie nicht mehr brauche.« Er setzte sich wieder in Bewegung, schwang weit aus, und Felix sah ihm bewundernd nach.

»Du sollst damit nicht herumturnen, Jakob. Schone lieber deinen Fuß.« Andrea seufzte. »Wenn sie noch klein sind, denkt man, es ist irgendwann vorbei mit den Ermahnungen. Aber ich sag dir, Pia, das hört nie auf.«

»Das gestern war ja auch ein ziemlicher Schreck. Hat er dir noch was erzählt, zum Beispiel, warum sie nachts dorthin gefahren sind? An der Bar war Jakob ja nicht mehr sehr gesprächig.«

Andrea schnaubte. »Mir doch nicht. Aber er chattet die ganze Zeit mit irgendwelchen Leuten. Ich bin mir sicher, die halbe Welt ist besser darüber informiert, was in ihm vorgeht, als seine Eltern.«

»Mal abgesehen davon, dass wir keine Handys hatten, waren wir in der Hinsicht auch nicht viel anders«, sagte Pia. »Jakob ist ein toller Junge. Sehr tapfer, wie er sich gestern Nacht verhalten hat.«

»Ja, das ist er«, stimmte Andrea zu. »Aber er scheint mir seitdem irgendwie bedrückt oder verwirrt zu sein. Ich wüsste gern, ob *wirklich* alles in Ordnung ist.«

Nachdem Felix seine Großeltern zum »Mensch ärgere Dich nicht«-Spielen überredet hatte, nutzte Pia die Gunst der Stunde und suchte Jakob auf der Terrasse auf. Er saß auf einem gepolsterten Deckchair, eine Cola, ein Buch sowie das obligatorische Smartphone in Reichweite. »Darf ich mich einen Moment zu dir setzen?«

»Oh, ja bitte.« Zögernd löste er den Blick von den Leuten im Park. Pia meinte, Mathildas blonden Haarschopf zwischen den Bäumen verschwinden zu sehen.

»Ich hatte eben den Eindruck, dass du mich allein sprechen möchtest«, kam sie direkt zur Sache.

»Stimmt. War das so offensichtlich?«

»Nein, mehr aus der Situation heraus. Es geht um gestern Abend, oder?«

»Ja. Das war blöd mit meinem Fuß. Blöd und peinlich. Aber es gab einen Grund, warum wir so gerannt sind. Warum ich in dieses Loch gefallen bin. Da war nämlich noch jemand. Er hat gerufen, dass wir abhauen sollen, sonst würde er die Polizei holen oder seine Hunde auf uns hetzen.«

»Tatsächlich? Weißt du, wer das war?«

»Keine Ahnung. Er war zu weit weg. Doch es war eine männliche Stimme. Wir haben nur ein Licht gesehen.«

»Habt ihr die Hunde gehört?«

»Nein. Der war auch noch ganz schön weit weg.«

»Mathilda hatte schon so etwas erwähnt«, erinnerte sich Pia. »War da nicht auch ein Motorgeräusch?«

»Ja, schon. Das war aber vorher. Und da haben wir nichts gesehen.«

»Was für ein Licht war das denn? Waren das nicht doch Autoscheinwerfer, eine Fahrradlampe oder eine Taschenlampe?«

»Ich glaube, eine Taschenlampe. Das Licht sah bläulich aus und bewegte sich auf und ab.«

Vielleicht eine Taschenlampe mit LED? Oder jemand hatte etwas vor das Licht gehalten, um es abzuschirmen. Blauen Stoff?, überlegte Pia.

»Als ich da unten in dem Kellerloch saß und nicht herauskonnte, gingen mir die schrecklichsten Sachen durch den Kopf«, sagte Jakob, ohne sie anzusehen.

»Das kann ich mir vorstellen. Es sah da unten nicht gerade einladend aus.«

»Hattest du schon mal Todesangst?«, fragte er leise.

»Das eine oder andere Mal«, sagte Pia vorsichtig.

Sein Gesicht entspannte sich ein wenig. »Kann es sein, dass man sich dann etwas einbildet, das gar nicht da ist? Dass die Fantasie einem einen Streich spielt?«

»Schon möglich. Was ist da unten passiert? Was beunruhigt dich?«

»Es war ja dunkel. Ich hab nur kurz mit meinem Handy herumgeleuchtet, aber da war nichts, was ich mir näher betrachten wollte. Nachdem ich wusste, dass ich allein nicht wieder da rauskomme, hab ich die meiste Zeit einfach nur dagesessen und nach oben gestarrt. Wenn ich nicht mit Leon und Mathilda gesprochen habe, dann hab ich still auf dem Boden gehockt und gelauscht, ob es weitere Erdbewegungen gibt. Ich konnte ja fühlen, wie nass und locker das Erdreich um mich herum war. Es tropfte überall, und immer wieder bröckelte Erde herunter. Es hätte jederzeit weiter einstürzen können. Das hat mir Angst gemacht«, bekannte er. »Mathilda und Leon haben sich alle Mühe gegeben, aber …« Er stockte und schluckte mehrmals.

»Die Situation war ja auch gefährlich. Da war es vollkommen normal, Angst zu haben«, sagte Pia. »Du hast toll reagiert, da du dich nicht zu viel bewegt hast und nicht in Panik verfallen bist.«

»Ich weiß nicht, ob das nicht doch schon Panik war. Ich konnte mich nicht bewegen, selbst wenn ich es gewollt hätte. Ich war wie gelähmt.« Er spielte mit seinem Telefon herum, sah wieder auf und warf Pia einen gequälten Blick zu. »Verstehst du: Wegen dieser Panik weiß ich nicht, ob das, was ich ertastet habe, real war oder ob ich es mir eingebildet habe.«

»Was hast du ertastet?«

Er lachte bitter auf. »Es klingt, als wäre es einem albernen Horrorfilm entsprungen.«

Pia beugte sich vor, denn Jakobs Stimme war immer leiser geworden. »Was war da unten, Jakob?«

»Ich hab Knochen gefühlt«, sagte er, ohne sie anzusehen. »Verschiedene Knochen. Biologie ist bestimmt nicht mein bestes Fach in der Schule, aber es fühlte sich nicht nach einem Karnickel oder einem Fuchs an.«

»Wie groß waren die Knochen?«

»Einer etwa so.« Er hielt die Hände auf Unterarmlänge auseinander.

»Es könnte ein Rind oder Pferd gewesen sein. Vielleicht ein Schwein?«, sagte Pia. »Da waren Stallungen in dem Dorf. Wer weiß, was mit den toten Haustieren passiert ist.«

»Ja. Aber da war noch mehr … Komisches Zeug. Wie alter

Stoff, so faserig und modrig. Ich konnte das nicht näher untersuchen. Ich wollte es nicht. Wie gesagt, ich hatte Schiss.« Er sah wieder in Richtung Park. Pia folgte seinem Blick. Mathilda und Leon traten Arm in Arm auf den Rasen. Jakobs Hände auf seinem Schoß verkrampften sich.

»Hast du den anderen beiden davon erzählt?«, fragte Pia.

»Das konnte ich nicht. Keine Ahnung, wieso. Vielleicht dachte ich, dass sie mich eh nur auslachen würden. Leon kann ziemlich fies sein. Gerade wenn es ... wenn es um Mädchen geht. Und dann kamt ihr ja, du und mein Vater, und alles ging so schnell.«

»Wie gesagt: Ich vermute, dass das die Knochen irgendeines Nutztieres waren.« Pia erhob sich. »Aber wir sollten da Gewissheit haben. Ich kümmere mich darum. Danke, dass du es mir erzählt hast, Jakob.«

Pia parkte wieder in der Nähe der Informationstafel, die auf das geschleifte Dorf hinwies. Der Himmel hatte sich zugezogen, und der Wald zu ihrer Linken lag dunkel und abweisend da. Sie musste an das Licht denken, das die jungen Leute gesehen hatten, und an die Stimme. Wie war der Mann hierhergekommen? Was hatte er nachts an diesem Ort gewollt? Und warum hatten die Jugendlichen ihn nicht kommen sehen? Er könnte den alten Kolonnenweg entlanggefahren sein. Oder er war doch zu Fuß gekommen. Aber wenn ja, woher? Dieser Ort lag kilometerweit von der nächsten Ortschaft entfernt.

Der Wind hatte aufgefrischt und blies über das hochstehende Gras, sodass die Wiese aussah wie ein graugrünes Meer. In der Ferne konnte Pia die orangefarbene Warnweste wehen sehen, mit der sie die Grube provisorisch gesichert hatte. Noch schien sich trotz der Telefonate der Hotelmanagerin niemand dafür zu interessieren, dass ein alter Keller freigespült worden war. Pia ging quer über die Wiese darauf zu.

Um das Loch im Boden war das Gras niedergetrampelt, die Erde stellenweise aufgewühlt. In der Grasnarbe war ein langer, gerader Absatz zu erkennen, der weiter hinten zwischen den Büschen verschwand. Pia scharrte mit dem Schuh Fundamentreste frei. Hier also war die Außenmauer des alten Gebäudes verlaufen. Sie ging auf die Knie und leuchtete mit ihrer Taschenlampe in das Loch. Der Geruch von nassem Erdreich, Wildkräutern und noch etwas anderem, Fauligem stieg ihr in die Nase. Sie konnte Wurzeln, Mauerreste und eine dunkel schimmernde Pfütze am Grund des Erdlochs sehen. Durch Jakobs Bewegungen war der Untergrund aufgewühlt. Und am seitlichen Rand des Lochs lag etwas Bräunliches, Längliches. Es konnte ein Ast sein, eine Metallstange oder der von Jakob beschriebene Knochen.

Es war zu gefährlich, allein in das Loch hinunterzusteigen. Auch sie würde ohne Hilfe nicht wieder herausklettern können. Wie dumm, dass sie allein hierhergefahren war. Sie hatte noch nicht die Pferde scheu machen wollen, bevor sich Jakobs Vermutung bestätigt hatte. Wenn sie nicht hinunterklettern wollte, benötigte sie etwas zum Greifen. Nur was? Oder etwas, um Sachen herauszuangeln? Felix' Kescher kam ihr in den Sinn.

Vielleicht lag das Teil nach ihrem letzten Ostseeausflug ja noch in ihrem Kofferraum? Pia lief zurück und fand den Kescher hinter einer Box mit Felix' Sandspielzeug. Wohlweislich nahm sie auch ihr Multitool mit der Säge, eine Rolle Tape und die Plastiktüten mit, in denen sie Beweismittel aufbewahrten. So ausgerüstet, lief sie zurück zu dem Kellerloch und verlängerte den Stil des Keschers mithilfe eines langen Astes und des Tapes. Dann legte sie sich vor dem Abgrund auf den Bauch und fischte in der Pfütze nach dem, was Jakob für einen Knochen gehalten hatte. Nach diversen fruchtlosen Bemühungen gelang es ihr schließlich, den länglichen Gegenstand zu bergen.

Es war ein Knochen, ohne Zweifel. Ob von einem Schwein oder Rind oder einem Menschen? Sie konnte es nicht sagen. Vielleicht bestätigte oder widerlegte sich die Annahme, wenn sie mehr von da unten zutage förderte? Pia legte sich erneut auf den Bauch und stocherte mit dem Kescher in dem Loch herum. Neben Steinen und einem verrosteten Stück Kette erweckten zwei miteinander verbundene Gegenstände ihre Aufmerksamkeit. Das eine war ein kleiner, rechteckiger Kunststoffkasten. An der einen Seite besaß er drei Regler, ein geriffeltes Kunststoffrad und zwei Hebel, die auf *1, 2, 3* und auf *M, T* oder *O* eingestellt werden konnten. Der zweite Teil war kleiner und organisch geformt, sodass Pia es zunächst für ein Schneckengehäuse gehalten hatte. Doch da es an einem Kabel hing, musste es etwas anderes sein. Ratlos betrachtete sie die beiden Fundstücke. Sie gehörten irgendwie zusammen. Pia schwante Unerfreuliches. Sie drehte den größeren Gegenstand in den Händen. Bei ihrem Fund handelte es sich mit hoher Wahrscheinlichkeit um ein altmodisches Hörgerät.

5. Kapitel

Pia zog ihr Telefon hervor und rief die Polizei. Während sie dem Kollegen in der nächsten Polizeidienststelle erklärte, wer sie war und was sie wo gefunden hatte, überlief es sie siedend heiß, als ihr einfiel, dass ja heute um vierzehn Uhr die standesamtliche Trauung von Nele und Markus stattfinden sollte. Also sehr bald. Als sie am Schlosshotel losgefahren war, war es Viertel nach zehn gewesen. Ihrer Ansicht nach noch reichlich Zeit für eine kleine Erkundungstour, bevor sie sich und Felix für das Standesamt aufhübschen musste. Jetzt war es schon Viertel nach zwölf. Wie war das möglich?

»Warten Sie am Fundort auf uns, Frau Korittki«, sagte der Polizeihauptmeister zu ihr. »Ich schicke einen Streifenwagen zu Ihnen, sobald er frei ist.«

Sie würde zwanzig Minuten zurück zum Hotel fahren. Dann musste sie duschen, sich umziehen ... und sie hatte keine Ahnung, wie Felix inzwischen aussah. Pia wusste auch nicht, wie weit es vom Schloss zum Standesamt war. Auf jeden Fall würde es knapp werden. »Was denken Sie, wie lange ich hier auf die Kollegen warten muss?«

»Schwer zu sagen. Die sind gerade unterwegs.«

»Ich muss in spätestens einer halben Stunde hier aufbrechen.«

»Tut mir leid. Da kann ich Ihnen nichts versprechen. Warten Sie einfach.«

Pia atmete tief durch. Wenn sie zu spät zum Standesamt käme, wäre das nahezu unverzeihlich. Da würde sie sich auch nicht mit einem spektakulären Knochenfund herausreden können. Allenfalls Jakob würde ihr das vielleicht noch nachsehen. Aber der heiratete ja nicht. Es war ihre Schwester, die diese Feierlichkeiten seit Monaten, wenn nicht Jahren akribisch plante. Und sie, Pia, hatte gerade einen verdammt dummen Fehler gemacht.

Konnte Nele nicht einfach ohne eine Riesenfeier mit ihrem Markus zusammen glücklich sein? Wozu das ganze Brimborium? Aber jeder musste es so machen, wie er es für richtig hielt. Es war Neles gutes Recht. Leider würde ihr mögliches Zuspätkommen Nele in ihrer Ansicht bestätigen, dass Pia der Beruf wichtiger war als ihre Familie. Und das, wo ihr Verhältnis sowieso angespannt war. Eigentlich hatte sie die Tage nutzen und sich mit ihrer Schwester aussprechen wollen. Ihr Plan, Nele ausgerechnet bei dieser Gelegenheit mitzuteilen, dass die Geschichte mit Hinnerk für sie schon lange vergeben und vergessen war, erschien ihr jetzt völlig idiotisch. Und wenn das hier schiefging, liefen ihre Chancen auf eine Versöhnung gegen null. Sie seufzte und setzte sich ein Stückchen abseits der Grube auf einen am Boden liegenden Baumstamm. Pia sah auf ihre schmutzigen Hände mit den schwarz geränderten Fingernägeln hinunter. Blöde Neugierde. Was hatte sie sich nur dabei gedacht, eben schnell mal herzukommen, um nachzusehen, ob Jakob recht hatte?

Der Streifenwagen des örtlichen Polizeireviers tauchte um Viertel vor eins am Horizont auf. Die Beamten parkten nicht weit von Pias Auto entfernt. Es waren ein Mann und eine Frau, die gemächlichen Schrittes auf sie zukamen. Klar, bei dem Fund eines Knochens, der vielleicht schon jahrzehntelang hier lag und bei dem nicht mal sicher war, dass er menschlichen Ursprungs war, war keine Eile geboten.

Die Frau runzelte die Stirn, als sie die Warnweste und den

provisorisch verlängerten Kescher sah. Sie stellte sich als Antje Wiesmann vor und studierte gefühlte fünf Minuten lang den Ausweis, den Pia ihr mit vor Schmutz starrenden Fingern reichte. Dann warf sie ihren geflochtenen Zopf zurück. »Soso. Kriminalhauptkommissarin Pia Korittki. Du bist also auf Urlaub hier ... Pia.«

Dass sich Polizisten untereinander duzten, war normal, ebenso wie es Fußballer auf dem Fußballfeld taten, auch wenn sie unterschiedlichen Mannschaften angehörten. Doch Antje Wiesmanns Ton war süffisant, als hätte sie Probleme mit einer Kollegin aus Schleswig-Holstein, die plötzlich in ihrem Revier auftauchte.

Pia erklärte, dass sie für ein paar Tage mit ihrer Familie auf Schloss Tedendorf wohnte, weil ihre Schwester dort heiratete. Sie berichtete von der Erkundungstour der Jugendlichen, dem Mann, der sie hatte vertreiben wollen, sowie Jakobs Sturz in den alten Keller und erklärte, wie es zu dem Fund gekommen war. Die Polizistin runzelte wieder die Stirn. Der männliche Kollege, der sich als Polizeiobermeister Martin Hensel vorgestellt hatte, untersuchte unterdessen den Knochen, den sie zutage gefördert hatte.

»Sieht nach Schwein aus«, vermutete Hensel. »Das ist ein Schweineknochen, oder, Antje?«

Seine Kollegin zuckte mit den Schultern. »Pferd, Rind, Schwein ... Hier waren mal Stallungen. Das sind Nutztierknochen. Und dafür rufen Sie uns?«

»Schwein oder Rind, das dachte ich zuerst auch«, sagte Pia. »Aber ich habe noch etwas in dem Loch gefunden.« Sie zeigte ihnen die Plastiktüte mit dem mutmaßlichen Hörgerät.

»Was ist das?«, fragte Antje Wiesmann.

»Ein altes Hörgerät«, bestätigte Hensel Pias Vermutung. »Mein Großonkel hatte früher so ein ähnliches.«

»Wirklich, Martin?«
»Ja, ich bin mir ziemlich sicher.«
Antje Wiesmann pfiff durch die Zähne, zog dann die Brauen zusammen und sah Pia misstrauisch an. »Du hast das doch nicht angefasst?«, fragte sie.
»Nur mit der Plastiktüte«, sagte Pia. »Und ich vermute ebenfalls, dass es ein altes Hörgerät ist.«
»Dann hast du also schon erwartet, so etwas zu finden?« Sie tippte mit dem Zeigefinger gegen die Tüte, die in Hensels Hand hin und her schwang. »Und uns nicht vorher gerufen?«
»Ich hatte nichts dergleichen erwartet.« Pia versuchte, die offen zur Schau gestellte Feindseligkeit zu ignorieren. Ein Hörgerät hatte sie tatsächlich nicht erwartet, aber Jakobs Beschreibungen hatten sie schon auf den Gedanken gebracht, es vielleicht mit menschlichen Überresten zu tun zu bekommen. »Der junge Mann, Jakob Blank, der gestern Abend hier reingefallen ist, hat mir gesagt, dass er vermutlich Knochen gefühlt hat, größere Knochen. Deswegen habe ich erst mal allein nachgesehen.«
»Hast du die Beweismitteltüten immer zur Hand?«, fragte Hensel.
»Die habe ich nach dem Fund aus meinem Auto geholt.« Pia sah auf die Uhr. »Habt ihr sonst noch Fragen? Ich habe gleich einen wichtigen Termin. Wie gesagt, meine Schwester heiratet. Ich würde jetzt gern gehen.« Sie gab der Frau ihre Karte. »Hier steht, wie ihr mich jederzeit erreichen könnt. In den nächsten Tagen natürlich am besten mobil.«
Antje Wiesmann sah ihren Kollegen an. »Sollen wir sie so einfach gehen lassen?«
Er nickte. »Wir erreichen sie ja, wenn was ist.«
»Also gut.« Antje Wiesmann schnippte gegen Pias Visiten-

karte, die sie noch in der Hand hielt. »Wir melden uns, wenn wir noch Fragen haben.«

»Ja, wir rufen vielleicht an«, echote Hensel.

»Und keine weiteren eigenmächtigen Aktionen dieser Art mehr«, ermahnte Antje Wiesmann Pia.

»Keine Sorge. Das ist nicht mein Fall.« Als Pia zu ihrem Wagen zurückging, war es fünf Minuten nach eins. Am liebsten wäre sie gerannt, so spät, wie es schon war. Doch sie spürte die Blicke der Kollegen im Nacken, bis sie am Auto angekommen war. Sie drehte sich noch mal zu ihnen um. Die beiden Polizisten standen Seite an Seite und sahen ihr zu, wie sie in ihr Auto stieg. Pia unterdrückte den Impuls, ihnen noch einmal zuzuwinken, um sie zu ärgern.

Bevor sie den Zündschlüssel im Schloss drehte, überprüfte sie ihr Telefon. Während des Gesprächs mit den Kollegen hatte sie mehrere Anrufe verpasst, unter anderem von ihrer Mutter. Pia rief zurück und erkundigte sich, ob mit Felix alles in Ordnung war. Dann informierte sie ihre Mutter, dass sie nun zurück ins Hotel fuhr.

»Das war knapp, Pia.« Nele sah ihre Schwester mit blitzenden Augen an. Der wütende Ausdruck passte so gar nicht zu ihrem hellrosa Sommerkleid und der mädchenhaften Gretchenfrisur mit den weißen Blüten darin.

Nach der Trauung standen alle Gäste vor dem Standesamt und tranken Sekt oder Orangensaft.

»Ich weiß. Tut mir leid, Nele«, sagte Pia, nachdem sie dem frisch getrauten Paar gratuliert hatte. Sie war um eine Minute vor zwei Uhr als Letzte in den Raum gehuscht. Felix war schon mit ihren Eltern vorgefahren und winkte ihr fröhlich, als er sie entdeckte. Sie hatte sich möglichst leise auf den Platz in der vorderen Reihe gesetzt, der für sie frei gehalten worden war. Nele hatte natürlich bemerkt, dass sie so spät kam, und Pia einen mahnenden Blick über die Schulter hinweg zugeworfen.

»Ich dachte schon, du kommst nicht mehr.«

»Sie war ja noch rechtzeitig da«, mischte sich Pias Mutter ein, die den Wortwechsel verfolgt hatte. Sie nahm ihre beiden Töchter in die Arme. »Es war eine schöne Rede, finde ich. Und ihr seht toll aus.«

»Was hast du nur so lange gemacht?«, hakte Nele nach.

Pia unterdrückte einen Seufzer. »Ich hab noch etwas für Jakob erledigt, wegen gestern Abend. Und das hat länger gedauert als erwartet.«

Ihre Schwester sah auf das Glas in Pias Hand und dann auf ihre Fingernägel, die sie in der Eile nur notdürftig gereinigt hatte. »Sag mal, hast du mit bloßen Händen eine Leiche ausgebuddelt?«

Auf Neles Nägeln glänzte zartrosa Acryl mit ein paar Strasssteinchen darauf, die in der Sonne funkelten. Selbst der Gedanke daran, wie ihre natürlichen Nägel darunter aussahen, wenn man Kleber und Kunststoff entfernte, war Pia nur ein geringer Trost. »Ich weiß es nicht«, sagte Pia, zu genervt, um weiter Rücksicht zu nehmen. »Kann schon sein.«

Ihre Schwester starrte sie an. »Mensch, Pia, das war ein Scherz. Muss das jetzt sein? Am Tag meiner standesamtlichen Trauung?«

»Ich wollte nicht darüber reden, aber du hast gefragt.«

»Und nun?«

»Ich habe die Polizei informiert. Ich musste ziemlich lange auf die Kollegen warten. Deshalb war ich so spät dran.«

»Ist das jetzt etwa ein neuer Fall für dich?«

»Nein, überhaupt nicht. Die werden sich um alles kümmern.«

Mathilda kam mit Felix auf dem Arm auf sie zu. »Da seid ihr ja. Nele, Felix möchte, wenn er mal heiratet, eine Braut, die genauso hübsch ist wie du. Ich habe ihm schon gesagt, dass das kaum möglich ist.«

»Oh, danke, Felix.« Nele nahm ihn Mathilda ab.

»Eigentlich möchte er seine Tante heiraten«, raunte Mathilda Pia zu. »Ich hoffe, das überlegt er sich in der Zwischenzeit noch einmal.«

»Das habe ich gehört, Mattie!«, rief Nele und verschwand mit Felix auf dem Arm zwischen ihren Gästen.

»Du warst ganz schön spät dran«, sagte nun auch Mathilda. »Jakob meint, dass du vorhin wohl noch mal in dem verschütteten Dorf gewesen bist?«

»Ja, das bin ich.«

»Und?«

»Die hiesige Polizei kümmert sich darum.«

»Worum?«

»Um den Einsturzort«, wich Pia der Frage aus. Sie ließ den Blick über die Gäste schweifen. »Ich habe ein kleines Problem, Mathilda. Weißt du, ob hier zufällig ein Hörgeräteakustiker unter den Anwesenden ist?«

Alexander Jordan schlug das Ei schwungvoll auf den Pfannenrand, die dicke braune Schale knackte auf, und er ließ das Innere in das heiße Fett gleiten. Ein zweites und ein drittes Ei folgten. Das Eiweiß färbte sich von klar zu weiß.

»Hallo, Alex. Wird das dein Frühstück, Mittagessen oder schon wieder Abendbrot?« Olaf Jordan stand in der Küchentür.

Es war kurz nach vier Uhr. Alexander musterte seinen Vater flüchtig: die Jeans, das karierte Hemd, die mürrisch verzogenen Mundwinkel. Er hob die Pfanne an und ließ die Spiegeleier hin und her rutschen. »Du bist schon da? Konntest du heute früher Feierabend machen?«

»Ich feiere Überstunden ab. Wollte das gute Wetter nutzen, solange es anhält.« Er deutete mit dem Kopf in Richtung Fenster. Der Garten ihres Siedlungshauses stand in voller Blüte. Lupinen drängten gegen das Fensterglas, Stangenbohnen rankten an ihren Gestellen in den Himmel, und die Salatköpfe im Gemüsebeet standen dicht an dicht, groß wie Kinderköpfe. Manchmal fühlte Alex sich von den Pflanzen schier erdrückt. Es gab mehr zu ernten, als sie zu zweit essen konnten. Das war das Verdienst seines Vaters, der nach seiner Arbeit als Zahntechniker in einem Labor jede Minute seiner Freizeit im Garten verbrachte.

»Das ist mein Frühstück«, beantwortete Alexander verspätet die Frage. »Willst du auch etwas? Ich kann noch mehr Eier braten.« Er säbelte sich zwei Scheiben Weißbrot ab und quetschte sie in den Toaster.

»Nein danke. Ich war zum Mittagessen in der Kantine.« Olaf Jordan betrachtete seinen Sohn. »Du siehst müde aus. Wann warst du gestern Nacht eigentlich wieder hier?«

»Keine Ahnung. Hab nicht darauf geachtet.«

»Warum musstest du denn schon wieder so lange arbeiten?«

Wie immer der vorwurfsvolle Ton, wenn er auf den Job im Hotel zu sprechen kam. Sein Vater betrachtete die Arbeit dort als Zeitverschwendung, wenn nicht sogar als moralisch verwerflich. Zumindest aber eines freiberuflichen Reisejournalisten nicht würdig. »Ich ›musste‹ gar nichts. Aber Jackie bezahlt mich ganz gut, weißt du?«

Olaf Jordan schnaubte. »Jackie! Die nutzt die Leute hier nur aus.« Er zeigte seinem Sohn auf die Brust. »Seit die ihren reichen Typen geheiratet hat, kennt die keine Freunde und Verwandten mehr. Dich nutzt sie auch aus, mein Junge. Fang lieber was Sinnvolleres mit deiner Zeit an, als reichen Leuten irgendwelche Cocktails zu mixen.«

»Du meinst, Kürbisse pflanzen und Hochbeete bauen?« Olaf Jordan zuckte. Sofort tat die bissige Bemerkung Alexander leid, doch warum musste sein Vater ihn auch immer so provozieren?

»Jedenfalls besser, als sich bei denen da anzubiedern«, konterte er.

»So schlimm sind die da gar nicht.« Das Bild der Polizistin tauchte vor seinem geistigen Auge auf. »Einige sind sogar ganz nett.«

»Dafür hab ich dein Studium aber nicht bezahlt!«

»He, das meiste hab ich mir selbst verdient.«

»Mit Kneipenjobs.«

»Immer noch besser, als den ganzen Tag Kronen und Gebisse anzufertigen.«

»Sei ganz vorsichtig, Sohn! Als ich in deinem Alter war, hatten wir nicht die Wahl. Das waren andere Zeiten.«

»Das weiß ich, Paps«, lenkte Alexander ein, bevor sein Vater ihm wieder einen Vortrag über seine Lehre als »Facharbeiter für Tierproduktion« hielt, die er zu DDR-Zeiten absolviert hatte. Danach käme er ohne Überleitung auf das Schicksal seines Bruders Steffen zu sprechen. Alex hatte seinen Onkel Steffen nie kennengelernt. Er war noch nicht einmal geboren gewesen, als sein Onkel gestorben war. Steffen Jordan hatte Republikflucht begehen wollen, war dabei verletzt und dann verhaftet worden und schließlich im Gefängnis gestorben. Über die genauen Umstände war damals nicht viel bekannt geworden. Die Zustände in der ehemaligen DDR, wie sein Vater sie beschrieb, und vor allem der Tod seines Onkels erstickten stets jedwede Nachfrage im Keim. Was immer Alexander auch sagte – er war im Unrecht, weil er ja sowieso keine Ahnung hatte. Das Brot sprang aus dem Toaster, und er legte die goldbraunen Scheiben auf einen Teller. Die Spiegeleier zischten und verfärbten sich an den Rändern braun.

»Hilfst du mir nachher, den Gartenteich zu reparieren?«, fragte sein Vater. »Der ist immer noch nicht dicht. Die Plane hat wohl mal wieder ein Loch.«

»Das geht nicht. Tut mir leid. Ich muss wieder los.« Alexander ließ die Spiegeleier auf die Brotscheiben gleiten, mied den vorwurfsvollen Blick, den er trotzdem spürte.

»Du musst wieder ins Hotel?« Die Stimme seines Vaters war ätzend.

Alexander nickte und öffnete die Kühlschranktür, um Ketchup rauszuholen. Er wollte sich wegen seiner Arbeit nicht bei seinem Vater entschuldigen. Er wüsste auch gar nicht, wofür. Und er wollte sich nicht aus diesem lächerlichen Grund schlecht fühlen.

»Ja, ja, man muss Prioritäten setzen.« Sein Vater verließ die Küche und schloss die Tür äußerst leise hinter sich. Alexander, der ihm hinterhergesehen hatte, schaute auf seinen Teller, wo das Eigelb in alle Richtungen floss. Besonders appetitlich sah das nicht aus. Vielleicht sollte er in Zukunft lieber im Hotel essen, wie Jackie es ihm schon mehrmals angeboten hatte. Er könnte dort auch wohnen, wenn nicht so viel los war. Doch sofort meldete sich sein schlechtes Gewissen wieder. »Ich bin erwachsen«, murmelte er. »Das ist ganz allein meine Sache.«

Den Nachmittag verbrachte die Hochzeitsgesellschaft bei leicht bewölktem, jedoch trockenem Sommerwetter auf der Schlossterrasse und im Park. Es gab Kaffee und Kuchen, und gegen siebzehn Uhr öffnete auch schon wieder die Bar und zog erste Gäste an.

Pia stand eine Weile mit ihrem Bruder Tom und ein paar anderen Eltern mit kleineren Kindern auf dem angrenzenden Spielplatz zusammen. Später, als Felix mit seiner Großmutter Enten füttern gegangen war, rief sie Lars an, um zu hören, ob es bei seinen Plänen, am Samstag nachzukommen, blieb. Sie fühlte sich unter all den Paaren etwas einsam. Eben, als sie jungen, enthusiastischen Eltern mit Baby und Kleinkind erzählt hatte, dass sie alleinerziehend war, hatten sie erst Felix mitleidig und dann sie vorwurfsvoll angesehen, als liefe sie zu Hause ausschließlich in Jogginghose herum, äße Pizza aus Pappkartons und schaute Dauerwerbesendungen im Fernsehen.

Lars war noch in der Agentur. Er schien beschäftigt zu sein, beteuerte aber, spätestens am Samstag zur kirchlichen Trauung nachzukommen. »Vermisst du mich?«, fragte er halb scherzhaft, halb hoffnungsvoll. »Oder ist etwas passiert, Pia? Du klingst bedrückt.«

Sie schilderte ihm in groben Zügen, was sich in der vergangenen Nacht und an diesem Mittag in Blenkow zugetragen hatte.

»Meinst du wirklich, das waren Menschenknochen?«

»In Anbetracht des zweiten Fundes: ja. Ich hab mir sogar ein paar entsprechende Knochen auf einer Anatomieseite im Internet angeschaut. Das muss natürlich alles unter uns bleiben.«

»Klar. Aber du hast Urlaub. Du bist in einem Schloss, um zu feiern, Pia.«

»Ich weiß. Doch das ist nicht so einfach. Und ich glaube, Nele ist sauer auf mich.«

»Rede mit ihr. Sie ist deine Schwester. Ihr kommt schon klar.«

»Das sagst du, ein Einzelkind.«

»Ja, das sage ich.« Er lachte leise auf. »Du schaffst das schon. Stürz dich ins Gewühl. Gönn dir einen anständigen Drink, am besten gleich einen für mich mit.«

Pia dachte an den Barkeeper, der sie am Vorabend immer mal wieder einen Tick zu lange angesehen hatte. Sie schüttelte den Kopf und machte sich auf den Weg zur Entenfütterung.

An diesem Abend wurde es nicht so spät wie am Vortag und auch weniger ereignisreich. Mathilda und Leon schilderten allen, die es noch nicht mitbekommen hatten, noch mal ihr Erlebnis in dem geschleiften Dorf. Pia, die beschlossen hatte, alles, was danach vor Ort geschehen war, nicht weiter zu verbreiten, brachte Felix früh zu Bett. Sie ging anschließend noch einmal hinunter ins Restaurant, doch es war nicht mehr viel los. Gegen Mitternacht war sie wieder auf ihrem Zimmer.

Als Pia aufwachte, kam es ihr so vor, als wäre sie gerade erst eingeschlafen. Doch durch einen Spalt zwischen den Samtvorhängen fiel Licht. Der neue Tag war längst angebrochen. Felix sprang in ihrem Bett herum. »Mama, aufwachen! Ich. Kann. Nicht. Schlafen.«

Es war kurz nach sechs. Pia stöhnte. »Felix, es ist noch ganz früh. Versuch es noch einmal ... bitte!«

»Ich hab noch gar nicht geschlafen.« Felix strahlte sie an. Sein feines blondes Haar stand nach allen Seiten ab. Ansonsten sah er aber schon absolut munter aus. Als Pia hoch ins Zimmer gekommen war, hatte er friedlich in seinem Bett gelegen und sehr wohl tief und fest geschlafen. Ihr Kopf dröhnte. Was hatte sie zuletzt getrunken? Die »Spezial-Schlossmischung«?

»Mama, wach jetzt auf! Ich hab schon viele kleine Lärme gemacht, aber es hat nichts genutzt.«

»Felix, komm her und kuschel dich noch mal an mich«, lockte sie ihn. »Du darfst in meinem Bett weiterschlafen.« Pia hielt ihrem Sohn zugute, dass er es versuchte. Ein paar wunderbare Minuten lang. Um halb sieben war die Nacht endgültig zu Ende, und um sieben Uhr standen sie in der Halle, Pia müde und mit leise pochenden Kopfschmerzen, Felix voller Tatendrang. Sie fragte sich, ob den Enten am See schon ein so früher Besuch zugemutet werden konnte.

Die Tür zum Frühstücksraum öffnete sich, und die Hotelmanagerin, der Barkeeper sowie eine junge Frau, die Pia noch nicht kannte, kamen heraus. Jackie von Kieslow gestikulierte lebhaft und redete auf Alexander ein. Die junge Frau in schwarzem Rock mit gestärkter Schürze, die neben ihnen stand, hatte rote Flecken auf den Wangen. Die Managerin grüßte Pia im Vorbeigehen und verschwand in Richtung Küche. Die junge Frau trabte schicksalsergeben hinter ihr her.

»Ist was passiert?«, fragte Pia den Barkeeper. Er sah mindestens so müde aus, wie sie sich fühlte, zudem gestresst, und außerdem war er noch unrasiert.

»Nein, es ist nichts. Wir mussten nur ein wenig umdisponieren. Eine Kollegin ist überraschend ausgefallen.«

»Die rothaarige Frau, die sonst immer serviert hat?«

»Ja. Ramona ist heute Morgen nicht zur Arbeit erschienen.«

»Einfach so?«

»Jackie, also Frau von Kieslow, versucht noch, sie zu erreichen.« Er hob die Schultern. »Aber das Frühstücksbuffet ist zumindest gleich fertig.«

»Unseretwegen müsst ihr euch nicht beeilen.« Pia sah auf Felix hinunter, der ihre Hand hielt und versuchsweise ein bisschen daran zog. »Wir müssen sowieso zuerst den Enten und den Gänsen Hallo sagen.«

6. Kapitel

Warum hatte er sich breitschlagen lassen, nach Ramona zu sehen? Alexander verschloss seinen Wagen mit einem Druck auf den Funk-Autoschlüssel und blieb vor der mannshohen Gartenpforte aus grün schimmernden Holzlamellen stehen. Die Straße lag höher als das Grundstück, sodass er von oben das Flickwerk der Dachfläche, die schmutzigen Fenster und einen Teil des Vorgartens hatte einsehen können. Er suchte nach einem Griff, Riegel oder einer Klingel, und als er nichts fand, stieß er versuchsweise gegen die Pforte, die sich schabend öffnen ließ.

Er ging auf die Haustür zu, vergewisserte sich anhand des Namensschildes, dass er vor dem richtigen Haus stand, und klingelte. Bestimmt war Ramona krank, und nun störte und belästigte er sie auch noch. Seine Kollegin wirkte schon seit Tagen blass und auch ziemlich unglücklich. Wenn er sich hier so umsah, konnte er das ohne Weiteres verstehen. Wo es im Garten seines Vaters üppig, aber doch gezähmt grünte und blühte und die Natur Gemüse und Obst im Überfluss hervorbrachte, schien die Ausbeute hier aus Löwenzahn, Brennnesseln und Bärenklau zu bestehen. Zwischen den vermoosten Waschbetonplatten spross kniehoch das Unkraut, und die Büsche jenseits des Weges waren so lange nicht zurückgeschnitten worden, dass er mehrmals Zweige hatte zur Seite biegen müssen, um überhaupt vorbeizukommen. Neben den Abfalltonnen am Gartenzaun häufte sich Müll, der zu sperrig war, um in den Behältern entsorgt zu werden.

Ramonas Mann, Frank, war den Leuten im Ort zufolge ein ziemlicher Nichtsnutz, und wenn Alex den bedauernswerten Zustand des kleinen Hauses bedachte, neigte er dazu, ihnen zuzustimmen. Frank Winkler war seit Längerem arbeitslos, aber Ramona musste doch ein bisschen Geld nach Hause bringen? Wo zum Teufel waren die beiden? Alexander klingelte nochmals.

Als sich nichts rührte, trat er seitlich ans Fenster und sah hinein. Drinnen war es dunkel. Er konnte schemenhaft eine ramponierte Küche mit senffarbenen Kunststofffronten und Metallgriffleisten erkennen. Kein Quadratzentimeter auf der sogenannten Arbeitsfläche stand zum Arbeiten zur Verfügung. Aus dem Spülbecken quollen verdreckte Plastikschüsseln, zerknüllte Alufolie, Pizzakartons und weiße Plastiktüten, mit denen Lieferdienste zumeist ihr Essen transportierten. Alex glaubte, in einem der hinteren Räume eine Bewegung wahrzunehmen, und klopfte gegen die Scheibe. »Ramona!«

Keine Antwort.

Das war eine verdammt blöde Idee von Jackie, ihn hierherzuschicken. Wenn sie ihre Kellnerin vermisste, sollte sie doch selbst nachsehen, wo sie blieb. Er schüttelte den Kopf, auch über sich selbst, dass er sich darauf eingelassen hatte, und trat den Rückzug an.

Doch Jackie würde sich nicht so einfach damit abfinden, dass er Ramona nicht zu Hause angetroffen hatte. Sie war wie ein Terrier und würde nachhaken. Hatte er auch wirklich überall nachgesehen? Lange genug geläutet? Laut genug gerufen? Alle Möglichkeiten ausgeschöpft? Und wo war Ramonas Auto, der kleine blaue Nissan, mit dem sie immer zur Arbeit fuhr? Jackie ließ einfach nie locker und gab sich nicht mit Halbheiten zufrieden. Das machte sie nicht einfach im Umgang, aber er musste zugeben, dass sie damit erfolgreich war.

Er drehte sich um sich selbst, suchte nach dem Wagen und fand ihn links, beinahe hinter dem Haus verborgen, unter einem windschiefen Carport. Ramona war also wahrscheinlich doch da. Vielleicht schlief sie? Genug gearbeitet, um todmüde zu sein, hatte sie ja in letzter Zeit. Zu Fuß kam man von hier aus jedenfalls nirgendwohin. Fuhr Ramona Fahrrad? Denkbar, aber es erschien ihm unwahrscheinlich.

Alexander quetschte sich an ihrem Wagen vorbei, denn im Carport lagerte auch Baumaterial wie Bretter, Mauersteine und Ziegel. Er fühlte auf der Motorhaube, wie er es schon in diversen Krimis gesehen hatte. Sie war kalt – so kalt, wie man es von Blech bei einer Außentemperatur von einundzwanzig Grad im Schatten erwartete.

»Ramona?«, rief er noch einmal, als er den hinteren Teil des Gartens betrat.

Die Rückseite des Grundstücks war von einer dichten Hecke aus Nadelgehölzen umgeben, unter deren kahlen Stämmen eine dicke Schicht brauner Nadeln lag. Der Gewitterregen der letzten Tage hatte den Rasen niedergedrückt. In den wohl ursprünglich mal als Beete angelegten Arealen wuchsen nur Gräser und Bodendecker.

Ramona war nicht in ihrem Garten. Erleichtert ging Alexander die wenigen Schritte zu der überdachten Terrasse. Darunter war es dunkel und stickig. Hier bot sich ihm das gleiche Bild der Verwahrlosung: zwei billige Grills, Kunststoffstühle, Gartengerät, blaue Säcke undefinierbaren Inhalts, achtlos angehäuft und im Begriff, ihr Inneres wieder freizugeben. Durch die Terrassentür hineinzusehen traute Alex sich nicht. Das konnte nicht mal Jackie von ihm erwarten, und wenn doch, würde er eben dazu stehen, dass er es unterlassen hatte. Er könnte Ramona und ihren Mann bei sonst was überraschen! Nein, er würde die Umrundung des Hauses fortsetzen und dann schnellstens von hier verschwinden. Es war schließlich nicht sein Hotel, nicht seine Angestellte, nicht sein Problem.

Er hatte das Haus schon fast umrundet, als ihn die Vögel stutzen ließen. Zwei Krähen, die aufflatterten und sich heiser anschrien. Fühlten sie sich durch ihn gestört? Eine weitere Krähe flog herbei und landete auf einem Busch. Sie stieß herab, doch einer der anderen Vögel versuchte, sie zu vertreiben.

Alexander beschlich ein sehr ungutes Gefühl. Er trat aus dem Schatten des Hauses, ging zögerlich auf die Vögel zu. Ein Gartenteich schimmerte durch das hohe Gras. Darüber taumelten zwei Schmetterlinge und eine Wolke aus Mücken. Die Krähen suchen die Nähe von Wasser, überlegte er. Als er noch einen Schritt näher trat, sah er ein Bein und einen Schuh, dann einen menschlichen Körper, der halb im Wasser lag.

Er blieb abrupt stehen. Trotz der Mittagssonne, die ihm in den Nacken brannte, war ihm auf einmal eiskalt. War sie es?

»Oh Gott, Ramona, nein!«

Ramona Winkler lag mit dem Oberkörper bäuchlings im Gartenteich. Ihr rotes Haar trieb um ihren Kopf wie Algen. Die Haut an Hals und Unterarm wirkte aufgedunsen. Die graue Strickjacke, die sie immer vor und nach der Arbeit trug, war dunkel vor Feuchtigkeit. Alexander überwand sich, zog ihren Körper mit einem Ächzen an den Rand des Teichs. Er drehte sie an der Schulter um, zuckte zurück und wandte sich schaudernd ab. Auch er als Laie sah, dass hier jeder Wiederbelebungsversuch zu spät käme. Ihre karamellbraunen Augen sahen milchig aus und starrten regungslos in den hellen Mittagshimmel. Ihr Mund stand offen, und als ihr Kopf zur Seite fiel, ergoss sich mit einem Wasserschwall auch ein winziger Frosch daraus. Alexander erbrach sich in das angrenzende Gebüsch.

Wieso ich?, dachte er, als er sich den Mund abwischte. Das

T-Shirt klebte ihm verschwitzt an Brust und Rücken, trotzdem zitterte er am ganzen Leib. Warum muss ausgerechnet ich Ramona finden? Und was ist mit ihr passiert?

Das Bild ihrer Leiche, die blassen und aufgequollenen Züge und der Frosch in ihrem Mund, würde er nicht so ohne Weiteres wieder loswerden. Danke, Jackie, auch dafür.

Er richtete sich auf, warf noch einen schnellen Seitenblick auf die Tote, schauderte und stutzte dann. Sein Blick fiel auf etwas Lilafarbenes, das neben ihrem Arm im Gras lag. Ein akkurat gefalteter Fünfhundert-Euro-Schein. Der Geldschein konnte ihr aus der Tasche gerutscht sein, als er Ramona aus dem Wasser gezogen hatte. Alexander zögerte, sah sich über die Schulter um, dann zog er ein weiteres Papiertaschentuch aus der Hosentasche, um den Geldschein aufzuheben. Weil er wegwehen würde, wenn er so liegen blieb, rechtfertigte Alex sein Tun. Weil er Frank Winkler, nach allem, was er über ihn gehört hatte, für nicht sonderlich vertrauenswürdig hielt. Alexander ging ein paar Schritte in Richtung Vorgarten. Erst dort zog er sein Telefon hervor.

Die Polizei wies ihn an, sich keinesfalls vom Auffindeort der Toten zu entfernen, sondern auf dem Grundstück auf die Beamten zu warten. Er protestierte schwach, führte an, dass er zurück zur Arbeit müsse, doch das klang auch in seinen Ohren nicht besonders vernünftig. Nachdem das Gespräch beendet war, fühlte er sich in der Stille dieses Gartens verdammt allein. Er suchte sich einen Platz im Schatten im vorderen Teil des Grundstücks, wo er die Straße im Blick und den Gartenteich nicht mehr direkt vor Augen hatte, aber mitbekommen würde, falls sich jemand der Toten nähern sollte. Er hielt das Telefon in der Hand. Ein erster Impuls bewog ihn, seinen Vater anzurufen. Nicht unbedingt, weil er einen väterlichen Rat oder Beistand wollte, sondern weil er wusste, dass sein Vater Ramona schon lange kannte. Er sollte es nicht von jemand anders erfahren, wenn hier in direkter Umgebung so ein furchtbarer Unglücksfall geschehen war. Sein Vater hatte in ihrem Garten ebenfalls einen Gartenteich angelegt, mit Seerosen und ein paar Kois darin, seinem ganzen Stolz. Doch er hatte den Teich zum Schutz der Nachbarskinder hüfthoch mit Maschendraht eingezäunt. Das sah zwar weniger romantisch aus, doch sein Vater war der Ansicht, es sich niemals verzeihen zu können, sollte jemand durch ihn zu Schaden kommen. Die Winklers schienen weniger Skrupel gehabt zu haben. Und Ramona hatte das offensichtlich mit dem Leben bezahlt. Hatte sie einen Herzanfall erlitten, bevor sie gestürzt war, oder war sie betrunken gewesen? Nein, Ramona war nicht der Typ Mensch, der sich bis zur Besinnungslosigkeit betrank. Er sah wieder ihr totes Gesicht vor sich, und seine Hände bebten.

»Was zum Teufel suchen Sie hier?«

Alexander tat einen Satz, als ihn eine Stimme scharf von der Seite anblaffte. Er hatte ihn nicht kommen hören. Frank Winkler, Ramonas Ehemann, stand in fleckiger Jogginghose und einem weißen Rippenhemd neben der Eingangstür und deutete mit seinem stark zitternden Zeigefinger auf ihn.

»Ich hab nur Ihre Frau gesucht. Ich bin Alexander Jordan, und ich arbeite mit ihr zusammen im Schlosshotel. Jackie, also die Hotelleitung, hat mich hergeschickt.« Er wollte Frank noch nicht wissen lassen, was mit seiner Frau passiert war. Dass sie tot im Gartenteich lag. Das sollte ihm besser die Polizei mitteilen. Er war nicht darauf vorbereitet gewesen, dass Frank Winkler doch noch auftauchte.

Der Ehemann, nun Witwer der Toten, kam barfuß und unsicheren Schrittes auf ihn zu. Als Alexander seine säuerliche Fahne und den Schweißgeruch bemerkte, wich er vor ihm zurück. Frank sah ausgemergelt und ungepflegt aus. Graubraunes spärliches Brusthaar lugte aus dem Ausschnitt seines Unterhemdes. Seine Arme waren lang und knochig, sein Gesicht hager. Ramona war Ende vierzig gewesen. Ihr Mann sah mindestens zwanzig Jahre älter aus. Wahrscheinlich täuschte das und war das Ergebnis von jahrzehntelangem Alkoholmissbrauch.

»Und? Hast du sie gefunden? Täte mich auch interessieren, wo die steckt.«

»Nein«, log Alexander. »Ich mach mich mal wieder auf den Weg.« Er würde nicht in Gesellschaft dieses Mannes auf die Polizei warten. Egal, was die sagten. Er konnte sich genauso gut so lange in sein Auto setzen. Die Gedanken an das gepflegte Innere seines Wagens, den Geruch nach »Neuwagen«, den er mit speziellen Pflegemitteln konservierte, und die Schachtel Salmiakpastillen im Handschuhfach waren sogar äußerst verlockend.

»Sach ihr, ich warte hier auf sie. Sach ihr, ich bin es leid, dass sie ständig im Schloss rumhängt.« Sein Zeigefinger zuckte bei jedem »Sach ihr« rauf und runter. »Sach ihr, sie soll schleunigst herkommen.«

»Alles klar. Ich geh dann mal.« Alexander zögerte. Wenn er an dem Mann vorbeiwollte, ohne ihn zu berühren, musste er sich durch dichtes Gebüsch jenseits des Gartenweges schlagen.

»Und sach der Frau Gräfin, sie soll wen anders für sich rumscheuchen!« Damit wandte Frank Winkler ihm den Rücken zu und bewegte sich in Richtung Haustür. »Da kann sie nebenbei zahlen, was sie will; wir haben ihr Geld nicht nötig.«

Alexander blies langsam die Luft aus. Einige alteingesessene Bewohner der umliegenden Ortschaften nannten Jackie spöttisch »die Gräfin«. War es Neid? War es Abneigung gegen ihre Person oder ihre Geschäftspraktiken? Jackie Hüttmann war eine von ihnen gewesen, bevor die Heirat mit Hasso von

Kieslow sie in eine andere Umlaufbahn katapultiert hatte. Als Alexander zur Straße hochkam, hörte er die Polizeisirene.

Nach dem Frühstück im Hotel hatten sich die Hotelgäste, die ausnahmslos zu Markus' und Neles Hochzeitsgesellschaft gehörten, in alle Winde zerstreut. Ein paar wollten das schöne Wetter nutzen, um den Tag an der Ostsee zu verbringen. Pia hatte das auch zuerst in Erwägung gezogen, doch alternativ hatte der Besuch eines Erlebnisbauernhofs auf dem Programm gestanden, der ganz in der Nähe lag. Sie fuhren von Lübeck aus oft an die Ostsee. Der Bauernhof war eine schöne Abwechslung für Felix. Pias Eltern entschlossen sich mitzukommen, während Nele sich ihrem Schönheitsprogramm für den morgigen großen Tag widmen wollte.

Gegen sechzehn Uhr trafen Pia, Felix und die Übrigen, die sie begleitet hatten, rechtzeitig zum Kaffee wieder im Hotel ein. Es war noch ruhig, die Ostsee-Ausflügler würden wohl erst gegen Abend wieder zurück sein. Ein junges Mädchen servierte Kaffee, Tee und Kuchen, hatte aber sichtlich Mühe, den Bestellungen nachzukommen. Als Pia auf dem Weg in ihr Hotelzimmer, wo sie ein Spiel für Felix holen wollte, an der Bar vorbeikam, sah sie Alexander reglos ans Fenster gelehnt stehen und hinausschauen.

Sie wollte schon weitergehen, um nicht zu neugierig zu erscheinen, doch er fuhr herum und sagte: »Oh, Sie sind es. Schon zurück?«

»Ja. Wir haben alle Ziegen gestreichelt, alle alten Trecker besichtigt und Stockbrot gebacken.«

»Ist schön dort, nicht?«

»Ja. Felix wäre am liebsten auf den Hof mit den Alkoven gezogen.«

»Der ist nett, Ihr Kleiner. Ganz schön lebhaft.«

»Stimmt. Ist Ihre Kollegin Ramona inzwischen wieder aufgetaucht?« Pia hatte damit eigentlich eher Konversation machen wollen, aber Alexander schluckte und senkte die Stimme. »Ich ... Nein. Es ist ... verdammt ...« Er starrte auf die Tresenplatte und schüttelte den Kopf. »Ich sehe es die ganze Zeit vor mir.«

»Was denn?«

Er schüttelte wieder den Kopf.

Pia betrachtete ihn im Schein der Barbeleuchtung. Trotz seiner Sonnenbräune sah er blass und angespannt aus. Die lockere und unbekümmerte Haltung, die sie von ihm kannte, war verschwunden. »Ich geh eben rauf in mein Hotelzimmer, um etwas für Felix zu holen. In ein paar Minuten bin ich zurück. Falls Sie es sich überlegen und mit mir reden wollen ...« Sie wartete seine Antwort nicht ab. Als sie Felix gut versorgt mit Gesellschaft und Spielmaterial im Restaurant wusste, suchte sie Alexander noch einmal auf.

Er schenkte gerade zwei Bier aus, mit denen Neles zukünftiger Schwager Rolf nach kurzem Gruß in Pias Richtung auf die Terrasse entschwand. Sie waren allein in dem kleinen, dunkel eingerichteten Raum, nur beobachtet von den gläsernen Augen eines gewaltigen Wildschweinkopfes, der von der Wand auf sie heruntersah.

7. Kapitel

»Was möchten Sie trinken?«

»Ein Alsterwasser.«

Alexander sah zur Tür, doch die Halle war still und leer. Er holte Limonade aus dem Kühlschrank, goss etwas davon in ein Glas, zapfte Bier hinterher und reichte Pia das Getränk. »Ramona ist tot«, sagte er.

»Was?« Pia setzte das Glas, das sie gerade zum Mund hatte führen wollen, wieder ab. »Was ist passiert?«

»Jackie, also Frau von Kieslow, hatte mich gebeten, nach Ramona zu sehen. Sie war ja am Morgen nicht zur Arbeit erschienen, und telefonisch erreichen konnte man sie auch nicht.«

»Und dann?«

Er schilderte, wie er geklingelt und schließlich das Haus umrundet hatte, weil ihm niemand geöffnet hatte. Als er beschrieb, wie er sich dem Gartenteich genähert hatte, stockte er und wandte den Blick von Pia ab. »Ich hab noch nie einen Toten gesehen. Es ... es war scheußlich. Grausam, wie der Tod uns verändert. Da war nichts von wegen Frieden und so. Dieser Anblick ... ihre starren Augen, diese unheimliche Blässe und ...« Er wischte sich mit der Hand übers Gesicht. »Als ich sie umgedreht hab, kam ein Schwall Wasser aus ihrem Mund, und darin war ... ein kleiner Frosch! Dieses Bild werde ich wohl nie mehr vergessen.« Er schluckte krampfhaft und wurde blass.

»Tief atmen. Denken Sie an Ihren letzten Urlaub, Alexander«, sagte sie ruhig. »Wo waren Sie da?«

»In Italien.«

»Wo genau?«

»In der Nähe von Tropea.« Er atmete aus. »Danke. Es geht wieder.«

»Manchmal funktioniert das.«

»Ach ja. Sie sind ja Polizistin, wie ich gehört habe. Dann sollten Tote wohl nichts Ungewöhnliches für Sie sein«, sagte er bitter.

»Es ist jedes Mal ungewöhnlich genug«, erwiderte Pia. »Und uns wird auch manchmal schlecht. Sie können jetzt was zu trinken gebrauchen.«

»Nicht, wenn ich arbeite.«

»Rein medizinisch angewandt. Ich verrate es keinem, und …« Sie sah zu dem Kopf des toten Wildschweins. »Der Kumpel da oben kann es auch nicht ausplaudern.«

Alex schenkte sich einen kleinen Wodka ein und trank ihn in einem Zug. Langsam kehrte Farbe in sein Gesicht zurück.

»Besser?«

Alexander nickte. »Geht wieder.«

»Die Reaktion ist normal. Wäre eher schlimm, wenn jemand gar nicht reagiert.«

Er schüttelte den Kopf. »Das ist mir noch nie passiert. Aber mit Ihnen zu reden hilft. Sie sind nicht wie die meisten. Sie sind so ruhig und nüchtern.«

Pia überlegte, ob sie das als Kompliment auffassen sollte. »Was taten Sie, nachdem Sie sie rausgezogen hatten?«

»Wie gesagt, sie war tot. Ich konnte nichts mehr für sie tun. Deshalb bin ich ein Stück von dem Teich weggegangen und hab die Polizei gerufen.«

»War sie … war die Tote schon kalt?« Pia fragte sich, wie lange Ramona Winkler schon dort gelegen hatte.

»Ja. Ich denke, schon, obwohl sie in der Sonne lag. Sie fühlte sich ... unheimlich an.«

»Als hätte die Leichenstarre schon eingesetzt?«

»Ich ... hab keine Ahnung.«

»Seltsam, dass sie nicht früher entdeckt wurde.« Pia sah zum Fenster hinaus. Ein Sommeridyll am See. »War niemand in der Nähe? Wohnte Ramona allein in dem Haus?«

»Nein, sie ist – war – verheiratet. Ihr Mann ist kein besonders sympathischer Zeitgenosse. Frank Winkler ist Alkoholiker, und wenn er getrunken hat, wird er aggressiv – heißt es wenigstens. Aber geredet wird natürlich viel. Ich hab eigentlich nichts mit ihm zu tun. Komisch, dass er wohl zu Hause war, als ich sie gefunden habe. Vielleicht hat er mich sogar dabei beobachtet.«

»Wie kommen Sie darauf?«

Alexander berichtete Pia von seinem Zusammenstoß mit Ramonas Ehemann, bevor die Polizei eingetroffen war.

»Was, glauben Sie, ist Ihrer Kollegin zugestoßen?«, wollte Pia wissen, nachdem er geendet hatte.

»Ich dachte erst, sie hätte einen Herzanfall gehabt und sei dann in den Teich gefallen, bewusstlos oder vielleicht auch tot.«

»Aber nun denken Sie das nicht mehr?«

»Ich hab noch mitbekommen, dass die Polizisten von einer Kopfverletzung gesprochen haben. Die meinten, es könne ein Sturz gewesen sein oder ...« Er schüttelte ungläubig den Kopf. »Oder es hat ihr jemand eins über den Schädel gezogen.«

»Waren da Steine am Gartenteich, auf die sie gefallen sein könnte?«

Alexander kniff die Augen zusammen. »Ist mir nicht aufgefallen. Nur die schwarze Teichfolie und Unkraut. Aber was darunter ist ...« Er hob die Schultern.

Pia drückte den Rücken durch. »Hm. Die Autopsie wird ergeben, ob sie gefallen und aufgeschlagen ist oder ob ein Fremdverschulden vorliegt. Wissen Sie, wie die Polizisten hießen?«

»Martin Hensel kenne ich. Die Frau nannte er Antje. Den Nachnamen hab ich vergessen.«

Antje Wiesmann. Pia nickte.

»Glauben Sie, dass Ramonas Mann das getan hat?« Alexander öffnete die Spülmaschine und nahm Gläser heraus.

»Dazu kann ich nichts sagen«, antwortete Pia. »Machte Frank Winkler einen nervösen oder schuldbewussten Eindruck?«

»Als hätte er ›eine Leiche im Garten liegen‹?« Alexander lächelte zum ersten Mal wieder. »Eigentlich nicht. Er war eher aggressiv, weil seine Frau nicht zu Hause war. Er müsste schon ein recht guter Schauspieler sein, wenn er Ramona vorher umgebracht hätte. Wenn er allerdings einen Filmriss hatte und es gar nicht mehr wusste ... Außerdem ...«

»Ja?«

»Er hat gegen Jackie, Frau von Kieslow, gewettert. Gab ihr die Schuld daran, dass Ramona so viel arbeitet.«

»Um wie viel Uhr hat Ihre Kollegin gestern Abend eigentlich das Hotel verlassen?«

»Es muss so gegen halb zwölf gewesen sein. Ich war um ein Uhr zu Hause, das weiß ich noch.«

»Und um sechs oder halb sieben heute Morgen hätte sie wieder hier sein sollen, um das Frühstück vorzubereiten?«

»So sagt zumindest Jackie.«

Pia schob ihr leeres Glas auf dem Tresen hin und her. »Was hätte Ihre Kollegin veranlassen können, spätabends nach der Arbeit noch mal zum Gartenteich zu gehen? Ich würde vermuten, nach so einem Abend hier im Hotel und mit der nächsten Schicht schon in ein paar Stunden würde sie nur noch ins Bett fallen wollen. Vielleicht noch etwas essen, duschen, einen

Moment abschalten, vor dem Fernseher oder mit einem Buch … Aber was hätte sie mitten in der Nacht im Garten machen sollen? Hat sie geraucht?«

»Nicht, dass ich wüsste. Ich habe, ehrlich gesagt, überhaupt keine Ahnung, was sie draußen wollte.« Er hielt ein Weinglas ins Licht, das er poliert hatte. »Vielleicht wollte sie nur frische Luft schnappen? Es sei denn …«

Pia hob fragend die Augenbrauen.

»Es sei denn, sie wurde rausgelockt.«

»Wodurch? Womit? Haben Sie eine Idee?«

Alexander griff in seine Hosentasche. Er verzog unbehaglich das Gesicht. »Da Sie auch bei der Polizei sind, gebe ich Ihnen das jetzt.« Er beförderte ein Papiertaschentuch auf die Tresenplatte, in das etwas eingewickelt war.

Pia rückte ein Stück vom Bartresen ab. »Was ist das? Ich bin nicht der richtige Adressat für Beweismittel irgendwelcher Art. Ich hab nichts mit dem Fall zu tun.«

Er zog an dem Taschentuch, und ein sorgsam gefalteter Fünfhundert-Euro-Schein fiel heraus. »Der lag neben Ramona. Er ist vielleicht aus der Tasche ihrer Strickjacke gefallen, als ich sie bewegt habe.«

»Warum haben Sie den nicht sofort der Polizei gegeben? Warum haben Sie ihn überhaupt angefasst?«, fragte Pia.

»Er wäre weggeweht. Und dann … hab ich es vergessen«, schloss er unbehaglich. »Ich will aber nicht in den Verdacht geraten, ich wollte eine Tote beklauen.«

»Sie sollten die ermittelnden Beamten sofort anrufen. Wahrscheinlich werden sie jemanden vorbeischicken, wenn sie das hören.« Pia griff nach einem sauberen Glas und stülpte es über den Schein. »Bevor er hier ›wegweht‹«, sagte sie. »Warten Sie. Ich hol etwas aus meinem Auto, wo wir den reintun können.« Antje und Martin würden sich freuen …

Nachdem Alexander Jordan den Anruf getätigt hatte und auf die Polizei wartete, suchte Pia die anderen Hochzeitsgäste auf, von denen sich einige inzwischen ins Kaminzimmer gesetzt hatten. Erleichtert registrierte sie, dass Felix sie nicht vermisst zu haben schien. Er spielte mit Mathilda, Leon und Jakob ein Brettspiel. Jakob hatte seinen Fuß hochgelegt, den Blick unverwandt Mathildas blondem Haarschopf zugewandt. Felix' Wangen waren gerötet und sein Haar zerzaust, während er die Würfel auf den Tisch rasseln ließ und seine Spielfigur beim Vorwärtsgehen auf das Brett hämmerte. Er »zählte« lautstark und nicht immer ganz richtig. Seine drei Mitspieler schienen eine Engelsgeduld zu besitzen – oder aber sie waren mehr miteinander beschäftigt, als sich über den Fortgang ihrer Spielfiguren und ihre Gewinnchancen Gedanken zu machen. Pia neigte zur zweiten Hypothese. Als Leon sich von seinem Platz auf dem Sofa erhob, sich auf die Lehne von Mathildas Sessel setzte und den Arm um sie legte, starrte Jakob ihn wütend an. Mathilda schien die Gefühle, die sich in Jakobs jungenhaftem Gesicht widerspiegelten, nicht zu bemerken. Sie lachte über etwas, das Felix sagte, und lehnte den Kopf dabei gegen Leons Arm. Leon warf Jakob einen schnellen Blick zu. Er schien sehr wohl zu bemerken, was in seinem Cousin vor sich ging, und im besten Fall war es ihm egal.

Pia war erleichtert, dass sie im Moment nicht benötigt wurde. Das Gespräch mit Alexander und vor allem Ramona Winklers plötzlicher und höchstwahrscheinlich gewaltsamer Tod beschäftigten sie. So sehr, dass sie jetzt keine Konversation machen oder Fragen dazu beantworten wollte, wo sie eben gewesen war. Sie konnte nicht einfach so tun, als wäre nichts geschehen, deshalb ging sie raus auf die Terrasse. Pia stand einen Moment da, dann zog sie ihr Telefon hervor und wählte Lars' Nummer.

Ihr Freund arbeitete oft lange in den Abend hinein. Um

diese Uhrzeit würde es in der Agentur schon ruhiger sein. Ein guter Zeitpunkt, ihn vielleicht während einer Pause bei einem Becher Kaffee oder einem vorgezogenen Feierabendbier zu erwischen. Schließlich war Freitagabend.

»Hi, Pia, ist es noch schön im Schloss?«

»Wunderschön. Wir werden bestens versorgt, eigentlich ist alles wunderbar. Und bei dir?«

»Viel zu tun«, sagte er.

»Schaffst du es, morgen zur kirchlichen Trauung und zur Hochzeitsfeier zu kommen?«

»Ich sehe zu, dass es klappt, Pia. Wenn ich die Nacht durcharbeite ...«

Das war nicht die Antwort, die sie sich erhofft hatte. Sie hörte eine Frauenstimme im Hintergrund, verstand aber nicht, was sie sagte. »Moment mal bitte.« Pia wurde weggeschaltet. Dreißig Sekunden später war Lars wieder in der Leitung. »Sorry. Das war wichtig.«

»Ist Stella auch noch in der Agentur?« Stella war Lars' Mitarbeiterin. Sie arbeitete nur halbtags, deshalb hatte Pia vermutet, sie wäre am Freitagabend längst zu Hause.

»Ja. Und Nils auch. Wir sind noch dabei, einen Pitch vorzubereiten. Aber was meintest du eben mit ›eigentlich ist alles wunderbar‹? Stimmt etwas nicht?«

»Außer dem Unfall mit einem verstauchten Knöchel und dem seltsamen Knochenfund hat es jetzt auch noch einen Todesfall gegeben«, sagte Pia.

»Wie bitte?«

»Von Jakob, Markus' Neffen, der bei einer Art Nachtwanderung in einen alten, wieder freigespülten Keller eingebrochen ist und sich den Fuß verstaucht hat, hab ich dir ja schon erzählt. Eben habe ich erfahren, dass eine Kellnerin aus diesem Hotel letzte Nacht ums Leben gekommen ist.«

»Das klingt jetzt gar nicht gut.«

»Die meisten wissen das mit der Kellnerin noch gar nicht.«

»Ist es ein natürlicher Tod oder ein Unfall gewesen?«

Pia antwortete nicht sofort.

»Ein Verbrechen?«, fragte er alarmiert. »Du mischst dich da doch nicht ein, Pia, oder?«

»Nein, ich verhalte mich geradezu vorbildlich«, behauptete sie. »Ich kenne nicht alle Fakten, aber ich würde ein Verbrechen zumindest nicht ausschließen.«

Er atmete hörbar. »Und wieso bist du so gut informiert und die anderen nicht?« Lars hatte von Anfang an nicht gerade entspannt geklungen, jetzt jedoch schien seine Stimme zu vibrieren.

»He, was soll das werden? Die heilige Inquisition? Wenn du hier wärst, wie wir es geplant hatten, wüsstest du selbst, was los ist.«

»Entschuldigung.« Er seufzte. »Meine Nerven liegen blank. Wir mussten unsere Strategie noch mal komplett umwerfen, weil das Konkurrenzprodukt gerade eine ganz ähnliche Kampagne gestartet hat. Alle bisherige Arbeit umsonst. Ich hatte gehofft, dass wenigstens Felix und du ein paar schöne, unbeschwerte Tage habt.«

»Felix geht es super. Und ich halte mich, wenn möglich, auch aus allem raus.«

Lars lachte kurz auf. »›Wenn möglich‹. Das hast du schön formuliert, Pia.«

»Niemand hier will, dass ich mich einmische.«

»Ich auch nicht. Ich will dich entspannt und fröhlich antreffen, wenn ich nachkomme, nicht die Polizistin.«

»Also kommst du.«

Er seufzte wieder. »Lass uns morgen früh noch mal telefonieren, okay?«

Als sie sich verabschiedet hatten, kickte Pia missmutig einen kleinen Stein die Terrasse hinunter. Am liebsten hätte sie gleich einen größeren Blumentopf hinterhergeschickt. Stattdessen lehnte sie sich an die Brüstung und atmete tief ein und aus.

»He, Pia, da bist du ja. Sag bloß, du rauchst heimlich? Ich bin entsetzt.« Nele war, von Pia unbemerkt, auf die Terrasse getreten und stellte sich nun neben sie, als wollte sie die Aussicht genießen.

»Wie kommst du darauf? Nein. Ich bin nur zum Telefonieren rausgegangen.«

Nele zündete sich eine Zigarette an und inhalierte tief. »Ich rauche auch kaum noch. Aber heute Abend bin ich nervös. Da brauche ich das einfach.«

»Ist es nicht ein bisschen zu spät, um nervös zu sein?« Pia lächelte. »Vor dem Gesetz seid ihr doch schon seit gestern verheiratet.«

»Ach, nicht deswegen. Wegen der Feier morgen. Ob auch alles so klappt wie geplant. Ob das Wetter mitspielt, die Pferde nicht durchgehen, ich nicht über meine Schleppe stolpere oder sonst jemand peinlich ist …«

»Ja, so eine Hochzeitsfeier hat ihre Tücken«, sagte Pia. »Ich werde mich bemühen, nicht peinlich zu sein. Versprochen.« Pia hob wie zum Schwur die Hand.

Nele lachte auf. »Wenn du es sagst. Kommt Lars denn noch rechtzeitig?«, fragte sie und legte damit den Finger in die Wunde. »Oder ist er zu beschäftigt?«

»Ich kann es dir leider noch nicht sagen.«

»Falls er nicht kommt, dann …« Sie stockte.

»Ja?«

Nele errötete. »Nichts.«

»Was ist dann? Werde ich von der Feier ausgeschlossen, wenn ich keinen Tischherrn habe?«

»Quatsch. Obwohl es schon ein bisschen komisch aussähe. Die Tischordnung steht schließlich schon fest. Du sitzt mit Felix und Lars mit am Familientisch, ganz in unserer Nähe.«

»Und dort darf nichts komisch aussehen?«

»Sei doch nicht immer gleich so …«

»Direkt?«, fragte Pia.

»Gemein«, antwortete Nele.

»Ich bin gemein?« Pia war ehrlich verblüfft.

»Jedenfalls stellst du es immer so hin, als wäre ich die furchtbar böse Schwester und du quasi fehlerlos.«

»Das stimmt nicht.«

Sie schwiegen, Schulter an Schulter und doch mit einer Kluft zwischen sich, die unüberbrückbar schien. Sag nichts mehr, flüsterte eine Stimme in Pias Kopf. So hatte sie sich die Aussprache mit Nele nicht vorgestellt.

»Falls dein Freund nicht kommt, bin ich wenigstens mal nicht schuld daran«, stellte Nele nüchtern fest.

»Das stimmt, Nele. Zumindest gehe ich davon aus«, sagte Pia betont gleichmütig.

»Es war auch bei Hinnerk nicht meine Schuld«, stieß ihre Schwester hervor.

Das war es doch gewesen, wenigstens zum Teil, fand Pia. Ohne irgendeine andere Veranlassung dazu zu haben, als dass der Freund ihrer Schwester ihr gefiel, hatte Nele sich mit Hinnerk getroffen, als Pia noch mit ihm zusammen gewesen war. Hatte es damals schon Unstimmigkeiten zwischen Hinnerk und ihr gegeben? Pia hatte Nele jedenfalls in traulicher Umarmung mit ihm in einem Einkaufszentrum überrascht. Sie hatte nichts dergleichen kommen sehen und bestimmt auch falsch reagiert, denn nach dieser unliebsamen Entdeckung hatte sie sich in einer sehr schwachen Stunde während einer Dienstreise mit einem ehemaligen Kollegen eingelassen. Doch all das gehörte der Vergangenheit an.

Pia wandte sich zu Nele um und sah ihr in die Augen. »Ich bin dir nicht mehr böse. Es tut mir leid, wenn du das immer noch von mir denkst. Im Gegenteil, ich bin eher froh, dass es so gekommen ist. Mit Hinnerk und mir wäre es sowieso nie gut gegangen. Hinnerk ist Felix ein toller Vater, auch oder gerade weil er und ich nicht mehr zusammen sind. Und wir kommen inzwischen gut miteinander klar. Reicht dir das als Entschuldigung?«

Nele nickte und seufzte. »Schon gut, Pia. Mir tut es auch leid.«

»Oh? Stören wir euch?« Markus kam die Stufen zur Terrasse herauf. Sein Bruder Rolf folgte ihm. Sie waren im Garten irgendwo unterhalb der Mauer gewesen, und Pia konnte nicht abschätzen, wie viel von dem Gespräch die beiden mitbekommen hatten. Im Grunde war es auch egal. Markus heiratete ihre Schwester mit all ihren Vorzügen und Fehlern. Und Neles Beziehung zu Hinnerk, wenn sie denn je bestanden hatte, war Geschichte.

»Nein, wir haben hier sehnsüchtig auf euch gewartet«, sagte Nele. »Wie das Burgfräulein auf dem Balkon des Bergfrieds.«

»Meine Holde.« Markus grinste und zog Nele an sich.

»Da haben wir ja ein richtiges Geschwistertreffen«, sagte Rolf mit Blick in die Runde. Er zückte sein Smartphone und richtete die Kamera auf sie. »Alle einmal lächeln bitte. Ist nur fürs Familienalbum.«

Sie standen noch eine Weile auf der Terrasse. Das Gespräch wanderte leicht von diesem zu jenem Thema, was vor allem Rolfs Talent geschuldet war, Small Talk zu machen. Nele wirkte weiterhin angespannt. Und das, obwohl sie wahrscheinlich noch nicht einmal wusste, was mit Ramona Winkler passiert war.

»Schaut mal. Wer kommt denn da?«, sagte Nele, als sie gerade über einen Scherz von Markus über einen Spruch des Standesbeamten lachten. Sie folgten ihrem Blick. Ein Streifenwagen sowie ein grauer Audi hielten auf dem Hotelparkplatz.

Das war früher oder später zu erwarten gewesen.

»Wollen die etwa zu dir?«, fragte Nele Pia mit scharfer Stimme.

8. Kapitel

Pia nahm an, dass die Polizisten Jackie von Kieslow, Alexander Jordan und vielleicht noch weitere Mitarbeiter des Hotels wegen Ramona Winkler befragen wollten. Sie hatte keine Lust, ihnen wieder über den Weg zu laufen, und setzte sich auf der Terrasse in einen der Deckchairs. Hier hatte sie auch mit Jakob gesessen, als er ihr erzählt hatte, dass ein Unbekannter den Jugendlichen in Blenkow gedroht hatte und sie deshalb weggelaufen waren. Dass Jakob dadurch wohl in das Kellerloch gefallen war ... Dort hatte er dann den Knochen gefunden, sie kurz darauf das Hörgerät.

Pia fiel ein, wen sie wegen des Hörgerätes um ein paar Informationen bitten konnte. Sie schickte die Fotos ihres Fundstücks mit einer Anfrage an ihre Freundin Susanne. Susanne war praktische Ärztin, und sie trug aufgrund einer angeborenen Hörschwäche selbst ein Hörgerät. Vielleicht war sie auch mit älteren Geräten vertraut. Einen Versuch war es wert. Der Wind ließ die Blätter in den Baumkronen rauschen und kräuselte das Wasser des Sees.

Was war hier nur los? Weshalb war Ramona Winkler ermordet worden? Pia ging jedenfalls davon aus, dass die Frau einem Mord zum Opfer gefallen war. Die Polizei hatte in Alexanders Gegenwart eine Kopfverletzung erwähnt, und er hatte Pia gesagt, er habe nichts gesehen, worauf die Frau hätte gefallen sein können. Doch was war das Motiv? Handelte es sich um einen Ehestreit, der eskaliert war? Alexander Jordans Beschreibung zufolge entsprach Frank Winkler in etwa dem klischeehaften

Bild, das man bei dieser Art von Täter sofort vor Augen hatte. Sollte es so einfach sein? Und hatte der sorgsam gefaltete Fünfhundert-Euro-Schein etwas mit Ramonas Tod zu tun? Wo kam der her? Pia nahm nicht an, dass die Hotelleitung die Löhne in bar auszahlte. Und wenn Ramona bei ihrer Bank Geld abhob, waren fünfhundert Euro als einzelner Schein wohl das Unwahrscheinlichste, das man ihr gab oder das ein Geldautomat ausspuckte. Man plante doch sowieso, die großen Scheine aus dem Verkehr zu ziehen. Allerdings hatte Ramona während ihrer Arbeit bestimmt das eine oder andere mitbekommen, wenn sie die Gäste bedient hatte. Ging es vielleicht um Erpressung? Aber was sollte dabei so gravierend sein, dass es jemanden zu einem Mord veranlasste? Pia hoffte nur, dass keiner der jetzigen Hotelgäste etwas mit dem Fall zu tun hatte. Sie waren alle Neles und Markus' Familie oder enge Freunde. Pia fand zwar, dass ihre Schwester sich mit ihren hohen Erwartungen, was diese Hochzeitsfeier anbetraf, das Leben schwer machte. Trotzdem wünschte sie Nele und Markus, dass alles gut ging und nach ihren Vorstellungen verlief und nicht etwa durch eine Mordermittlung kaputtgemacht werden würde. Pia wollte im Grunde keine weiteren Details über Ramona Winklers Tod erfahren.

Was sich aus dem Knochenfund ergab, interessierte sie allerdings trotzdem. Waren die Knochen wirklich menschlichen Ursprungs? War während der Aktion Mitte der Siebzigerjahre, als das Dorf geschleift wurde, jemand in einem der Keller verschüttet worden? Das war über vierzig Jahre her, und jeder, der damals darin verwickelt gewesen sein mochte, war jetzt wahrscheinlich zumindest im Rentenalter. Oder hatte sich zufällig schon vorher eine Leiche in einem der Keller befunden und war durch die Verwüstung des Dorfes mit verschüttet worden? Das Hörgerät sah altmodisch aus, eher nach den Fünfziger- oder Sechzigerjahren. Es war nicht einmal gesagt, dass Knochen und Hörgerät miteinander in Verbindung standen. Dann wäre es allerdings ein Zufall, dass sie beides so nah beieinander gefunden hatte. Pia griff noch mal nach ihrem Handy und recherchierte, was sie über das geschleifte Dorf finden konnte.

Es gab ein paar Seiten mit Informationen über die Wüstung Blenkow sowie Fotos, auf denen Pia das Gelände wiedererkannte. Wegen der Nähe zur innerdeutschen Grenze waren die Bewohner ab 1952 nach und nach umgesiedelt worden. Es hatte Aktionen der DDR-Behörden mit Decknamen wie »Sonnenblume« oder »Heuschrecke« gegeben, um unliebsame Bürger zwangsumzusiedeln. Als das Dorf restlos freigezogen war, also niemand mehr dort wohnte, wurden die Gebäude abgerissen und der Bauschutt in den nahegelegenen See geschoben. Der See war von 1976 bis 1990 von Grenzsicherungsanlagen wie Stacheldraht und einem das Wasser über- und unterspannenden Drahtverhau durchzogen gewesen. Außer Grenzsoldaten war das Sperrgebiet niemandem mehr zugänglich gewesen. Der Gedenkstein mit der Aufschrift *Blenkow, 1209–1976, geschleift* wurde 1998 eingeweiht.

Was die Vernichtung ihres Dorfes wohl für die Bewohner bedeutet hatte? Markus' und Rolfs Familie stammte aus dieser Gegend. Rolf musste 1976 ein Schulkind und Markus ein Baby oder Kleinkind gewesen sein. Ihre Eltern hätten wohl mehr über Blenkow und seine Bewohner gewusst, doch leider waren sie nicht mehr am Leben. Alexander Jordan schien Pia zu jung zu sein, als dass er zu der Zeit schon geboren gewesen sein könnte. Doch auch Jackie von Kieslow sollte von hier stammen. Wie alt mochte sie sein? So alt wie Rolf oder ein, zwei Jahre älter? Hatte sie noch irgendwelche Erinnerungen an Blenkow, bevor es geschleift worden war? Und Ramona Winkler – sie würde niemandem mehr erzählen können, was sie von damals vielleicht noch wusste. Wenn die Knochen in dem verschütteten Keller einem Menschen gehört hatten – und auch wenn es der Polizei gelang, den Fund genauer zu datieren –, würde es trotzdem schwierig sein festzustellen, mit wessen sterblichen Überresten man es zu tun hatte. Es sei denn, dieses Hörgerät führte sie irgendwie zu seinem Besitzer. Darüber könnten schließlich noch Aufzeichnungen existieren. Vielleicht erinnerte sich jemand? Und dann? Von der Feststellung der Identität bis hin zu der Rekonstruktion des Schicksals des Toten wäre es noch ein weiter Weg. Aber es war eine Ermittlung, die Pia gereizt hätte, wäre sie denn darin involviert gewesen. Mehr jedenfalls, als womöglich in einem traurigen Fall häuslicher Gewalt Frank Winkler des Mordes oder Totschlags an seiner Frau zu überführen.

Nach dem Abendessen, als Pia Felix ins Bett gebracht und das Babyfon aktiviert hatte, setzte sie sich zu Rolf, Andrea und Markus, die es sich am Kamin gemütlich gemacht hatten und Wein tranken.

»Wie geht es Jakob? Ich hoffe, sein verstauchter Knöchel tut nicht zu sehr weh.«

»Es geht ihm wohl ganz gut«, sagte Jakobs Mutter. »Sein Cousin Leon und Mathilda halten ihn bei Laune.«

Pia hatte ihre Zweifel, ob Leon Jakob bei Laune hielt oder ihm vielleicht eher die Laune verdarb. Beim Essen hatte Leon jedenfalls alle Register gezogen, um Mathildas Blicke auf sich zu ziehen.

»Du warst noch mal in Blenkow?«, erkundigte sich Rolf.

Pia hatte nicht erwartet, dass die anderen Gäste das mitbekommen hatten. Sie wollte ja nicht, dass ihre Entdeckung und die Einbeziehung der Polizei zu viel Aufmerksamkeit auf sich zogen. Schließlich war es Neles und Markus' Veranstaltung.

Morgen war ihr großer Tag. Und Pia wusste, wie sehr Nele Gespräche über Verbrechen und Polizeiarbeit ablehnte. »Ja, ich war vor dem Standesamt noch mal kurz dort«, sagte sie. »Woher wusstet ihr das?«

»Jakob vermutete, dass du dort bist, als wir alle zum Standesamt aufbrechen wollten und du nicht da warst«, erklärte Andrea.

»Es hat leider länger gedauert, als ich erwartet hatte«, räumte Pia ein. »Die Entfernungen hier auf dem Land sind immer größer, als ich es vermute.«

»Ja, das zauberhafte Landleben«, meinte Rolf. »Es hat seine Reize und auch seine Vorteile. Aber wenn man schnell irgendwohin muss, ist man verraten und verkauft.«

»Sag ich ja«, fiel Andrea ein. »Aus Hannover aus der List kriegt mich so leicht keiner weg. Da kann ich beinahe alles zu Fuß oder mit dem Fahrrad erledigen. Und Jakob und die Mädchen auch.«

»Warum warst du denn noch mal in Blenkow?«, wollte Markus wissen.

»Ich dachte, ich hätte dort abends bei unserer Rettungsaktion etwas verloren«, behauptete Pia. Sie wusste nicht, ob Jakob seinen Eltern oder seinem Onkel von seinem Knochenfund und seiner Vermutung, es könnten Menschenknochen sein, erzählt hatte. Wenn, dann sollten sie es besser von ihm selbst erfahren. »Das geschleifte Dorf übt irgendwie ja eine morbide Faszination aus.« Damit kam sie der Wahrheit schon etwas näher. »Ich wollte es mir auch gern noch mal im Hellen anschauen.«

»Mich macht es einfach nur traurig. Die Menschen, die da mal gewohnt haben, die Schicksale, die damit verbunden sind«, sagte Rolf. »Ich muss dort nicht hin.«

»Kennst du Leute, die da gelebt haben?«, fragte Pia.

»Na ja, als sie das Dorf 1976 dem Erdboden gleichgemacht haben, war ich acht Jahre alt«, wiegelte er ab. »Aber es gab natürlich so Geschichten ...«

»Wo genau habt ihr denn als Kinder gewohnt, du und Markus?«

»Der Ort heißt Färsendorf. Er liegt noch ein Stückchen weiter östlich, etwa fünfzehn Kilometer von Blenkow entfernt. Dort sagen sich immer noch Fuchs und Igel Gute Nacht.«

»Waren es nicht Hase und Igel?« Markus' Zunge war schon etwas schwer vom Wein.

»Nein, das war das Wettrennen«, fiel Andrea ein.

»Wenn sie Leute aus diesen Grenzdörfern zwangsumgesiedelt haben, sind sie immer nachts oder in den frühen Morgenstunden gekommen, wenn alle schliefen, hab ich gehört«, sagte Rolf. »Sie sind mit einem Lkw mit genügend Männern darauf vorgefahren, haben ein paar wenige Habseligkeiten der Leute aufgeladen und dann die Bewohner weggefahren. Die wussten weder, wohin sie kommen, noch was genau mit ihnen geschieht. Wenn es Bauern waren, blieb ihr Vieh manches Mal einfach dort zurück. Kühe sind im Stall verhungert, Schafe weggelaufen, die Pferde haben sie verkauft. Die Nachbarn haben erst am nächsten Morgen gemerkt, dass eine ganze Familie über Nacht verschwunden ist.«

»Konnte man denn damals von Blenkow aus noch in den Westen fliehen?«, fragte Pia.

»Das wurde mit der Zeit immer schwieriger, denn die Grenzanlagen wurden ja mehr und mehr ausgebaut.« Rolf runzelte die Stirn. »Trotzdem haben es ja immer wieder Leute versucht. Meistens junge Männer. Die, die es nicht geschafft haben, haben den Versuch oft mit dem Leben bezahlt, oder aber sie wanderten wegen Republikflucht in den Bau.«

»Weißt du noch? Da war doch einer, der es Mitte der Achtziger noch mal ganz bei uns in der Nähe versucht hat. Es wurde natürlich alles unter Verschluss gehalten, doch ein Mitschüler kannte die Familie, und so kam es raus«, sagte Markus.

»Welchen Fall meinst du? Diesen Stephan oder Steffen?«, fragte Rolf.

»Genau. Er ist von den Selbstschussanlagen verletzt worden, trotzdem weitergelaufen, und als er schon hinter dem zweiten Grenzzaun war, haben sie ihn doch noch erwischt und festgenommen. Und er dachte bestimmt, er sei schon im Westen.«

Rolf nickte. »Ja, das dachten viele, doch direkt hinter dem zweiten Grenzzaun war es noch ein gutes Stück das Territorium der DDR.«

»Das war doch richtig dramatisch«, erinnerte sich Markus. »Dieser Steffen ist später im Gefängnis an seinen Schussverletzungen gestorben.«

»Nein, es hieß, an einer Blutvergiftung oder einer Lungenentzündung in Folge der Verletzungen«, sagte Rolf. »Ich weiß es jetzt wieder. Wir hingen damals immer im *Roten Hahn*, dieser Dorfkneipe, ab. Ich hab Steffen manchmal dort gesehen. Ein großer, charismatischer Typ. Zu lange Haare, gute Figur. Die Mädels sind dem nachgelaufen wie nix. Ich hätte geschworen, dass aus dem mal was wird. Ein Rockstar oder so.« Er schüttelte den Kopf. »Und dann ist er auf einmal tot.«

9. Kapitel

»Was habt ihr denn hier für Themen?« Nele stand plötzlich hinter Rolf, zwei Freundinnen im Gefolge.

»Gar nichts Besonderes.« Markus streckte die Arme nach Nele aus und zog sie auf seinen Schoß. »Komm her, Schatz! Na, aufgeregt wegen morgen?«

»Nein, nicht sehr«, sagte Nele. »Ich stelle mir nur vor, wie mir auf dem Weg zum Altar ein Absatz abbricht oder die Pferde durchgehen und wir in hohem Bogen aus der Kutsche in den Schlossteich fliegen.«

»Ich war ja für den Oldtimer. Aber du hast auf einer Kutsche bestanden«, neckte Markus sie.

»Ich habe schon als kleines Mädchen von einer Kutschfahrt zur Kirche geträumt, stimmt's, Pia?«

»Ich erinnere mich dunkel«, sagte Pia. »Du hast das rosa Plastikpferd mit dem Gummitwist-Band vor einen Schuhkarton gespannt, in dem Barbie im Brautkleid und Ken in Badehose saßen.«

»Ken hatte nichts anderes anzuziehen«, verteidigte sich Nele. Sie beugte sich zu Pia herüber und senkte die Stimme. »Wenn du noch Hilfe brauchst mit deiner Frisur morgen ... Meine Friseurin aus Lübeck kommt extra her. Die hätte noch eine halbe Stunde Zeit.«

»Frisur?« Pia schluckte. »Ich dachte, ich wasche meine Haare und föhne sie trocken.«

Nele verdrehte die Augen und warf ihren Freundinnen einen verschwörerischen Blick zu. »Was ziehst du denn an?«

»Ein grünes Abendkleid.«

»Lang oder kurz?«

»Lang.«

Nele stieß erleichtert die Luft aus. »Ein Glück! Alle sind in lang.«

»Da bin ich ja auf der sicheren Seite«, sagte Pia.

Der weitere Abend plätscherte mit der Unterhaltung über den morgigen Festtag dahin, bei der Pia mehr und mehr in stille Panik verfiel, ob sie denn wirklich »auf der sicheren Seite« war, was ihre Ausstattung anbelangte.

Gegen halb eins löste sich die kleine Gruppe auf, weil alle ins Bett wollten, um am nächsten Tag für die große Feier ausgeschlafen zu sein.

Pia durchquerte auf dem Weg zur Treppe die verlassene Hotelhalle, als sie im angrenzenden Büro ein Geräusch hörte.

Ein Wimmern oder Schluchzen. Sie blieb stehen und lauschte. Brauchte jemand Hilfe?

Harte Schritte erklangen, und Jackie von Kieslow tauchte im Türrahmen auf. »Oh, Sie sind es! Tut mir leid. Ich dachte, es wäre Hasso.« Sie zog ein Taschentuch hervor und putzte sich die Nase. »Ich wünschte, er wäre hier. Er kann ja auch nichts an der Situation ändern, aber ich würde einfach gern mit ihm darüber sprechen.«

»Über Ramona Winklers Tod?«, fragte Pia.

»Ja. Die Polizei war vorhin hier. Die meisten Gäste haben das wahrscheinlich mitbekommen. Nicht gerade toll, wenn das Haus so voller Leute ist. Was sollen die denken?« Sie verzog das Gesicht. »Aber was rede ich da? Sie sind ja auch bei der Polizei.«

»Hat sich das schon herumgesprochen?«

»Ich glaube, Ihre Schwester sagte bei der Anmeldung so etwas.«

»Hier bin ich gar nicht zuständig. Also keine Sorge«, erwiderte Pia leichthin.

»Nein, natürlich nicht. Heute waren sie zu dritt da. Ich hoffe sehr, dass sich dieser Fall bald aufklärt.« Die Hotelmanagerin seufzte. »Ich für meinen Teil brauche noch einen kleinen Schlaftrunk. Hasso wird wohl heute Nacht nicht mehr kommen. Er ist noch in Berlin. Dort ist der Hauptsitz seiner Firma. Haben Sie nicht auch Lust auf einen kleinen Absacker? Ich lade Sie ein. Allein zu trinken ist nicht gesund.« Jackie von Kieslow lächelte schwach.

»Gern«, sagte Pia. »Aber die Hotelbar ist wohl schon geschlossen.«

»Ja, ich habe Alexander nach Hause geschickt. Der muss morgen sowieso noch genug Überstunden machen.« Sie ging Pia voraus in die Bar, schaltete eine kleine Leuchte ein, die schummriges Licht spendete. »Was möchten Sie trinken?«

»Einen Wodka.«

»Hervorragende Idee. Wir nehmen zwei Wodka.« Sie schenkte zwei Gläser ein und reichte Pia eines. »Auf das Wohl Ihrer Schwester, die sich morgen traut!«

Pia lächelte. »Da schließe ich mich an.«

»Ich denke die ganze Zeit, ich habe etwas falsch gemacht«, sagte Jackie von Kieslow nach einem Moment des Schweigens.

»Wovon sprechen Sie?«

»Von Ramona Winkler. Ich wusste, dass ihre Ehe mit diesem Frank nicht gut ist. Er ist, offen gestanden, ein ortsbekannter Nichtsnutz und Faulpelz. Ich wusste sogar, dass er ein Alkoholproblem hat. Aber ich habe nichts getan, um ihr zu helfen.«

»Was hätten Sie da tun können?«

»Ramona war oft bedrückt. Sie hat auch Andeutungen

gemacht, dass sie wegwollte von ihrem Mann. Doch sie hat sich nicht getraut. Ich glaube, sie hat dafür gespart. Ich hätte sie unterstützen können.«

»Im Nachhinein ist man immer klüger. Denken Sie, dass sie Angst vor ihrem Mann hatte?«

Jackie zuckte mit den Schultern. »Keine Ahnung. So einem Typen traue ich alles zu.«

»Oh, das sieht man den Leuten nicht an«, sagte Pia. »Gewaltprobleme, meine ich. Sie würden sich wundern ...«

»Ich möchte das lieber gar nicht so genau wissen.« Jackie schenkte noch einmal nach, und Pia ließ sie gewähren.

»Sie kennen doch sicher das Dorf Blenkow?«, fragte Pia.

»Ich hab als kleines Kind öfter dort gespielt. Meine Großeltern haben dort gewohnt.«

»Dann erinnern Sie sich, wie es ausgesehen hat?«

»Ein wenig. Richtig romantisch. Es verklärt sich ja mit der Zeit.«

»Was ist mit Ihren Großeltern geschehen?«

»Sie sind ›freiwillig‹ weggezogen, bevor es ernst wurde.« Jackie sah in ihr Glas. »Aber sie hatten für den Rest ihres Lebens Heimweh nach Blenkow.«

»Sind auch Leute aus Blenkow verschwunden? Ich habe gehört, dass die Zwangsumsiedlungen nachts vonstattengingen.«

»Oh, da gibt es ein paar Geschichten. Ramona hätte Ihnen mehr erzählen können. Ein Onkel von ihr war Knecht in Blenkow. Er geriet in Verdacht, kleine Jungs zu belästigen. Eines Tages soll er eine Tasche gepackt haben und fortgegangen sein, und man hat ihn nie wiedergesehen.« Sie schaute Pia vielsagend an.

»Wann war das?«

»Ich weiß nicht. Irgendwann in den Sechzigern ...«

»Wie hieß der Onkel?«

»Beinahe hätte ich gesagt, dass Sie da Ramona fragen müssen …« Sie schüttelte den Kopf. »Er könnte Rauch mit Nachnamen geheißen haben. Das ist Ramonas Mädchenname. Ihr Vater und dieser Mann waren Brüder.« Sie sah Pia in die Augen. »Das Gleiche haben mich die Polizeibeamten übrigens auch gefragt. Komisch, nicht?«

Pia ging nicht darauf ein. »Hat Ramona manchmal von diesem Onkel gesprochen?«

»Nein. Ein Verwandter dieser Art war ihr bestimmt unangenehm. Die Arme war wirklich ganz allein auf der Welt. Die Eltern sind früh gestorben, der zweifelhafte Onkel ›verschwunden‹, ein Cousin von ihr, ihr letzter lebender Verwandter, ist in den Achtzigern in den Westen geflohen.«

»Erfolgreich?«

»Oh ja. Sie haben sogar noch eine Nachbarin, eine Rentnerin, die in die BRD reisen durfte, auf ihn angesetzt. Sie sollte ihn überreden zurückzukommen.«

»Und hat das geklappt?«

Sie lachte auf. »Nein. Ramona hat mir mal erzählt, ihr Cousin lebe in Köln und habe inzwischen einen guten Job als Bauingenieur oder so. Sie hat ihn, glaube ich, sogar einmal dort besucht.«

»Wissen Sie, wie er heißt?«

»Nein, das weiß ich nicht mehr.« Jackie sah Pia aufmerksam an. »Traurig, nicht? Ich habe Tag und Nacht mit Ramona zusammengearbeitet, und trotzdem weiß ich so wenig über sie.«

Die zwei nicht ganz kleinen Wodka schlugen allmählich an, als Pia sich von Jackie von Kieslow verabschiedete. Auch bei der Hotelmanagerin hatte der Alkohol langsam Wirkung gezeigt. Sie hatte sich immer mehr Vorwürfe gemacht und schließlich trübsinnig auf die dezent beleuchteten Flaschen gestarrt.

Eine Hand auf dem geschwungenen alten Holzgeländer, zog Pia sich die Treppe hinauf bis ins Dachgeschoss. Ihr schwirrte der Kopf. Nicht nur aufgrund des Alkohols, sondern auch der vielen Informationen über Ramona Winkler und des Dorfes Blenkow wegen.

Sie schlich den Hotelflur entlang zu ihrem Zimmer und öffnete leise die Tür, um Felix nicht aufzuwecken. Er lag auf der Seite, hatte sich halb freigestrampelt und murmelte etwas im Schlaf. Pia zupfte seine Decke zurecht und streichelte ihn vorsichtig. Wer wusste schon, was ihm alles durch den Kopf ging?

Die Luft im Raum war zu stickig zum Schlafen. Pia öffnete das Fenster, lehnte sich auf das Fensterbrett und sah hinaus. Die Wolken hatten sich verzogen. Es war eine mondhelle Nacht, in der die Bäume und auch das Schloss selbst klar definierte Schatten auf die gekieste Zufahrt und die Rasenfläche warfen. In der Stadt wären ihr das trockene Hüsteln und das Aufglimmen einer Zigarette nicht aufgefallen. Doch hier draußen war es so ruhig, dass man in dieser Nacht ein Blatt Papier hätte zu Boden fallen hören können.

Pia kniff die Augen zusammen. Stand dort jemand im Schatten der Bäume? Sie konnte die Anwesenheit desjenigen nur dann erahnen, wenn er an seiner Zigarette zog. Oder täuschte sie sich? Da hörte sie wieder ein Husten. Welcher der Gäste rauchte und konnte das sein? Und warum stand er oder sie dort im Dunkeln, wo ihn die Bäume verdeckten, und nicht auf der Terrasse oder der Freitreppe? Damit der Rauch nicht in die Zimmer zog? Oder war es ein Hotelangestellter?

Im vergangenen Winter hatte Pia eine sehr unliebsame Erfahrung mit einem Stalker gemacht. Die Person dort unten, die sich vor den Blicken verbarg und dabei das Hotel im Auge behielt, konnte sie nicht ignorieren, so harmlos das alles auch sein mochte. Sie wollte nicht einfach zu Bett gehen, als hätte sie es nicht bemerkt.

Felix schlief fest, wie seine tiefen Atemzüge verrieten. Pia schaltete das Babyfon an, das sie beim Hereinkommen ausgestellt hatte, steckte den Empfänger wieder in ihre Jackentasche und verließ das Zimmer. Sie ging durch den Nebeneingang hinaus, dessen Tür sich mit einem ihrer Zimmerschlüssel öffnen ließ. Von dort umrundete sie das Haus, wobei sie sich im Schatten der Außenmauer hielt. An der Ecke verharrte sie. Unter den Bäumen, wo sie die Person gesehen hatte, schien sich niemand mehr aufzuhalten.

Kies knirschte. Pia fuhr herum, und da sah sie ihn. Er stand am anderen Ende des Gebäudes, dicht an die Hauswand gepresst, und blickte durch ein Fenster, das Pias Erinnerung nach zum Kaminzimmer gehörte. Ein Einbrecher? Die Vorgehensweise erschien ihr nicht ganz »fachgerecht«. Oder suchte der Mann, denn es war ein Mann, wie sie nun erkennen konnte, jemanden? Gern hätte sie etwas in der Hand gehabt, und wenn es nur ihre Taschenlampe gewesen wäre.

»Kann ich Ihnen helfen?«, fragte sie laut und trat ins Mondlicht, sodass er sie sehen konnte.

Der Mann machte einen Satz vom Fenster weg. Er breitete die Arme aus und ging langsam rückwärts.

»Bleiben Sie stehen! Was wollen Sie hier?«

Er starrte sie an, schien erst sein Gleichgewicht finden zu müssen. Dann drehte er sich um und lief in Richtung Tor. Pia setzte ihm hinterher. Nach den zwei Wodka war sie nicht in Bestform. Außerdem trug sie keine Laufschuhe. Doch der Mann lief unregelmäßig und strauchelte. In der Mitte des Rasens hatte sie ihn eingeholt und hielt ihn fest. Er wehrte sich nicht besonders effektiv, sondern zappelte mit den Armen, japste nach Luft und fluchte, soweit sein Atem es zuließ.

»Polizei! Bleiben Sie stehen! Ich hab nur ein paar Fragen.« Pia drehte ihm den Arm auf den Rücken, da er immer noch Anstalten machte, sich loszureißen.

»Aua! Verdammt! Ich hab nix getan. Loslassen!«, keuchte er, doch seine Gegenwehr ließ nach.

»Wer sind Sie?«

»Ich muss Ihnen gar nichts sagen!«

Er hatte eine üble Alkoholfahne, was auch seine unkoordinierten Bewegungen und seine dürftige Gegenwehr erklärte.

»Doch, Sie müssen der Polizei gegenüber Angaben zu Ihrer Identität machen. Das ist das Mindeste. Also ...«

»Verdammt, ich tue doch nichts!«

»Wer sind Sie, und was wollen Sie hier?« Pia war sich sicher, dass er kein Hotelgast war und ein Angestellter mit hoher Wahrscheinlichkeit auch nicht.

»Ich rede erst, wenn Sie mich loslassen.«

Pia lockerte probeweise den Griff, bereit, sofort wieder zuzufassen. So betrunken, wie der Mann war, rechnete sie nicht damit, dass er ihr noch entkommen oder sie überwältigen konnte. Höchstens mit seinem Gestank.

»Frank Winkler«, stieß er hervor. »Ich will zu meiner Frau!«

»Zu Ramona Winkler?«

»Genau die. Sie können mich nich' hindern ...« Er stierte Pia an. »Ich muss zu meiner Frau.«

»Ramona Winkler ist tot«, sagte Pia. »Und Sie wissen das, nicht wahr? Sie waren heute Morgen dabei, als Alexander Jordan Ihre Frau leblos im Garten entdeckt hat. Die Polizei war auch schon bei Ihnen.«

»Das war heute Morgen? Ich dacht' ... dacht', ich hätt' das nur geträumt.« Er schluchzte auf.

Pia seufzte. Sie hätte in ihrem Hotelzimmer bleiben sollen. »Warum sind Sie hier, Herr Winkler?«

»Ich wollte sehen, wer Ramona das angetan hat.«

»Hier im Hotel?«

»Es war einer von hier.« Er sah Pia lauernd von der Seite an.

»Wie kommen Sie darauf?« Pia fasste ihn am Ellenbogen und führte ihn zu einer Bank am Rande des Rasens unter den Bäumen, wo sie vom Hotel aus nicht zu sehen und zu hören waren.

»Weil Ramona immer nur hier war, wenn sie nicht zu Hause gewesen ist. Sie hat zu viel gearbeitet, das hab ich ihr immer gesagt!«

»Und das ist alles?«

»Sie war sich zu fein geworden. Zu fein für mich. Für ihr Zuhause. Als ob sie nun was Besseres ist, weil sie im Schlosshotel arbeitet.«

»Aber warum denken Sie, ihr Mörder stammt von hier?«

»Sie haben sie ausgenutzt. Sie hatte nichts anderes mehr im Kopf. Also sag ich mir doch: Wer immer ihr das angetan hat, kommt von hier.« Sein Kopf ruckte in Richtung Schloss.

Das besaß eine gewisse Logik. Trotz seiner lallenden Sprechweise schienen bei Frank Winkler noch ein paar Gehirnzellen in Reihe geschaltet zu sein.

»Wer hätte einen Grund gehabt, sie umzubringen?«

»Das weiß ich doch nicht.« Er fingerte mit zitternder Hand eine Zigarette hervor. Es dauerte eine Weile, bis es ihm gelungen war, sie anzuzünden. »Vielleicht Jackie, unsere feine Gräfin! Die ist ein ganz falsches Frauenzimmer. Sie hat meine Ramona eingelullt, wie sehr sie sie braucht. Ramona sollte ihr immer alles erzählen, was sie so im Hotel mitbekommen hat. Was die Angestellten und die Hotelgäste so reden und so weiter. Der Teufel weiß, was Jackie damit bezweckt hat. Aber eines ist klar wie Kloßbrühe: Wenn es ihr in den Kram gepasst hätte, hätte sie Ramona schneller entlassen, als ich Paläoproterozoikum sagen kann.«

»Paläo… was?«

»Paläoproterozoikum. Ich bin Geologe von Beruf. Arbeitsloser Geologe, um genau zu sein. Herr Doktor Winkler – angenehm!« Er verbeugte sich spöttisch im Sitzen, verlor dabei das Gleichgewicht, sodass Pia ihn festhalten musste. »Wissen Sie was? Die Heimlichtuerei zwischen meiner Frau und den Leuten hier hat mich einfach angekotzt.«

»Welche Heimlichtuerei?«

»Zum Beispiel, dass sie ihr Geld zugesteckt haben, wohl, damit sie mich verlassen kann. Schwarz natürlich. Das hat der Gräfin wahrscheinlich ihr toller Ehemann so beigebracht. Ob sie den liebt? Das glaub ich im Leben nicht. Solchen Frauen geht es nur um Kohle. Früher, als Jackie jung war, da hat die ganz anders geredet. Freiheit und Gerechtigkeit! Da hatte sie groß was mit dem Steffen laufen. Und kaum war der weg, kam der Nächste dran … Ein Cousin von Ramona.« Winkler machte eine wegwerfende Handbewegung.

Seine Vorwürfe gegen die Hotelmanagerin klangen nach Eifersucht oder gekränkter Eitelkeit. »Waren Sie auch mal mit Frau von Kieslow befreundet?«, fragte Pia.

»Ich – mit der Jackie? Nie!« Er spuckte aus.

»Wollten Sie Frau von Kieslow heute Nacht zur Rede stellen?«

»Nein!«, protestierte Frank Winkler. »Das ist doch zeck… zeck … zwecklos. Ich wollte nur mal gucken. Nicht nach Jackie. Nach …«

»Nach wem?«

»Ach, ich weiß auch nicht. Hier sind noch mehr von früher, hat Ramona mir gesagt.«

»Wen genau meinte sie damit?«

»Weiß ich doch nicht«, nuschelte er. Ihm fielen die Augen zu, und seine Hand sackte herunter. Pia rettete ihn davor, sich mit der Zigarette ein Loch ins Bein zu brennen. Dann rutschte er zur Seite, sodass er auf der Bank zum Liegen kam. Der Mann war nicht mehr zurechnungsfähig und eine Gefahr für sich selbst und andere.

Pia stand auf und rief die zuständige Polizeidienststelle an.

10. Kapitel

Pia und Felix waren spät dran mit dem Frühstück. Das Jagdzimmer war schon leer, die meisten Gedecke bereits wieder abgeräumt. Pia hatte in der Nacht noch eine halbe Stunde im Park vor dem Schloss auf die Polizei gewartet. Die Kollegen hatten Frank Winkler mitgenommen, um ihn in eine Ausnüchterungszelle zu stecken. Pia hatte die Kollegen noch kurz ins Bild gesetzt, was Ramonas Ehemann ihr erzählt hatte, doch das Interesse war um diese späte Stunde nur mäßig gewesen. Pia hatte danach lange nicht einschlafen können. Zu sehr beschäftigten sie die seltsamen Vorkommnisse rund um Ramonas Tod, der Knochenfund und das geschleifte Dorf. Ihre Gedanken waren schließlich in wirre Träume übergegangen. Glücklicherweise hatte Felix am Morgen Gnade vor Recht ergehen lassen und sie bis kurz nach acht schlafen lassen. So kam es, dass Pia erst um Viertel nach neun am Frühstücksbuffet stand und sich Rührei und Speck auf ihren Teller löffelte.

Alexander kam herein, tauschte einen Käseteller aus und grinste Pia an. »Sie sehen aus, als könnten Sie frischen, starken Kaffee vertragen.«

»Oh ja, klingt gut. Und für Felix einen kalten Kakao bitte.«

»Schon unterwegs.«

Sie sah ihm nach, bewunderte seine Energie und nahm sich vor, noch einmal mit ihm zu sprechen, wenn sie die Hotelmanagerin über den nächtlichen Vorfall informiert hatte. Pia setzte sich mit Felix an einen Tisch am Fenster und schmierte ihm ein Brötchen.

»Mama, wo sind denn die anderen alle?«

»Die meisten sind, glaube ich, schon fertig mit dem Frühstück. Wir haben ganz schön lange geschlafen.« Warum auch nicht? Immerhin war Samstag – Wochenende. Heute Nachmittag um sechzehn Uhr fand die kirchliche Trauung von Nele und Markus in einer nahegelegenen Kirche statt. Danach sollte die große Feier im angrenzenden Marstall des Schlosses steigen. Pia überlegte, was sie bis dahin unternehmen wollte. Als Alexander mit den Getränken kam, fragte sie: »Gibt es hier noch einen schönen Spielplatz oder Ähnliches, wo ich mit meinem Sohn hinfahren kann?«

Alexander krauste die Stirn. »Auf dem Museumsbauernhof wart ihr schon, oder? Es gibt noch das Grenzmuseum, aber dafür ist Ihr Sohn wohl noch zu jung. Wir haben in der Nähe einige tolle Badeseen oder den Oldtimer-Hof, wenn ihn so was schon interessiert.«

»Ja, vielleicht. Das Grenzmuseum klingt aber auch interessant. Was gibt es denn dort zu sehen?«

»Es geht dort um die Entstehung der ehemaligen innerdeutschen Grenze, den Ausbau zu einer Sperrzone auf DDR-Seite sowie die Folgen der ganzen Geschichte für die Bevölkerung. Dabei werden auch Einzelschicksale beleuchtet. Geglückte und misslungene Fluchtversuche und so weiter. Außerdem kann man in einer Außenanlage einen Nachbau der Grenze besichtigen.«

»Ich glaube, da muss ich dann noch mal allein hinfahren«, sagte Pia.

»Es lohnt sich.«

»Wissen Sie von dem Mann, der Mitte der Achtziger hier in der Nähe bei einem Fluchtversuch ums Leben gekommen ist? Er soll aus der Gegend stammen. Stephan oder Steffen oder so. Jedenfalls wurde er schon erwähnt.«

Alexander sah sich über die Schulter, bevor er sich ein Stück zu Pia hinunterbeugte. »Steffen Jordan. Das war mein Onkel. Wenn Sie irgendwelche Fragen dazu haben, kann Ihnen mein Vater mehr darüber erzählen, als Ihnen wahrscheinlich lieb ist.«

Pias Herzschlag beschleunigte sich. Steffen war der Name, den auch Frank Winkler erwähnt hatte. Sie senkte ebenfalls die Stimme. »Stimmt es, dass Ihr Onkel mal mit Jackie von Kieslow zusammen war?«

»Woher wissen Sie das denn? Hat sie Ihnen das erzählt?«

»Nein. Jemand anders hat es erwähnt.« Pia rettete ein halbes Marmeladenbrötchen, bevor Felix seinen Ellenbogen darin platzierte. »Tut mir leid, wenn ich es wieder aufwühle, aber Ihr Onkel ist bei einem Fluchtversuch oder danach im Gefängnis gestorben. Ist das richtig?«

»Da können Sie nichts aufwühlen.« Er schnaubte. »Es ist bei mir zu Hause allgegenwärtig. Und ich war noch nicht mal geboren, als das passiert ist. 1986. Insofern macht es mir nicht viel aus, darüber zu reden. Ich muss noch mal in die Küche, doch ich habe gleich Pause. Wollen wir uns draußen am Bootssteg treffen? Sagen wir, in einer Viertelstunde?«

Es war sonnig und windstill. Pia ließ Felix barfuß und in kurzer Hose am Ufer spielen und setzte sich daneben auf den Bootssteg. Das Holz war warm, der See klar. Die Sonne, die durch das Blätterdach schien, warf blendende Reflexe auf das Wasser.

Felix baute mit Sand und Steinen einen kleinen Stausee und ließ Stöckchen und Blätter darin schwimmen. Wahrscheinlich musste sie nirgends mehr mit ihm hinfahren. Der See bot Unterhaltung genug. Pia hatte Jackie von Kieslow vor dem Hinausgehen im Büro noch über ihr Zusammentreffen mit Frank Winkler nachts im Park unterrichtet. Die Hotelmanagerin hatte geseufzt und gesagt, sie kümmere sich um alles.

Alexander erschien und setzte sich neben Pia. »Warum fragen Sie nach Steffen?«, wollte er wissen.

Sie erzählte auch ihm von ihrer nächtlichen Unterhaltung mit Ramonas Ehemann.

»Glauben Sie, er hat sie umgebracht?«

»Statistisch gesehen ist das am wahrscheinlichsten«, sagte Pia.

»Ach ja, Sie sind ja vom Fach. Haben Sie auch mit Mordfällen zu tun?«

Pia nickte. »Aber gestern Nacht machte es den Eindruck, als wollte dieser Winkler, betrunken wie er war, selbst ein paar Erkundigungen einziehen. Und das ausgerechnet hier im Hotel. Er ist der Meinung, dass wer immer seine Frau getötet hat, aus diesem Umfeld kommt.«

»Warum das denn?«

»Nun ja. Eigentlich logisch. Sie war angeblich entweder zu Hause, oder sie hat hier gearbeitet. Viel mehr Kontakte hatte sie in letzter Zeit nicht.« Es sei denn, es ging bei dem Mord um etwas anderes, das weit in der Vergangenheit lag, fügte Pia in Gedanken hinzu.

»Also, ich weiß nicht. Die Gäste hier kommen und gehen. Dass man mal über persönliche Themen miteinander spricht, so wie wir jetzt, ist die absolute Ausnahme.«

Aber es sind auch Leute hier, die aus der Gegend stammen, dachte Pia. »Ist Ihr Onkel eigentlich hier beerdigt worden? Hat irgendwer den Toten noch mal gesehen?«

»Sein Grab befindet sich auf dem Dorffriedhof. Direkt an der Kirche. Da findet nachher auch die Trauung Ihrer Schwester statt.«

Pia war enttäuscht. Ein verschwundener Toter hätte mit Jakobs Knochenfund zusammengepasst. Die Suche nach einem Zusammenhang zwischen den beiden Ereignissen war verführerisch, aber auch gefährlich. Die beiden Todesfälle konnten auch rein gar nichts miteinander zu tun haben.

»Trug Ihr Onkel ein Hörgerät?«

Alexander sah sie von der Seite an. »Meines Wissens nicht. Aber mein Vater ist, was Steffen betrifft, der bessere Ansprechpartner. Wieso?«

»Das kann ich Ihnen leider nicht sagen.«

Sein Bein lag direkt neben ihrem. Pia trug, genau wie Felix, nur Shorts und spürte Alexanders Körperwärme durch den Stoff seiner Hose. Er sah sie unverwandt an. Seine Augen waren blau mit einem dunkelgrauen Rand um die Iris. Sie stand auf.

Er seufzte leise. »Möchten Sie mit meinem Vater reden?«

»Das wäre toll.«

Alexander erhob sich ebenfalls. »Er hat heute frei. Ich kann Sie ihm ankündigen.«

Auf dem Weg zurück zum Hotel trafen Pia und Felix auf Pias Eltern.

»Nele dreht am Rad«, sagte ihre Mutter in vertraulichem Tonfall. »Sie kontrolliert alle zehn Minuten die Angaben der verschiedenen Wetterdienste auf ihrem Handy, weil sie Angst hat, es könne nachher auf dem Weg zur Kirche ein Gewitter geben.«

»Oder hinterher, wenn sie die Fotos im Schlossgarten machen wollen«, ergänzte Neles Vater. »Der Fotograf nimmt ein Heidengeld. Dabei hätte ich doch genauso gut …«

»Die Verantwortung für Neles Hochzeitsfotos willst du nicht übernehmen, Günther.«

Pia sah zum wolkenlosen Himmel. »Ich finde es nicht besonders schwül oder so. Es ist doch eher frisch. Bestimmt hält sich das gute Wetter.«

»Oh, das hoffe ich auch sehr«, betonte ihre Mutter. »Und du hast im Schlamm gebadet, Felix?«

»Ich hab einen Damm gebaut.«

»Wir waren am See an dem Bootssteg da unten«, erklärte Pia.

»Ja, wir haben euch gesehen.« Ein Blick in Richtung See. Alexander schlenderte gerade auf das Hotel zu. »Hast du noch mal mit Lars gesprochen, Pia? Kommt er rechtzeitig?«

Das Haus der Jordans lag nicht weit vom Hotel entfernt am Rande einer kleinen Siedlung. Wie an einem Samstagvormittag bei gutem Wetter nicht anders zu erwarten, waren viele der Bewohner im Garten oder an ihren Autos anzutreffen. Nur das Haus der Jordans lag wie verlassen im Sonnenschein.

Da Felix den Rest des Vormittags mit seinen Großeltern verbringen wollte, die einen Ausflug zu einer Eisdiele als Programmpunkt angeboten hatten, ging Pia allein auf die blau gestrichene Eingangstür zu und klingelte.

Olaf Jordan sah aus wie die etwas zusammengeschrumpfte und vom Schicksal gebeutelte Version seines Sohnes. Er trug ein kurzärmeliges, bunt kariertes Hemd und eine grüne Gartenhose. »Ach, da sind Sie ja schon. Ich wollte gerade ein paar Pflanzen umtopfen. Kommen Sie mit.«

Pia wunderte sich über die Bereitwilligkeit, mit der ihr Auskunft über eine recht private Angelegenheit erteilt werden sollte. Vielleicht, weil sie Polizistin war, auch wenn sie gar nicht offiziell ermittelte, wie sie Alexander gegenüber noch einmal betont hatte. Sie vermutete jedoch, dass Olaf Jordan die Geschichte seines Bruders noch etwa hundert Mal erzählen musste, bevor er sie vielleicht irgendwann verarbeitet hatte. Zu der Zeit, als es passiert war, war das Sprechen darüber wohl nicht ganz ungefährlich gewesen.

Sie folgte Olaf Jordan hinter das Haus auf die Terrasse, wo er auf eine ausladende Sitzgruppe aus Kunststoffmöbeln mit geblümten Polstern deutete. Pia nahm Platz, während er sich an einen Arbeitstisch stellte, wo Blumenerde, diverse Töpfe und zarte Pflänzchen auf ihre Weiterverarbeitung warteten.

»Alexander hat mir gesagt, dass Sie sich für das Schicksal meines Bruders interessieren«, kam Olaf Jordan gleich zur Sache. Er hantierte mit den Pflanzen und sprach, ohne Pia dabei anzusehen. »Ehrlich gesagt ist es mir egal, warum Sie das wissen wollen. Vermutlich wegen dem, was mit Ramona Winkler passiert ist.«

»Kannten Sie sie?«

»Ja, zumindest vom Sehen. Sie war vier oder fünf Jahre jünger als ich, aber wir sind auf dieselbe Schule gegangen. Ich hatte länger nichts von ihr gehört, bis Alexander anfing, im Schloss zu jobben. Eigentlich ist er Journalist. Wussten Sie das?«

»Ja, das hat er mir erzählt.«

»Ich halte nichts davon, dass er kellnert und so. Er verschwendet sein Talent. Die Umgebung dort tut ihm nicht gut.«

»Wieso das?«

»Ich kenne die Geschäftsführerin.«

»Jackie von Kieslow.«

»Jackie Hüttmann hieß sie früher. Mein Jahrgang oder ein Jahr jünger, auch wenn ich bestimmt hundert Jahre älter aussehe.«

»Stimmt es, dass Jackie Hüttmann mit Ihrem Bruder zusammen war?«

»Genau. Aber ich fang besser von vorn an.« Er füllte die

Blumenerde in die Töpfe und setzte kleine Pflanzen hinein. »Mein Bruder war drei Jahre älter als ich. Er war der erklärte Liebling meiner Eltern. Charmant, gut aussehend, talentiert, sportlich. Er konnte einfach alles.« Olaf Jordan zuckte mit den Schultern. »Alexander kommt ein bisschen nach ihm, finde ich. Manchmal, wenn Alex mir unerwartet über den Weg läuft, sehe ich Steffen vor mir.« Er drückte die Erde fest. »Verrückt, nicht? Jedenfalls war ich als Junge nicht eifersüchtig auf ihn oder so. Ich gehörte von Anfang an zu seinem Fanclub, war sozusagen eines der Gründungsmitglieder. Eigentlich hätte jemandem mit Steffens Anlagen die Welt offenstehen müssen, doch wir wuchsen ja in der DDR auf. Für jemanden wie mich war das gar nicht schlecht. Ich brauche Sicherheit und eine gewisse Planung. Ich weiß gern am Freitagabend, was mich am Montagmorgen erwartet. Aber Steffen war ein Freigeist. Um seine Ziele zu erreichen, hätte er vielleicht der SED beitreten müssen. Doch das konnte er nicht. Er hatte nicht vor, sich anzupassen oder zu irgendeinem Thema seine Klappe zu halten. So fiel er gewissen Leuten auf – und zwar unangenehm. Wir trafen uns damals immer im *Roten Hahn*, einer Dorfkneipe. Dort hat Steffen manchmal ganz schön provozierende Reden geschwungen. Dass uns in der DDR nur noch Fesseln und Maulkörbe fehlen würden, erst dann wäre die Regierung zufrieden, und so weiter. Das hat bestimmt mal einer weitergetragen. Es waren immer viele Leute dort. Auch von der Grenztruppe. Die Kneipe lag knapp außerhalb des Sperrgebiets. Gut möglich, dass einer seiner ›Kumpel‹ ein Spitzel war. Wer wusste das damals schon? Aber Steffen hat sich für unverwundbar gehalten.«

»Was passierte dann?«

»Er verlor seinen Studienplatz und unsere Mutter ihren Arbeitsplatz in der Landwirtschaftlichen Produktionsgenossenschaft. Unser Vater war schon lange tot, ich noch in der Schule. Es war nicht einfach. Ich habe dann nach der Schule Facharbeiter für Tierproduktion gelernt. Melker. Steffen musste wieder auf dem Bau arbeiten. Mauern und Beton anmischen und so. Er wollte immer Architekt werden, hatte nach der Hochschulreife eine Lehre als Betonfacharbeiter gemacht, also Berufsausbildung mit Abitur, um dann Architektur zu studieren. In seinem Zimmer standen Modelle von Gebäuden rum, die er mal bauen wollte. Als er seinen Studienplatz verloren hat, war er am Boden zerstört. Da hat er wohl die Flucht geplant.«

»Hat er mit Ihnen darüber gesprochen?«

»Nein. Ich denke, er wollte mich damit nicht belasten. Aber ich habe es trotzdem geahnt. Und ich hatte immer Angst, dass er mal mit dem Falschen darüber redet, eine Andeutung macht. Dass etwas durchsickert. Und ich war mir auch nicht sicher, ob er seiner Freundin Jackie trauen konnte.«

»Zu der Zeit war er also mit der Hotelmanagerin, mit Jackie von Kieslow, zusammen?«

»Oh ja. Große Liebe! Sie war ein paar Jahre jünger als er, ein bildschönes Mädchen, lebhaft. Und ihr Vater war in der Partei. Wer weiß, was Steffen ihr im Liebesrausch alles anvertraut hat.«

»Was passierte dann?«

»Ein ganz normaler Abend im *Hahn*. Ich bin früh nach Hause gefahren, weil ich ja immer um fünf Uhr morgens rausmusste. Steffen nahm mich kurz in den Arm, als ich ging, hat mir auf den Rücken geklopft. Er wollte noch ein bisschen dortbleiben. Er hatte einen Rucksack oder Seesack oder so was dabei, das fiel mir auf, aber ich habe zu dem Zeitpunkt noch nicht weitergedacht. Erst hinterher ist mir aufgegangen, dass da wohl Werkzeug drin war, Decken, irgendwelches Fluchtmaterial. Er kam in dieser Nacht nicht nach Hause. Steffen kam nie wieder nach Hause. Ich hörte am nächsten Abend zufällig ein paar Leute im *Roten Hahn* über einen vereitelten Fall von Republikflucht reden. Da wusste ich Bescheid. Sie sagten, dass der ›Grenzverletzer‹ versucht habe, nordwestlich von Blenkow in den Westen zu fliehen. Erst sehr viel später habe ich erfahren, wie Steffen es versucht hat. Ein Fluchtversuch war aus Sicht der DDR-Sicherheitskräfte eine politische Straftat, daher übernahm die Staatssicherheit die Ermittlungen. Es wurden Spuren gesichert, der Fluchtweg wurde rekonstruiert. Sie schrieben sogenannte ›Ereignisortuntersuchungsprotokolle‹ mit Fotos, wo und wie genau die Grenze überwunden wurde. Das können Sie sich übrigens im Grenzmuseum anschauen. Es ist alles dokumentiert worden. Mein Bruder hat am Nordende des Sees den Signalzaun überwunden. Kurz darauf muss Steffen auf den vorderen Grenzzaun getroffen sein. Er hat ihn an einer Stelle überstiegen, an der zwei Betonpfähle nah beieinanderstanden. Anschließend lief er im vorgelagerten Gebiet entlang der Grenze, war aber immer noch auf dem Gebiet der DDR. Er ist am Ufer des Ratzeburger Sees nach Norden gelaufen. Ich vermute, sie haben auf ihn geschossen, aber diese Details haben wir nicht erfahren. Jedenfalls ist Steffen am frühen Morgen von Grenzsoldaten schwer verletzt festgenommen worden. Mein Bruder muss sein Ziel direkt vor Augen gehabt haben, als sie ihn geschnappt haben.«

»Und dann?«

»Meine Mutter erhielt nach ein paar Tagen Besuch von der Stasi. Sie haben sie mitgenommen und befragt. Sicherlich haben sie Steffens gesamtes Umfeld durchleuchtet, und wir wurden als Familienangehörige geheimpolizeilich überwacht. Falls die uns eine Beteiligung oder Mitwisserschaft nachgewiesen hätten, hätte es auch zu Strafmaßnahmen bis zu Freiheitsentzug kommen können. Zum Glück war das nicht der

Fall, aber unser Leben wurde danach nicht einfacher. Sie teilten uns dann offiziell mit, dass Steffen im Krankenhaus gestorben ist. Es folgte die Beerdigung im kleinsten Kreis. Das war's.«

»Das tut mir sehr leid. Es muss schlimm gewesen sein.«

»Es ist lange her«, sagte Olaf Jordan, ohne Pia anzusehen.

»Haben Sie … haben Sie Ihren toten Bruder noch einmal gesehen?«

»Ja.« Einer der Plastiktöpfe mit etwas Erde darin fiel herunter. Olaf Jordan bückte sich und fegte die Krümel mit der bloßen Hand wieder hinein. »Ich war deswegen beim Bestatter.«

»Und wie hat seine Freundin Jackie reagiert?« Pia dachte daran, was Frank Winkler über sie erzählt hatte.

»Sie war am Boden zerstört. Ist richtiggehend abgemagert, und eine Zeit lang habe ich sie gar nicht mehr gesehen. Vielleicht hatte sie Hausarrest? Ich nehme an, dass sie ebenfalls von der Stasi verhört worden ist.«

»Warum mögen Sie Jackie von Kieslow nicht?«

»Wie kommen Sie darauf?« Er stellte die fertig bepflanzten Töpfchen beiseite und kehrte mit den Fingern lose Erde vom Arbeitstisch.

Pia hob die Schultern. »Es gefällt Ihnen nicht, dass Ihr Sohn in ihrer Nähe arbeitet.«

»Nur, weil er sich dort unter Wert verkauft. Alexander wird auch in zwei Jahren dreißig. Da sollte er nicht mehr herumjobben. Er hat doch ganz andere Chancen, als Steffen oder ich sie je hatten. Das sollte er nicht einfach so wegwerfen!«

»Ich habe gehört, dass Jackie sich nach Steffens Tod recht schnell mit jemand anders getröstet haben soll«, sagte Pia.

Olaf Jordan starrte sie an. »Davon weiß ich nichts. Wer behauptet das? Das klingt mir nach übler Nachrede.«

Pia erhob sich und zupfte an ihren Shorts, die hochgerutscht waren. »Ja, vielleicht ist es das. Sie haben mir sehr weitergeholfen, Herr Jordan. Vielen Dank, dass Sie mit mir gesprochen haben.«

»Oh. Bedanken Sie sich nicht bei mir. Alexander hat mich dazu gedrängt, dass ich mich unbedingt mit Ihnen unterhalten soll.«

»Eine Kleinigkeit noch«, fiel Pia ein. »Trug Ihr Bruder ein Hörgerät?«

Olaf Jordan lachte bitter auf. »Nein, bestimmt nicht. Wie ich schon sagte: Steffen war perfekt.«

11. Kapitel

Pia hatte noch bis zum Mittagessen Zeit, weil ihre Eltern sich solange um Felix kümmern wollten. Sie sah auf die Uhr und rief einen der Kollegen an, die sie in Blenkow kennengelernt hatte. Martin Hensel war sofort am Telefon.

»Wie ist es Herrn Winkler über Nacht ergangen? Ist er noch bei euch?«, erkundigte Pia sich. Sie fühlte sich verantwortlich. Immerhin war sie diejenige, die ihn in Polizeigewahrsam gebracht hatte.

»Er soll dem Haftrichter vorgeführt werden«, sagte Hensel. »Es besteht der begründete Verdacht, dass er seine Frau erst auf den Kopf geschlagen und dann im Teich ertränkt hat.«

»Hat er gestanden? Gestern Nacht, als er betrunken war, hatte ich den Eindruck, dass er nichts mit dem Tod seiner Frau zu tun hat. Er hat am Hotel nach jemandem gesucht, den er für schuldig hält.«

»Das haben wir zu Protokoll genommen. Aber wie du schon sagst: Da war Frank Winkler stark alkoholisiert.«

»Worauf gründet sich der Tatverdacht?«

»Er hat sich während der Vernehmung in Widersprüche verwickelt.«

»Was für Widersprüche?« Pia biss sich auf die Lippe. Dies war nicht ihr Fall.

»Also, unter uns gesagt: Einerseits behauptet er, dass er so ›stockbesoffen‹ war – seine Ausdrucksweise –, dass er von zehn Uhr abends, als Ramona Winkler noch im Hotel war, bis morgens, als er Alexander Jordan auf seinem Grundstück angetroffen hat, überhaupt nichts mitbekommen hat. Dann fiel ihm ein, dass er doch ein Alibi hat. Er behauptet, er habe an dem Abend Damenbesuch gehabt.« Hensels Stimme troff vor Ungläubigkeit. »Eine Frau soll um halb zehn zu ihm ins Haus gekommen sein. Diese Frau und er sind angeblich um kurz vor Mitternacht zusammen auf dem Sofa eingeschlafen. Als Winkler gegen acht Uhr aufwachte, war die Frau verschwunden. Ramona war ebenfalls nicht da. Er dachte sich, seine Frau sei in der Zwischenzeit gekommen, hätte ihn und die Fremde gesehen und sei daraufhin wieder abgehauen. Vielleicht zurück ins Hotel? Er behauptet, dass er solche Kopfschmerzen hatte, dass er eine Tablette genommen hat und danach noch mal eingeschlafen ist.«

»Wisst ihr schon, um wie viel Uhr Ramona Winkler gestorben ist?«

»Laut Aussage des Rechtsmediziners ist sie ungefähr zwischen elf Uhr abends und drei Uhr morgens verstorben. Bis dreiundzwanzig Uhr dreißig war sie aber noch im Hotel. Demnach könnte die unbekannte Frau Frank Winkler ein Alibi geben, das nicht so leicht zu widerlegen wäre. Aber ...«

Pia hörte Stimmen im Hintergrund. »Was ›aber‹?«

»Frank Winkler kann uns keinen Namen, keine Adresse, nicht einmal eine Telefonnummer nennen. Er hat diese Frau angeblich vor ein paar Tagen im *Roten Hahn* kennengelernt und ihr gesagt, wie er heißt und wo er wohnt. Er hat sie uns beschrieben als mittelgroß mit langen schwarzen Haaren. Sie trug Leggings, hohe Schuhe und eine getigerte Jacke.«

»Hm. Und warum hat er der Polizei nicht gleich von ihr erzählt?«

»Angeblich, um nicht in Verruf zu geraten.«

Pia informierte Hensel noch über ihre Gespräche mit Alexander Jordan und dessen Vater. Der Gedanke, dass Steffen

Jordans Schicksal etwas mit der Wüstung Blenkow und dem Knochenfund zu tun hatte, ließ sie nicht los. Sie fragte nach dem Knochen, und Martin Hensel sagte zögerlich, dass es sich bei ihrem Fund wohl um den Oberschenkelknochen eines mittelgroßen Menschen handelte. Die genauere Analyse des Knochens würde aber noch einige Zeit in Anspruch nehmen. Über die Liegezeit des Knochens oder ob er zu einem Mann oder einer Frau gehört hatte, konnte er noch nichts sagen.

Pia nickte, bis ihr klar wurde, dass Hensel das nicht sehen konnte. »Habt ihr noch mehr in dem Keller gefunden?«

»Bisher nicht. Wir tun, was wir können, aber so einfach ist das nicht. Es besteht akute Einsturzgefahr. Tut mir leid, aber ich muss jetzt los. Wir sehen uns.«

Nachdenklich fuhr Pia zum Hotel zurück. Als sie die Hotelhalle betrat, kam ihr Nele aus dem Restaurant entgegen.

Sie packte Pia am Arm und zog sie in einen Nebenraum. »Was soll das, Pia? Was wollen die von Markus?«

Pia befreite sich aus ihrem Griff »Was ist passiert? Ich weiß nicht, was hier los ist.«

»Die Polizei ist schon wieder da. Sie wollen mit Markus und mit Andrea und Rolf sprechen – und sogar mit Jakob und seinen Freunden.«

»Die haben sicher nur noch ein paar Fragen. Kann ich irgendetwas für dich tun?«

»Erkundige dich, wie lange das dauern wird. Markus und ich müssen um drei Uhr fertig sein, weil dann die Kutsche kommt.« Neles Stimme klang schrill.

»Ich bin mir sicher, dass Markus und die anderen für sich selbst sprechen können.«

»Auch Jakob, Mathilda und Leon? Ich will nicht, dass jemand fehlt. Es ist so ein Chaos! Seit diese Hotelangestellte tot ist, finde ich einfach keine Ruhe mehr. Es kommt mir so vor, als stünden wir alle unter Verdacht. So habe ich mir das nicht vorgestellt.«

Pia legte den Arm um Neles Schultern und drückte sie sanft. »Ich denke nicht, dass wir unter Verdacht stehen, Nele. Die Wahrscheinlichkeit, dass sie bereits einen Tatverdächtigen festgenommen haben, ist hoch. Und meistens ist es jemand aus dem nahen Umfeld des Opfers.«

»Wirklich?«

»Ja, Nele.«

»Du machst mir ja Mut.« Sie schniefte, doch sie schien schon wieder etwas gefasster zu sein. »Ich meine in Bezug auf das Heiraten. ›Aus dem nahen Umfeld‹. Jetzt weiß ich auch, warum du noch nicht verheiratet bist.«

»Schau mal, da ist Markus schon wieder.« Pia winkte ihrem zukünftigen Schwager, der gerade durch die Halle ging, und er kam sofort zu ihnen. Sein Gesicht war etwas blasser als sonst, doch er wirkte relativ gelassen.

»Was wollte die Polizei denn bloß von dir?«, fragte Nele.

»Nichts Besonderes«, wich Markus aus. »Sie befragen jetzt Rolf und Andrea sowie Jakob und seine Freunde. Ich vermute, es geht da noch mal um Jakobs Unfall.«

»Ach so.« Nele atmete auf. »Ich brauch jetzt irgendwas zur Beruhigung. Wollen wir auf der Terrasse zusammen einen Kaffee trinken?«

»Gern. Ich sag nur eben Mama Bescheid, dass ich wieder da bin. Falls Felix Sehnsucht nach mir hat.«

Als Pia auf die Terrasse trat, hatte Markus schon drei Milchkaffee bestellt. Jackie von Kieslow selbst brachte sie zu ihnen heraus.

»Sagen Sie bitte, ist die Polizei immer noch da?«, fragte Markus.

»Ja, ist sie. Ich vermute aber, dass die bald fertig sind. Dann steht Ihrer Feier nichts mehr im Wege.« Jackie von Kieslows Tonfall war beruhigend. Sicher hatte sie ihre Erfahrungen mit aufgeregten Hochzeitspaaren.

»Ihr Wort in Gottes Ohr«, murmelte Nele.

»Es tut mir sehr leid, dass Sie von diesem furchtbaren Ereignis in Mitleidenschaft gezogen worden sind.« Die Hotelmanagerin hatte das Tablett abgesetzt und die Schalen mit dem Milchkaffee verteilt. »Ich hoffe, der Service war trotz dieses Vorkommnisses okay und Sie sind zufrieden?«

»Ja, keine Sorge«, sagte Markus. »Sie sind schließlich noch viel mehr von alldem betroffen als wir.«

Die Hotelmanagerin nickte, und ihr Gesicht verdüsterte sich. »Ich kannte sie gut. Es ist ein großer Verlust, nicht nur für das Hotel. Deswegen bin ich auch umso erleichterter«, fügte sie in vertraulichem Tonfall hinzu, »dass sich das alles so schnell geklärt hat. Ganz im Vertrauen: Es soll der Ehemann gewesen sein. Sie haben ihn heute Vormittag wohl festgenommen. Ich habe Ramona wieder und wieder gesagt, dass sie ihren Mann verlassen soll. Aber sie hat zu lange gewartet. Und irgendwann ist es dann zu spät.« Sie nahm das leere Tablett, sah noch einmal in die Runde und ging zurück ins Hotel.

»Sie haben den Täter. Gott sei Dank! Aber das Ganze kommt mir trotzdem wie ein schlechtes Omen vor, Markus.«

Er drückte Neles Hand. »Nein, das ist es sicher nicht. Es gibt keinen Zusammenhang. Oder möchtest du die kirchliche Trauung lieber verschieben, Nele?«

»Nein. Das ginge doch auch gar nicht mehr. Und außerdem hast du recht. Wir kannten das Opfer ja kaum.«

»Dann komme ich wohl nicht mehr drum herum«, scherzte Markus.

»War ein guter Versuch.« Nele sah Pia an. »Was ist eigentlich mit dir? Wann kommt Lars?«

»Ich weiß es nicht«, gestand Pia. »Ich hoffe sehr, dass er rechtzeitig hier ist. In seiner Agentur haben sie im Moment ein paar Probleme.«

»Will er etwa mit diesem alten Jeep vorfahren?«, fragte Nele.

»Mit dem Landrover? Keine Ahnung, ob er damit kommt. Falls eure Kutsche wirklich in den Teich fällt, kann er euch damit jedenfalls jederzeit wieder rausziehen.«

»Das ist ja beruhigend.« Markus lächelte.

»Eines musst du mir versprechen, Pia«, bat Nele.

»Wie könnte ich dir heute etwas abschlagen?«, erwiderte Pia mit einem unguten Gefühl.

»Wenn ich nachher den Brautstrauß werfe und er zufällig in deine Richtung fliegt, dann lässt du ihn nicht zu Boden fallen, oder?«

Nele erhob sich. »Es ist noch viel zu tun.«

»Was denn, Schatz?« Markus blinzelte in die Sonne. »Es kocht jemand für uns, die Getränke sind kalt gestellt, der Raum ist geschmückt, die Tische sind eingedeckt ...«

»Ich«, sagte Nele und tippte sich auf die Brust, »muss mich noch fertig machen. Maja, meine Friseurin, muss jeden Moment kommen. Brauchst du sie denn nun auch, Pia?«

»Ich denke, nicht. Trotzdem danke.« Wieso hatte sie wegen der abschlägigen Antwort ein schlechtes Gewissen? Wahrscheinlich lag es an Neles angedeutetem Augenrollen.

Rolf kam auf die Terrasse, sah sich suchend um und steuerte dann auf seinen Bruder zu. Er war so bleich wie die Schlossmauer hinter ihm.

»He, Rolf. Haben sie dich endlich auch aus ihren Fängen entlassen?«, fragte Markus scherzhaft. Erst dann fiel ihm wohl auf, wie schlecht sein Bruder aussah.

»Ja, ja. Wir waren eigentlich schon fertig. Aber nun wollen sie mich doch noch mit aufs Revier nehmen, für eine weitere Vernehmung.«

»Was?« Nele, die schon auf dem Weg ins Schloss gewesen war, blieb abrupt stehen. »Verdammt, was will die Polizei von dir? Haben die noch nicht mitbekommen, dass wir hier heute Hochzeit feiern wollen?«

»Doch, natürlich wissen sie das. Es ist aber angeblich wichtig. Ich bin bestimmt rechtzeitig zurück«, versicherte er eilig.

Pia, die ein Familiendrama heraufziehen sah, stand auf. »Sind die Beamten noch in der Nähe?«

»In der Halle, glaube ich. Wir wollen gleich los.«

Wie Pia schon befürchtet hatte, wollten sich die Kollegen nicht dazu äußern, warum sie Rolf Blank noch einmal auf dem Revier sprechen mussten.

Martin Hensel kam die Stufen zur Halle herauf. Als seine Kollegin außer Hörweite war, ließ er sich zu einem Kommentar hinreißen. »Es sind neue Fakten aufgetaucht. Wir haben es selbst gerade erst erfahren.«

»Was für Fakten?«

»Frank Winkler hat wahrscheinlich ein Alibi für die Nacht, in der seine Ehefrau ermordet wurde. Diese Frau, mit der er seinen Angaben zufolge in der Mordnacht zusammen war, hat sich bei uns gemeldet und seine Aussage bestätigt.«

»Tatsächlich?«, entfuhr es Pia.

»Wenn sie die Wahrheit sagt, kann Frank Winkler es nicht gewesen sein.«

»Wenn ... Aber warum ausgerechnet Rolf Blank?«

»Aufgrund eines anonymen Anrufs«, sagte Hensel. »Jemand hat Herrn Blank zusammen mit Ramona Winkler gesehen. Am Abend vor ihrem Tod.«

»Wir alle hatten Kontakt zu ihr. Sie hat hier im Restaurant bedient.«

»Der Fall von Herrn Blank liegt aber anders.«

»Inwiefern?«

»Sie standen um kurz nach halb zwölf im Dunkeln draußen auf dem Parkplatz und haben miteinander gesprochen, kurz bevor Ramona Winkler nach Hause gefahren ist.«

»Ja, und?«

»Es war wohl ein recht ›heftiges‹ Gespräch. Mehr ein Streit. Er könnte ihr gefolgt oder später zu ihrem Haus gefahren sein.«

»Warum sollte er? Worauf gründet sich der Verdacht?«

»Tut mir leid. Das sind laufende Ermittlungen.«

Er wollte gehen, doch Pia stellte sich ihm in den Weg. »Hat Rolf Blank denn kein Alibi? Wir waren doch alle zusammen hier im Hotel.« Sie versuchte, sich genau an den Donnerstagabend zu erinnern. Es war der Abend nach der standesamtlichen Trauung gewesen. Pia hatte Rolf natürlich nicht unentwegt im Blick gehabt, aber trotzdem …

»Herr Blank hat nicht für die gesamte Zeit ein Alibi. Er hat zwischendurch für eine ganze Weile den Raum verlassen. Und später, als er auf seinem Hotelzimmer war, hat seine Frau tief und fest geschlafen.«

»Solche lückenhaften Alibis haben wir doch alle. Ihr müsst noch mehr Anhaltspunkte haben.«

Martin Hensel zögerte. Dann kam er einen Schritt näher und sagte mit gedämpfter Stimme: »Ramona Winkler und Rolf Blank kennen sich von früher. So viel steht schon mal fest.«

»Das ist doch keine Überraschung. Rolf Blank stammt aus der Gegend hier, genau wie der Bräutigam, Markus Blank. Deshalb feiern wir hier. Da finde ich es nicht verwunderlich, wenn Herr Blank Frau Winkler von früher kennt. Sind sie nicht ungefähr ein Jahrgang? Vielleicht waren sie sogar mal in derselben Klasse?«

»Der Fall liegt leider komplizierter«, gab Martin Hensel vage zurück.

»Das vermutet ihr aufgrund eines anonymen Anrufs?« Pias ungläubig klingende Betonung lag auf dem Wort »anonym«.

»Tut mir leid. Wenn sich das klärt, wovon ich jetzt noch ausgehe, ist Herr Blank rechtzeitig um vier Uhr wieder hier.«

»Er muss spätestens um halb vier zurück sein«, sagte Pia. »Er muss sich schließlich auch noch umziehen und irgendwie zur Kirche kommen.«

Hensel nickte. »Na gut. Halb vier. Wenn sich alles aufklärt.« Er verschwand im Nebenraum, wo erregtes Stimmengewirr zu hören war. Durch die geöffnete Tür sah Pia ihre Kollegin Wiesmann, die ihr einen misstrauischen Blick zuwarf.

Pia seufzte. Sie hätte gern mehr getan, um das Familienfest zu retten. Sie wusste nur nicht, was.

Jackie von Kieslow bot in der Jägerstube des Hotels einen Mittagsimbiss in Form einer Suppe oder eines Salates an. Gegen zwei Uhr hatten sich die meisten Gäste auf ihre Zimmer zurückgezogen, um sich auf die große Feier vorzubereiten. Die Festnahme von Frank Winkler als Tatverdächtigem im Mordfall Ramona Winkler hatte sich während des Essens herumgesprochen, sein neu aufgetauchtes Alibi aber noch nicht. Die Gäste schien es zu beruhigen, sodass Pia für Nele und Markus' Feier auf das Beste hoffte. Ein paar der anwesenden Männer standen noch auf der Terrasse und tranken ein erstes Bier, als Pia mit Felix nach oben ging.

Sie hätte ihren Sohn gern zum Mittagsschlaf hingelegt, doch die Zeit, in der er mittags hatte schlafen können, war zu ihrem Bedauern schon lange vorbei. Mit dem Argument, dass er dann abends länger durchhalten würde, überzeugte sie ihn von einer Ruhezeit mit Bilderbuch und Hörspiel im Kinderbett.

Pia setzte sich an den Schreibtisch aus Nussbaumholz und notierte sich, was sie an Fakten über den Fall im Kopf hatte. Gegen fünfzehn Uhr, als sie aus der Dusche kam und sich das Haar frottierte, klingelte ihr Telefon.

»Pia?!«

»Lars, wo steckst du denn?«

»Es tut mir furchtbar leid, aber es wird etwas später. Ich denke, ich komme am besten direkt zur Kirche.«

»Was ist passiert?«

»Ich war bis eben immer noch bei meinem Kunden in Hamburg.«

»Am Samstagnachmittag?«

»Tut mir furchtbar leid. Es geht um einen großen Auftrag, der die Agentur das gesamte nächste Jahr über Wasser halten könnte.«

»Ich verstehe«, sagte Pia. Oder auch nicht, dachte sie. Der Hochzeitstermin stand seit einem Dreivierteljahr fest.

»Ich mach mich gleich auf den Weg.«

»Fahr trotzdem vorsichtig.«

»Natürlich.«

Eine Pause entstand.

»Ich melde mich wieder bei dir, okay?«, sagte Lars.

»Ich muss mich jetzt fertig machen, Lars. Bis dann.« Sie beendete das Gespräch.

Pia föhnte sich das Haar und betrachtete das Ergebnis unter der Prämisse, dass sie die Hilfe von Neles Friseurin abgelehnt hatte. Ihre Hand bebte, als sie den Lidstrich auftrug. Dieser Tag stand wirklich nicht unter einem guten Vorzeichen. Hoffentlich kam wenigstens Rolf rechtzeitig zurück. Und hoffentlich hielt sich die Polizei von Neles und Markus' Feier fern.

Sie weckte Felix, der über seinem Hörspiel schließlich doch eingeschlafen war, und er reagierte verständlicherweise müde und missgelaunt darauf. Es kostete Pia einige Überredungskunst, ihn in die dunkelblaue Hose und das hellblaue Hemd zu bugsieren, das sie ihm für die Feier gekauft hatte. Nele hatte gefragt, ob er zusammen mit seinem Cousin Blumen streuen würde. Damals hatte Felix gnädig zugestimmt, doch wenn sich seine Laune nicht innerhalb der nächsten Stunde besserte, fürchtete Pia, dass das schwierig werden könnte.

Sie nahm das neue Abendkleid vom Bügel und betrachtete den glatten, feinen Stoff. Beim Anziehen glitt das Kleid über ihren Körper wie ein Wasserfall. Das war wirklich dünner Stoff. Pia schlüpfte in die Sandalen. Was musste sie alles mitnehmen? An ein Umschlagtuch, wenn es abends kühler werden würde, hatte sie gedacht, sogar an eine passende Halskette. Ihr Blick fiel auf ihre geräumige Umhängetasche aus Leder. Die ging gar nicht. Das Abendkleid hatte natürlich keine Tasche, in der man ein Taschentuch, den Lippenstift oder gar ein Portemonnaie verstauen könnte.

Pia ging ins Bad, schüttete den Inhalt ihrer Kosmetiktasche aus schwarzem Stoff auf den Waschbeckenrand und betrachtete die Tasche. Sie war schlicht mit einem goldfarbenen Reißverschluss. Sie würde reichen müssen.

»Meine neue Clutch«, murmelte Pia. Sie zog sich die Lippen nach und verstaute ihre Habseligkeiten in der provisorischen Abendtasche. Wahrscheinlich war es eh egal, wie sie aussah, denn einen größeren Fauxpas, als ohne Begleiter zu erscheinen, konnte sie in den Augen ihrer Schwester wohl kaum begehen.

12. Kapitel

»Alles gut bei Nele?«, fragte Pia ihre Mutter, als sie sich mit den übrigen Hochzeitsgästen in ihre Autos sortierten, um zur Kirche zu fahren.

»Na ja. Nele war enttäuscht, dass die Kutschpferde schwarz und nicht weiß sind, aber ihr Vater und Markus konnten sie davon überzeugen, dass das kein schlechtes Omen ist. Außerdem kneift ihr Kleid wohl um die Taille herum.«

»Nach mindestens drei Anprobeterminen?«, fragte Pia.

»Oder gerade deshalb. Vielleicht ist sie ja auch …«

Pias Mutter sah über ihre Schulter, ob ihnen jemand zuhörte.

»Schwanger?« Pia lächelte. »Warum auch nicht?«

Sie sah Rolf Blank mit Andrea und Jakob an einem der Wagen stehen. Er trug einen dunklen Anzug mit weißem Hemd und Krawatte und winkte Pia zu, als er sie bemerkte. Die Kollegen hatten ihn also rechtzeitig wieder zum Hotel zurückfahren lassen. Hatte er den Verdacht gegen sich ausräumen können? War wieder alles offen? Felix, der neben Pia stand, schwenkte gelangweilt sein Blumenkörbchen, sodass die ersten Blüten zu Boden rieselten.

»Vorsichtig. Noch nicht, Felix«, sagte Pia. »Dein großer Einsatz kommt doch erst noch.«

»Wann kann ich die Blumen wegwerfen?«

»Gleich, wenn wir in die Kirche einziehen. Du gehst zusammen mit deinem Cousin Philipp und Nele und Markus voraus und streust die Blumen auf den Boden, bis ihr vorn am Altar seid. Ich bin da in der Nähe. Dann kommst du zu mir«, erklärte Pia es ihm noch einmal.

»Warum?«

»Das wünscht Nele sich so.«

»Hab keine Lust«, maulte Felix. »Du sollst mitkommen! Dein Kleid ist schön. Ich will nicht allein gehen.«

»Ich bin die ganze Zeit in deiner Nähe.« Pia rettete das Blumenkörbchen vor einem Looping. Sie nahm es Felix ab und stellte es in den Fußraum ihres Wagens.

»Ist Lars immer noch nicht da?«, wollte ihre Mutter wissen.

»Er ist eben erst losgefahren.« Pia half Felix in den Kindersitz. »Wahrscheinlich kommt er direkt zur Kirche.«

»Oh, aber ...« Mit einem Blick in Pias Gesicht verkniff sich ihre Mutter jeden Kommentar.

Felix meisterte das Blumenstreuen mit großer Konzentration und kippte zum Schluss vor dem Altar noch das Körbchen über Kopf und schüttelte es, um auch wirklich jedes Blütenblatt auf den Boden zu entleeren, während Philipp die Blüten wohl zu schade zum Wegwerfen fand und drei Viertel des Inhalts seines Körbchens für sich behielt.

Die Zeremonie war schlicht und sehr schön, und als Nele und Markus zum Klang der Orgel aus der Kirche schritten, hätte Pia viel für eine dunkle Sonnenbrille gegeben, um ihre feuchten Augen zu verbergen. Sie hatte schließlich einen Ruf als überzeugte Hochzeitsgegnerin zu verlieren.

Wieder vor dem Hotel angekommen, standen die Hochzeitsgäste auf dem Rasen und der gekiesten Zufahrt herum, tranken Sekt, der herumgereicht wurde, und genossen noch die Abendsonne. Nele und Markus posierten derweil für die

Hochzeitsfotos. Pia hatte ihr Handy vor der Trauung ausgeschaltet und es dann vergessen. Sie unterhielt sich mit den anderen Gästen und setzte zwischendurch immer mal wieder Felix nach, der, von dem ungewohnten Mittagsschlaf gestärkt, nur Unfug im Kopf hatte. Sie sah, dass Alexander auf den Parkplatz fuhr. Seine Abendschicht hatte also begonnen. Dort traf er auf Jackie von Kieslow, die gerade aus dem Hotel gekommen war. Die beiden wechselten ein paar Worte, ziemlich aufgeregt, wie es Pia schien. Dann ging Alexander raschen Schrittes zum Seiteneingang des Schlosses.

Nele und Markus kamen Arm in Arm vom Bootssteg zurück, wo sie für den Fotografen posiert hatten. Nele winkte ihre Gäste zusammen und organisierte, dass die Frauen und Mädchen sich um sie herumstellten, damit sie den Brautstrauß werfen konnte. Ein Fluchtversuch schien Pia zwecklos zu sein. Sie hielt sich in der letzten Reihe, weit links außen, abseits der zu erwartenden Flugbahn des Grünzeugs. Nele machte ein großes Schauspiel aus ihrem Vorhaben. Nach zweimaligem Antäuschen flog der Strauß mit den weißen Bändern daran hoch durch die Luft. Pia hatte nicht mit dem Wurfvermögen ihrer Schwester gerechnet, doch noch während der Strauß flog, schoss ihr durch den Kopf, dass Nele beim Schleuderball bei den Bundesjugendspielen immer die meisten Punkte gemacht hatte. Er würde doch nicht ... Der Strauß kreiselte hoch über den Köpfen, hob sich scharf gegen den blauen Himmel ab, flog immer weiter, bis Pia von ihrer Randposition aus die Einzige war, die ihn mit einem lässigen Schritt zur Seite auffangen und so vor einer Bruchlandung auf dem Rasen retten konnte. Ziemlich verdattert stand sie da, während Beifall aufbrandete.

Sie lächelte pflichtschuldig – bis sie Lars sah, der in seinem dunklen Anzug gerade vom Parkplatz zu ihnen herüberkam. Pias Lächeln gefror.

13. Kapitel

»Der Brautstrauß steht dir gut«, sagte Lars, als er sich zu Pia durchgekämpft hatte. Und dann etwas leiser: »Tut mir wirklich leid, dass ich so spät dran bin. Ich habe mehrmals versucht, dich anzurufen.«

»Ich hatte mein Telefon ausgestellt. In der Kirche hätte sich das Telefonieren nicht so gut gemacht.«

»Verstehe.« Er zögerte. »Du siehst toll aus, Pia. Ich habe dich noch nie in so einem Kleid gesehen.« Lars wollte sie an sich ziehen, doch der Blick, den Pia ihm zuwarf, hielt ihn davon ab, sich ihr noch weiter zu nähern. »Also gut. Du bist sauer.« Er hob die Hände. »Ich werde dann mal dem jungvermählten Paar gratulieren und die anderen begrüßen.«

Pia sah ihm nach, wie er mit erhobenem Kopf und entspannten Schultern zwischen den Menschen hindurchging. Alle schienen sich prächtig zu amüsieren. Auf der anderen Seite der Rasenfläche saß Felix mit Philipp und Clarissa auf einer Bank. Beide Jungen hatten die Beine hochgezogen und nestelten an ihren Schuhen, wohl um sie auszuziehen. Pias Mutter, die ganz in der Nähe gestanden hatte, war herangetreten. Sie redete mit den zweien, zog Felix die Schuhe wieder an. Pia wurde wohl gerade nicht gebraucht. Sie betrachtete den kunstvoll gebundenen Brautstrauß in ihrer Hand, strich mit der freien Hand über den glatten Stoff ihres Kleides und machte sich auf den Weg ins Schloss, um eine Vase zu besorgen.

Im Schloss war es ruhig. Von draußen ertönte Stimmengewirr und gelegentliches Gelächter, doch in der dämmrigen

Halle war nur das Ticken der Standuhr zu hören. Pia sah in das Büro, dessen Tür offen stand. Sie ging in Richtung der Bar und des Restaurants und rief. Keine Antwort. Unschlüssig stand sie mit dem Blumenstrauß in der Hand da.

Schnelle, klappernde Schritte erklangen, und Jackie von Kieslow betrat mit gerötetem Gesicht die Halle. Über dem Arm trug sie eine Jacke. Aus ihrem sonst perfekt sitzenden Zopf hatten sich ein paar dünne Haarsträhnen gelöst, und ein Zipfel ihrer Bluse war aus dem Rock gerutscht. Sie starrte Pia an, als wüsste sie im ersten Moment nicht, wer sie war oder was sie hier zu suchen hatte.

»Ich suche eine Vase für den Brautstrauß.«

Jackie fasste sich schnell. »Ach, Sie sind die Glückliche.« Die Hotelmanagerin lächelte routiniert. »Dann können wir ja vielleicht Sie als nächste Braut hier begrüßen.«

So bald nicht, dachte Pia. »Es ist wirklich eine tolle Location«, sagte sie. »Alle sind ganz begeistert.«

»Das freut mich. Eine Vase, eine Vase ... Warten Sie.« Die Hotelmanagerin verschwand in einem Nebenraum und kam ein paar Minuten später mit einer mit Wasser gefüllten Blumenvase zurück. »Bitte. Wäre ja schade, wenn der schöne Strauß vertrocknet. Tut mir leid, dass ich nicht vorher daran gedacht habe. Wir sind ein wenig ... knapp an Personal.« Sie sah auf ihre Armbanduhr und fuhr sich über das Haar.

»Ist alles in Ordnung?«, fragte Pia.

»Ja. Alles bestens. Im Marstall ist alles vorbereitet. Herr Jordan ist bestimmt auch schon dort. Wenn Sie wollen, können Sie jetzt jederzeit rübergehen.«

»Ich werde es meiner Schwester ausrichten.«

Pia sah der Hotelmanagerin nach, die in ihrem Büro verschwand und die Tür hinter sich schloss. Ramona Winklers gewaltsamer Tod schien Jackie von Kieslow mitzunehmen.

War es verwunderlich, wenn eine ihrer langjährigen und ihr vertrauten Servicekräfte fehlte und sie jetzt alle hier im Hotel waren, um eine riesige Hochzeit zu feiern? Währenddessen ging die Polizei im Schloss ein und aus, um die Gäste zu befragen. Pia nahm die Vase mit den Blumen, um damit mit den anderen zum Marstall hinüberzugehen. Sie wollte noch einmal mit Neles neuem Schwager Rolf sprechen ... Das würde sie wenigstens von ihrem Ärger über Lars ablenken.

Abends um sieben waren alle Hochzeitsgäste im Marstall versammelt und suchten ihre Plätze an den festlich gedeckten Tischen. Wie von Nele angekündigt sollte Pia am Familientisch unweit des Brautpaares sitzen, Lars zu ihrer Linken und Rolf rechts von ihr. Ihre Schwester hatte Ehepaare – sich selbst und Markus ausgenommen – getrennt voneinander platziert, Pia als Unverheiratete aber neben ihren Freund gesetzt. Felix sollte am Kinder- und Jugendtisch Platz finden. Pia hatte ihn dorthin begleitet. Mathilda, Jakob und Leon saßen in seiner Nähe, sodass ihr Sohn sie glückstrahlend fortschickte.

Lars zog Pia den Stuhl zurück. »Du bist immer noch sauer. Möchtest du darüber reden?« Er schaute ihr in die Augen, halb bittend, halb belustigt, wie ihr schien. Lars sah unverschämt gut dabei aus. Das Hemd frisch und gebügelt, der Anzug und die Schuhe makellos. Er war rasiert, mit einer winzigen Schnittwunde am Kinn, und roch nach seinem besten Aftershave. In den letzten Tagen schien er sogar beim Friseur gewesen zu sein. Sie hätten einen so schönen Abend zusammen verbringen können. Nur schade, dass er sie hatte hängen lassen. »Nicht jetzt«, erwiderte sie.

Er seufzte und setzte sich ebenfalls.

»Hat vorhin alles gut geklappt?«, fragte Pia Rolf. »Du warst ja zum Glück rechtzeitig zurück im Hotel.«

»Ja, ich konnte das alles klären«, sagte er. »Danke übrigens für deine Hilfe.«

»Ich habe doch gar nichts getan.«

»Oh, sie haben schon aufgepasst, dass sie mich rechtzeitig entlassen, damit ich ja pünktlich zur Trauung erscheine. Offenbar wollte sich niemand von denen mit dir anlegen.« Er grinste.

»Na ja, die Polizei weiß schließlich auch, dass so eine Trauungszeremonie nur einmal stattfindet. Da ist es doch selbstverständlich, dass man als geladener Gast pünktlich erscheint«, sagte Pia eine Spur lauter.

Rolf sah sie an. »Manchmal kommt etwas dazwischen, das sich einfach nicht ändern lässt. Da hätten Nele und Markus bestimmt Gnade vor Recht ergehen lassen.« Er warf einen Blick zu Lars hinüber, der sich angeregt mit einer Frau unterhielt, die ihnen schräg gegenübersaß.

»Bist du dir da bei meiner Schwester absolut sicher?« Pia lächelte.

»Nein«, bekannte er und musste ebenfalls lächeln.

Pia trank einen Schluck Wein. »Nur um vom Thema ›Pünktlichkeit‹ und ›Zuverlässigkeit‹ wegzukommen: Was genau hat die Polizei denn von dir wissen wollen?«

»Sie wollten mich sprechen, weil Ramona und ich früher mal ein Paar waren«, bekannte Rolf mit gedämpfter Stimme.

»Oh. Wann war das?«

»Das ist lange her. Gleich nach der Schule. Nach der Wende bin ich rüber in den Westen und hab in Dortmund eine Stelle gefunden. Ramona ist hiergeblieben. Wir haben uns getrennt, sind aber noch einige Zeit in Kontakt geblieben.«

»Wie lange?«

»Einige Jahre war Funkstille, doch dann hatte sie sich wieder bei mir gemeldet.«

»Oh«, sagte Pia erneut. Das hatte sie nicht erwartet. »Warum hat sie sich bei dir gemeldet?«

»Ich sollte…« Er sah auf seinen Teller, zuckte mit den Schultern. »Ich hatte mal angeboten, ihr bei etwas zu helfen.«

Langsam wurde es interessant. »Bei was denn?«

»Jemanden zu suchen. Ich habe auch ein paar Jahre in Köln gewohnt, bevor wir nach Hannover gezogen sind. Dorthin, also nach Köln, soll Ramonas Cousin damals gegangen sein. Er ist ihr einziger Verwandter. Sie hat mich gefragt, ob ich ihr bei der Suche nach ihm helfen kann.«

»Wie das?«

»Ich habe da so meine Kontakte. Deswegen hab ich auch ein paar Nachforschungen für sie angestellt. Leider ohne Erfolg.«

Von dem Cousin hatte Pia schon gehört. »Heißt er Rauch mit Nachnamen?«

»Bastian Rauch. Richtig.«

»Warum wollte Ramona nach so langer Zeit wieder Kontakt zu ihm aufnehmen?«

»Ich nehme an, weil sie sich einsam fühlte. Sie wollte ihren Mann verlassen, aber sie hatte auch Angst vor diesem Schritt. Sie sagte, das ginge nur, wenn sie von hier wegziehen würde. Weit weg. Wahrscheinlich hat sie sich von ihrem Cousin erhofft, dass er ihr einen Anlaufpunkt und ein bisschen Halt geben könne.«

»Was ist er für ein Mensch, dieser Bastian Rauch? War nicht auch Jackie von Kieslow mal mit ihm zusammen?«

»Kann schon sein. Woher weißt du das denn?«

Pia zuckte mit den Schultern. »Ich höre zu.«

»Ja, ich glaube, da war was. Jackie und Bastian. Sie passten überhaupt nicht zusammen. Sie war damals so hübsch und beliebt, sie hätte jeden haben können. Bastian war, soweit ich mich erinnere, ein Einzelgänger. Er sah wohl nicht schlecht aus, und sein Vater besaß ein Auto, das Bastian hin und wieder fahren durfte. Das sprach natürlich für ihn. Aber jemand in seiner Familie stand mal in Verdacht, ein Stasispitzel zu sein. Bastian kannte auch einige von der Grenztruppe.«

»Und Jackie von Kieslow war mit ihm zusammen, nachdem ihr Freund Steffen wegen versuchter Republikflucht im Gefängnis saß und dort ums Leben gekommen ist?«

»Wenn man es so betrachtet, ist es schon seltsam. Aber im Nachhinein scheinen Bastians Werte ja wohl doch andere gewesen zu sein. Er hat seine Kontakte zu den Grenzsoldaten offenbar ausgenutzt, um selbst in den Westen zu fliehen.«

»Hätte Bastian Rauch seiner Cousine Ramona denn nun geholfen oder nicht?«

»Ich weiß es nicht. Er ist unauffindbar. Ich konnte ihn jedenfalls nicht aufstöbern. Nicht einmal eine Spur von ihm. Das hatte ich Ramona auch schon telefonisch mitgeteilt, doch sie wollte noch mal mit mir darüber reden. Sie konnte sich wohl nicht so einfach damit abfinden. Und ich konnte nicht im Beisein der anderen mit Ramona darüber sprechen. Andrea weiß nichts von diesem Kontakt. Deshalb haben Ramona und ich uns auf dem Parkplatz verabredet. Wir waren vorsichtig, doch irgendjemand hat uns gesehen und es der Polizei gesagt.« Er musterte Pia angespannt. »Mein Pech, dass sie in derselben Nacht ermordet worden ist.«

»Wohl eher Ramonas Pech«, erwiderte Pia.

»Ja. Eine blöde Bemerkung. Natürlich.« Die Vorspeisenteller wurden abgeräumt. Rolf faltete seine Serviette zusammen und legte sie vor sich auf den Tisch. Er hatte gepflegte Hände mit manikürten Fingernägeln. Pia sah zu Lars. Seine Hände sahen kräftig aus. Meistens waren sie ein wenig rau und ramponiert, als hätte er am Vortag einen Landrover in seine

Einzelteile zerlegt. Was wahrscheinlich auch oft genug zutraf. Pia liebte Lars' Hände. Nichtsdestotrotz war sie sauer auf ihn. Schnell schaute sie wieder weg.

»Das Buffet wird eröffnet. Wollen wir?«, fragte Rolf.

Nachdem sie sich am Buffet mit den Hauptgerichten bedient und kräftig zugeschlagen hatte, war Pia so satt und die Luft im Marstall inzwischen so stickig, dass es sie für einen Moment nach draußen zog. An den strategisch in der Nähe des Eingangs platzierten Stehtischen standen ein paar Raucher beisammen. Pia gesellte sich zu ihnen. Es war schließlich kein Geheimnis, dass die interessanten Gespräche immer noch vor der Tür bei den Rauchern geführt wurden. Der Himmel wusste, warum das so war. Außerdem wollte sie Lars noch eine Weile aus dem Weg gehen. Wenn sie sich jetzt auf eine Diskussion mit ihm einließe, würden sie sich nur sinnlos streiten. Der andere Mann in ihrem Leben – Felix – hatte, als Pia sich ihm genähert hatte, nur abgewunken, sie könne gehen. Er wurde bestens versorgt und genoss die Gesellschaft der »großen Kinder«.

Pia unterhielt sich mit ein paar Leuten, alles Kollegen von Markus, als zwei Personen vom Schloss her auf den Marstall zukamen. Sie sah im Gegenlicht nur ihre Umrisse, doch die Bewegungen waren so zielstrebig, dass Pia aufmerkte. Das waren bestimmt keine Hochzeitsgäste. Hatte Jackie von Kieslow noch mehr Personal für den Service aufgetrieben? Eigentlich lief alles bestens.

Als die zwei in den Lichtschein der Fackeln traten, die den Marstall von außen stimmungsvoll beleuchteten, erkannte Pia, dass der Mann eine Polizeiuniform trug. Sie hatte ihn noch nie gesehen, doch die Frau an seiner Seite in Zivil war Antje Wiesmann. Ihr geflochtener Zopf schwang auf ihrem Rücken hin und her, als sie die Tür zum Marstall aufriss und hineinging.

»Schon wieder?«, fragte einer von Markus' Kollegen. »Das wird aber langsam lästig.«

Pia war unschlüssig, ob sie hinterhergehen sollte. Doch was sollte es bringen? Sie hoffte, dass nicht wieder etwas passiert war. Wenn die Kollegen um diese Uhrzeit an einem Samstagabend zu zweit auf einer privaten Feier auftauchten, dann höchstwahrscheinlich nicht, um nur einen kleinen Plausch zu halten.

Sie trank noch einen Schluck, konnte der Unterhaltung aber nicht mehr richtig folgen.

Die Tür öffnete sich wieder, der Uniformierte hielt sie auf, und Alexander Jordan trat hinaus, gefolgt von Antje Wiesmann. Er stolperte mehr, als dass er ging, und ihre Kollegin fasste ihn vorsorglich am Arm. Alexander hatte während des Essens an der Bar im hinteren Teil des Raumes gestanden. Pia hatte noch nicht wieder mit ihm gesprochen. Aus der Ferne hatte sie gesehen, wie er Bier und Mixgetränke ausschenkte und mit den Gästen plauderte. Er schien ganz in seinem Element zu sein. Doch jetzt sah er bleich aus, seine Bewegungen waren ruckartig, als hätte er einen Schock erlitten. Er machte sich etwas grob aus Antje Wiesmanns Griff los und sah zu Pia hinüber.

Sie wusste, sie sollte sich nicht einmischen, aber sie konnte nicht anders. »He, Alexander, was ist passiert?« Er atmete tief, schien um Beherrschung zu ringen, schüttelte den Kopf.

»Kann ich irgendwie helfen?«, wandte Pia sich an ihre Kollegin.

»Ich wüsste nicht, wie«, gab die zurück.

Alexander griff nach Pias Handgelenk. »Es geht um meinen Vater.« Er sah sie eindringlich an. »Ich muss sofort zu ihm.«

»Was ist mit ihm?«

»Er hatte einen Autounfall.« Er blickte den Uniformierten

an, als wollte er die Nachricht noch einmal bestätigt haben Der nickte mit regungslosem Gesicht. Pia beschlich ein sehr ungutes Gefühl. »Ich muss sofort ins Krankenhaus«, sagte Alexander mit rauer Stimme. »Die beiden hier, Ihre Kollegen, sie haben mir nur Bescheid gesagt.«

»Wir begleiten Herrn Jordan. Er kann mit uns fahren.«

Pia nickte. Alexander war im Augenblick nicht in der Lage, sich selbst ans Steuer zu setzen.

»Wir müssen los«, sagte Antje Wiesmann. »Es eilt.«

Alexander straffte sich. »Kannst du ... würden Sie es Jackie ... ich meine, Frau von Kieslow mitteilen? Dass ich wegmuss und nicht weiß, wann ich wiederkomme?«

»Ja sicher, ich geh gleich rüber ins Hotel.«

»Sie wird ausflippen.«

»Damit komme ich klar.« Weniger gut klarkommen würde sie mit Neles Reaktion, wenn die Versorgung ihrer Gäste zusammenbrach.

Der Uniformierte und Antje Wiesmann nahmen Alexander in ihre Mitte und gingen mit ihm in Richtung Parkplatz.

14. Kapitel

Jackie von Kieslows Reaktion auf die schlechte Neuigkeit war nach wenigen Schrecksekunden vor allem eins: professionell. Sie bedankte sich bei Pia, sagte, sie kümmere sich darum, und griff zum Telefon. »Ich komme so schnell wie möglich in den Marstall rüber«, erklärte sie noch. »Ihre Schwester und ihr Mann können unbesorgt sein.«

Dann würde wohl gleich die Chefin selbst hinter der Bar stehen. Wenigstens so lange, bis sie Ersatz gefunden hatte. Olaf Jordans Zustand musste äußerst kritisch sein, wenn die Polizei seinen Sohn abholte und zum Krankenhaus eskortierte. Oder war Jordan senior bereits tot? Konnte das noch ein Zufall sein, nach allem, was sich hier in den letzten Tagen zugetragen hatte?

Pia ging langsam zurück in Richtung Marstall. Die laute Musik und die festliche Beleuchtung im Saal passten nicht mehr. Sie musste Nele und Markus in groben Zügen davon in Kenntnis setzen, was passiert war, und sie gleichzeitig beruhigen, dass keine Gefahr für ihr Fest bestand.

Im Festsaal kündigte der Discjockey gerade den Brauttanz an. Nele und Markus standen in der Mitte der Tanzfläche. Ihre Schwester sah hinreißend aus in ihrem langen cremefarbenen Kleid. Ihre Haltung war stolz, und ihre Augen funkelten. Markus sah verlegen und ein wenig nervös aus. Vielleicht war Tanzen nicht seine liebste Freizeitbeschäftigung. Die meisten Gäste hatten sich erhoben und säumten die Tanzfläche. Sogar Jakob stand, auf seine Krücken gestützt, nah am Eingang, den

Blick auf das Brautpaar gerichtet. Felix hielt sich dicht neben ihm und sah bewundernd zu ihm auf. Der Anblick versetzte Pia einen Stich. Vielleicht fehlten ihm männliche Vorbilder? Ein großer Bruder, ältere Cousins, Onkel, ein Vater, der immer da war? Aber Felix hatte einen Vater.

»Beinahe hättest du das große Ereignis verpasst«, raunte Lars ihr zu. Sie zuckte leicht, weil sie ihn nicht hatte kommen sehen.

»Ich musste zum Hotel rübergehen, um der Hotelmanagerin zu sagen, dass ihr Barkeeper auf dem Weg ins Krankenhaus ist.«

Lars sah zu der verwaisten Bar hinüber. »Deswegen also. Ich hatte mich schon gewundert. Was ist denn passiert?«

»Der Vater des Barkeepers hatte einen Autounfall. Zwei Polizisten begleiten ihn in die Klinik.«

Lars nickte, den Blick auf die Tanzfläche gerichtet. Nele und Markus nahmen Tanzhaltung ein. Statt des erwarteten Wiener Walzers erklang Tangomusik. Fasziniert beobachtete Pia, wie ihre Schwester und Markus über den polierten Holzboden schwebten.

»Nach den ersten Tanzrunden sind die Gäste durstig und stürmen die Bar. Wird bis dahin jemand hier sein?«

»Das könnte schwierig werden.«

»Wollen wir das übernehmen?« Lars grinste unternehmungslustig.

»Du willst dich nur ums Tanzen drücken. Aber in Anbetracht der Umstände...« Pia musste ebenfalls lächeln. Sie machte es ihm leicht. Andererseits, wenn sie die Feier damit retten konnten...

»Würdest du denn überhaupt mit mir tanzen?«, gab er zurück. »Oder bin ich eine *Persona non grata?*«

»Ich weiß noch nicht.«

Die Hotelmanagerin erschien nach einer halben Stunde. Die ersten Tänze waren vorüber, und eine Menschentraube belagerte den Tresen. Es war nicht nur der Durst, der die Gäste zur Bar trieb. Üblicherweise suchten hier auch die Tanzmuffel Schutz. Jackie von Kieslow dankte Pia und Lars für ihren Einsatz und bot eher halbherzig an, dass sie sie jetzt ablösen werde. Bald darauf erschien ein junger Mann, den sie gebeten hatte, kurzfristig für Alexander einzuspringen.

»Also nun«, sagte Lars und zog Pia zur Tanzfläche.

»Moment.« Pia streifte die Schürze ab und griff noch einmal hinter den Tresen. »Ich habe mir hinter der Bar die Schuhe ausgezogen, weil ich nicht mehr stehen konnte.«

»Deshalb warst du auf einmal so klein.«

»Ich bin nie klein.« Sie verzog das Gesicht, als sie den ersten Schuh anzog. »Aber wenn man die erst einmal ausgezogen hat, kommt man nicht wieder rein.«

»Du kannst auch barfuß tanzen. Bist du bereit?«

Irgendwie schaffte es Pia doch, ihre Schuhe wieder anzuziehen. Sie ließ sich von Lars auf die Tanzfläche führen. Ausgerechnet jetzt kam ein langsames Lied, und die Fläche leerte sich. Lars zog sie an sich.

Gegen zweiundzwanzig Uhr dreißig gelang es Pia, Felix dazu zu überreden, ins Bett zu gehen. Er wäre beinahe auf dem Schoß seiner Großmutter eingenickt, und Pia fürchtete, dass er die Nacht zum Tag machen würde, wenn er erst einmal fest eingeschlafen war und dann wieder aufwachte.

Ihre Mutter sagte, sie sei ebenfalls unsagbar müde, und überredete Felix, in ihrem Hotelzimmer zu übernachten, sodass Pia noch ein bisschen weiterfeiern konnte. Der Empfang des Babyfons reichte zwar knapp bis zum Marstall, das hatte Pia getestet, aber es schien ihr unwahrscheinlich, dass sie es bei dem Lärm hören würde.

Nachdem sie Felix zu ihrer Mutter ins Zimmer gebracht hatte, suchte sie noch kurz das Badezimmer auf und machte sich bereit, wieder zu der Feier zu gehen. Mit ihrem Sohn war alles geregelt. Trotzdem war Pia beunruhigt. Durch das gekippte Fenster schallte leise Partymusik herüber. Sie hörte Stimmen und Gelächter unterhalb des Hotels.

Wie es Alexander wohl ergangen war? Pia schloss behutsam die Tür hinter sich und ging die breite Treppe hinunter. In der Halle sah sie unter dem Türspalt von Jackies Büro Licht. Sollte sie sie fragen, ob sie schon etwas über den Ausgang des Unfalls gehört hatte? Nein, es ging sie nichts an. Sie konnte ja ohnehin nichts tun. Pia verließ das Schloss und stöckelte über den Kies in Richtung Marstall. Dabei raffte sie ihr Kleid und gab acht, auf den dünnen Absätzen nicht die Balance zu verlieren. Der Nachtwind war kühl, und von der Ostsee zog feuchte Luft heran, die sich als glitzernder Tau auf das Gras legte. Die Fackeln waren beinahe ausgebrannt und flackerten nur noch schwach. Immer mehr Leute standen draußen an den zwei Stehtischen und drumherum, um dem Geräuschpegel und der stickigen Luft zu entkommen.

Pia hatte schon den halben Weg zurückgelegt, als sie hörte, dass sich ein Auto näherte. Der dunkle Kombi kam vor dem Hotelportal zum Stehen. Es dauerte einen Moment, dann sah Pia im Licht der Laternen, dass Alexander vor dem Schloss abgesetzt worden war. Er ging mit hochgezogenen Schultern und gesenktem Kopf in Richtung Marstall.

Alexander war anscheinend so in Gedanken, dass er Pia beinahe angerempelt hätte. »Entschuldigen Sie bitte, ich hab nicht aufgepasst. Ach, Sie sind es!«

»Wie geht es Ihrem Vater? Alles in Ordnung?« In Anbetracht seines erschreckend schlechten Aussehens erschien Pia die Frage lächerlich.

»Mein Vater ist tot«, sagte Alexander. »Gestorben um zehn Uhr dreiunddreißig. Sie konnten ihn noch aus dem Autowrack befreien und ins Krankenhaus fahren, aber dort ist er dann seinen Verletzungen erlegen.«

»Das tut mir sehr leid.«

»Ich kann es noch gar nicht richtig glauben.«

Er wollte weitergehen, doch Pia hielt ihn zurück. »Wo wollen Sie denn hin?«

»Arbeiten«, sagte er. »Ich kann jetzt nicht nach Hause fahren.«

»Das verstehe ich. Aber Sie können sich nun auch nicht diesem ganzen Trubel dort aussetzen. Die meisten Gäste sind schon ziemlich betrunken.«

»Und wer steht jetzt hinter der Bar?«

»Ihre Chefin hat jemanden gefunden. Natürlich kann der junge Mann das nur halb so gut wie Sie, doch es wird reichen. Niemand verlangt, dass Sie nun Cocktails mixen, Alexander.«

Er schniefte und wischte sich übers Gesicht. Ein älteres Paar, das auf dem Weg von der Feier zum Hotel war, musterte ihn missbilligend. Auch vom Marstall sah man bestimmt schon zu ihnen herüber. Pia nahm Alexanders Arm mit festem Griff und führte ihn in Richtung Hotel zurück. Er zitterte. Sie wusste nicht recht, was das Beste für ihn wäre. Pia wollte nicht, dass Alexander allein nach Hause fuhr, und sie konnte ihn auch nicht zu Freunden oder Verwandten bringen, weil sie selbst schon etwas getrunken hatte. Außerdem müsste er ihr dazu jemanden nennen, zu dem er gehen wollte. Ob man hier um diese Uhrzeit noch ein Taxi bekam? Oder vielleicht konnte seine Chefin noch Auto fahren oder wusste sonst Rat.

»Ich begreife es nicht«, sagte Alexander. »Ich weiß nicht einmal, wo mein Vater heute, an einem Samstagabend, überhaupt hinwollte.«

»Wo ist der Unfall denn passiert?«

Alexander beschrieb die Stelle, doch Pia kannte die Straße nicht. Es war den Schilderungen nach auf einer Bundesstraße in Richtung Süden passiert. »Er ist angeblich ungebremst gegen einen Baum gerast. Und er war nicht angeschnallt.« Alexander schüttelte den Kopf. »Das passt nicht zu ihm. Er ist ein vorsichtiger Mensch. Mein Vater ist nicht einmal Fahrrad gefahren, ohne einen Helm zu tragen.«

»Denken Sie, dass es Absicht war?«, fragte Pia.

Alexander blieb neben einem dichten Rhododendron stehen und wandte sich ihr zu. »Das haben zumindest die Polizisten so angedeutet.« Er umfasste Pias Oberarme, als wollte er sie schütteln. »Aber ich glaube das nicht. Was bildet die Polizei sich ein, so etwas zu behaupten? Ich meine, warum sollte er so was tun?«

»Das weiß ich nicht«, antwortete Pia.

»Warum verdammt? Warum? Ich verstehe das nicht!« Alexander sank in sich zusammen, klammerte sich an ihr fest. »Er hat nicht verdient, so zu sterben!«, flüsterte er.

Pia stand reglos da und hielt ihn, während das Beben in ihm allmählich nachließ. Sie hörte Schritte auf dem Weg und hoffte, dass diejenigen einfach weitergehen würden.

Alexander atmete allmählich ruhiger. »Oh Gott, tut mir leid!«, stammelte er. »Ich weiß nicht, was mit mir los ist.«

»Alles gut«, sagte Pia. Sie löste sich aus der Umklammerung und überlegte, was sie als Nächstes tun sollte. Jackie von Kieslow um Rat zu fragen, sobald Alexander sich beruhigt hatte, schien ihr noch die beste Option zu sein. Sie sah zum Hotel. Lars stand am Fuße der Schlosstreppe gegen einen der steinernen Treppenpfosten gelehnt. Als Pia und Alexander sich in seine Richtung bewegten, ging er auf den Marstall zu.

Sie trafen die Hotelmanagerin in ihrem Büro an. Als sie ihr von dem tödlichen Unfall berichteten, wurde sie blass.

»Olaf«, sagte sie. »Oh mein Gott! Das kann doch nicht wahr sein!« Sie setzte sich, griff an ihre Halskette und brauchte anscheinend einen Moment, um sich wieder zu fassen. »Ich kenne deinen Vater schon mein Leben lang«, sagte sie zu Alexander. »Es ist schrecklich! Viel zu früh. Es tut mir sehr, sehr leid.«

»Danke, Jackie. Das weiß ich.«

»War er bei Bewusstsein, als du kamst?«

»Ich glaube, kurzzeitig schon.«

»Hat er … hat er noch mitbekommen, dass du bei ihm warst?«

»Ich hoffe es.«

»Hat er noch etwas gesagt? Wie es passiert ist? Warum er gegen den Baum gefahren ist? War jemand schuld daran?«, fragte sie eindringlich.

»Ich kann jetzt nicht darüber sprechen.«

»Du hast recht, Alex. Tut mir leid.« Sie schüttelte den Kopf. »Du solltest nun nicht allein sein. Kann ich jemanden für dich anrufen?«

»Nein. Ich will niemanden sehen.«

»Soll ich dich nach Hause fahren?«

»In unser Haus will ich jetzt auf keinen Fall!«

»Du kannst natürlich auch hierbleiben. Nur … Ich würde dir ja gern ein Zimmer anbieten, damit du hier schlafen kannst, aber das Hotel ist voll belegt. Ich hab nicht mal mehr ein Mauseloch frei.«

»Ich fahre jedenfalls nicht nach Hause«, sagte Alexander. »Zur Not schlafe ich auf dem Parkplatz in meinem Auto.«

»Das kommt nicht infrage.« Jackie ging in ihrem Büro auf und ab. Abrupt blieb sie stehen. »Und was ist mit dem

Bootshaus? Es ist nicht das *Ritz Carlton*, aber auf dem Spitzboden liegt eine Matratze, auf der man schlafen kann.« Sie sah Alexander mit schräg geneigtem Kopf aufmerksam an.

Alexander nickte nur.

Jackie von Kieslow seufzte. »Also gut.« Sie warf einen prüfenden Blick zu Pia hinüber, wandte sich dann wieder an Alexander. »Es ist mir ein bisschen unangenehm, dir das Bootshaus überhaupt anzubieten. Es gibt kein elektrisches Licht, und du musst dir Decken und Kissen von hier mit hinübernehmen.«

»Ja, okay.«

Sie überlegte, drehte sich dann zum Schrank um und öffnete ihn. »Hier ist etwas zu trinken.« Sie reichte ihm eine Flasche Whisky. »Dann kannst du bestimmt einschlafen.«

Pia fragte sich, ob das eine gute Idee war, doch Alexander griff sofort nach der Flasche.

»Da ist auch ein kleiner Ofen, mit dem du heizen kannst, wenn es dir zu kalt ist«, sagte die Hotelmanagerin.

»Es ist doch Sommer«, sagte Alexander.

»Unten am See ist es immer feucht.«

»Okay. Danke.«

Pia sah von einem zum anderen. »Ich geh dann jetzt. Es sei denn, ich kann noch etwas tun.«

»Sie haben wirklich genug getan«, entgegnete Jackie von Kieslow. »Ich kümmere mich um alles Weitere. Danke schön.«

Aus dem Marstall erklangen ein Tusch und eine Ansage, auf die Gelächter folgte. Pia kam noch rechtzeitig zum Anschneiden der Hochzeitstorte. Markus und Nele standen am Rande der Tanzfläche, vor ihnen auf einem Servierwagen die dreistöckige Torte mit dem obligatorischen Miniatur-Brautpaar obendrauf. Auf dem Buffet hinter ihnen stapelten sich Teller, Tassen und

Untertassen sowie Thermobehälter für Kaffee und Tee. Die Hotelmanagerin hatte trotz aller Widrigkeiten ihre verbliebene Mannschaft gut im Griff.

Nele hatte Pia bereits entdeckt. Bevor sie das Messer ansetzte, sah sie ihrer Schwester in die Augen. Pia hatte keine Chance, unauffällig im Hintergrund zu verschwinden, auch wenn sie einen Moment gebraucht hätte, um sich zu sammeln. Die Nachricht von Olaf Jordans Tod, Alexanders Verzweiflung darüber und jetzt die ausgelassene Fröhlichkeit bildeten einen zu harten Kontrast. Pia ließ sich ein Stück Torte geben, schenkte sich eine Tasse Kaffee ein und ging an ihren Platz zurück. Lars war nicht da. Er hatte sie mit Alexander zusammen im dunklen Park stehen sehen. Womöglich dachte er jetzt wer weiß was. War er deshalb nicht hier? Es wurde Zeit, dass sie mit ihm sprach. Pia zog ihr Handy aus der Tasche und sah, dass sie eine Sprachnachricht erhalten hatte. Aber die Nachricht war von Susanne, nicht von Lars.

»Hi, Pia, du hast doch nach dem Hörgerät gefragt. Ein Kollege von mir erkennt es wieder. Es ist ein DDR-Modell, ein H50 vom Funkwerk Kölleda, das bis circa 1984 produziert wurde. Hoffe, dir damit weitergeholfen zu haben. Bis bald!«

Ein DDR-Modell, das war keine Überraschung. Doch sie hätte das Gerät für älter gehalten. Pia trank ihren Kaffee. Koffein setzte bekanntlich Denkprozesse in Gang, aber zu so später Stunde schien es hoffnungslos zu sein.

Andrea und Rolf Blank traten an den Tisch und setzten sich auf ihre angestammten Plätze. Rolf hatte sich gleich zwei Stücke Hochzeitstorte auf den Teller gelegt, seine Frau hielt nur eine Tasse Kaffee mit Untertasse in der Hand. Rolf Blank widmete sich dem Kuchen.

»Du wolltest doch nicht mehr so viele leere Kohlenhydrate essen, Rolfi«, sagte Andrea.

»Heute ist die Hochzeit meines kleinen Bruders, Schatz. Da werde ich ja wohl mal eine Ausnahme machen dürfen.«

»Ich meine ja nur. Morgen beklagst du dich wieder, dass du zu dick bist.« Sie verdrehte die Augen.

»Besser, als auf einer Hochzeitsfeier mit so sauertöpfischer Miene rumzulaufen. Nimm dir ein Beispiel an Pia. Die isst auch Kuchen und ist nicht dick.«

Der Bissen in ihrem Mund blieb Pia beinahe im Hals stecken. Dieser Abend schien von Minute zu Minute schlimmer zu werden. Sie schluckte verkrampft. »Ich denke, morgen müssen wir alle für diesen Abend büßen.« Für das eine oder andere Missverständnis oder Fehlverhalten, ergänzte sie im Stillen. »Aber heute ist heute.«

»Sag ich auch immer.« Rolf balancierte ein riesiges Stück Biskuit mit Buttercreme auf seiner Gabel. Er schob es sich in den Mund und gab Laute des Behagens von sich.

Andrea wandte sich mit einem Schulterzucken ab.

Pia betrachtete die feiernden Gäste. Die Torte ähnelte einer geschleiften Festung. Nele lachte über etwas, das Markus ihr gerade ins Ohr geflüstert hatte. Außer der ausgewechselten Barbesetzung, Lars und ihr selbst ahnte hier niemand etwas von dem Drama, das sich im Hintergrund abgespielt hatte.

Das war auch eine Chance.

»Weißt du noch, wann Steffen Jordan seinen Fluchtversuch unternommen hat?«, fragte Pia Rolf. Er zuckte, und sie beglückwünschte sich zu ihrer gelungenen Überleitung.

»1986. Ich erinnere mich ziemlich genau daran, weil ich da gerade mit der Schule fertig war.«

Steffen hatte laut Olaf Jordan kein Hörgerät getragen. Außerdem hatte der seinen toten Bruder mit eigenen Augen gesehen, bevor er beerdigt worden war. Demnach konnte Steffen Jordan nicht der Tote in dem verschütteten Keller sein. »Und weißt du auch noch, wann seine Freundin Jackie mit diesem Bastian Rauch zusammengekommen ist?«, hakte Pia nach.

»Ist sie das?«

Pia zuckte mit den Schultern. Sie wollte nicht zu neugierig wirken.

»Ja, Moment. Da war was.« Er trank einen Schluck Kaffee. »Es gab damals ein bisschen Gerede. Einige Leute wunderten sich, weil Rauchs Familie ... nun, sie galten als ziemlich parteitreu. Aber frag Jackie doch einfach selbst.«

»Ja, das werde ich.« Nur, ob die Hotelmanagerin ihr die Wahrheit erzählen würde, stand auf einem anderen Blatt. Pia drehte ihre Tasse hin und her. »Erinnerst du dich an den ersten Abend im Schloss? Als Jakob und die anderen noch mal losgezogen sind, um ein bisschen in Blenkow rumzuforschen?«

»Klar. Und an unsere fabulöse Rettungsaktion.«

Jemand war dort gewesen und hatte Jakob und seine Freunde gewarnt, in dem zerstörten Dorf herumzulaufen. Es war schon ein seltsamer Zufall, dass jemand zu diesem Zeitpunkt an diesem verlassenen Ort gewesen war. Und wenn es kein Zufall gewesen war? »Wer wusste eigentlich alles, dass die jungen Leute an dem Abend noch nach Blenkow fahren wollten?« Pia ließ die Frage bewusst beiläufig klingen.

»Nur die, die mit uns gegessen haben, glaube ich. Die drei werden es ja nicht weiter herumposaunt haben. Ansonsten musst du Jakob noch mal fragen.«

Von den Gästen im Restaurant war keiner länger fortgefahren. Ramona hatte an den Tischen bedient, Alexander an der Bar. Könnte Jackie von Kieslow es gewusst haben? Waren die Hotelmanagerin und der Barkeeper wirklich den ganzen Abend über im Hotel gewesen? Es war allerdings eine männliche Stimme gewesen, die die Jugendlichen gehört hatten ...

Pia erhob sich, ließ sich von Jakob bestätigen, was sie schon vermutete, nämlich, dass die Jugendlichen nur ein paar Leuten im Restaurant von ihrem Ausflug nach Blenkow erzählt hatten, und verließ den Marstall. Lars stand an einem der Stehtische, zusammen mit weiteren Leuten, die Pia nicht kannte. Er unterhielt sich mit einer hübschen Brünetten in einem rosa Kleid. Sein Blick streifte Pia kurz, als sie vorbeiging. Etwas an seiner Haltung sagte ihr, dass jetzt nicht der richtige Moment für eine Erklärung war. Außerdem verstärkte sich ihre Beunruhigung mit jeder Minute. Sie wollte schnell wieder zum Hotel gelangen.

Im Schloss angekommen, durchquerte Pia die Halle und wollte die Tür zu Jackies Büro öffnen, doch sie war abgeschlossen. Durch den Spalt über dem Boden fiel immer noch Licht. Pia klopfte und rief so laut nach der Hotelmanagerin, wie sie es mit Rücksicht auf schlafende Hotelgäste gerade noch wagte. Nichts.

Als sie mit Alexander auf dem Bootssteg gesessen hatte, hatte sie das Bootshaus ein Stück entfernt durch die Bäume schimmern sehen. Es war ein Pfahlbau mit einem tief gezogenen Reetdach, versteckt unter einer Trauerweide.

Vielleicht leistete Jackie Alexander ja im Bootshaus noch eine Weile Gesellschaft? Warum beunruhigte dieser Gedanke sie so sehr? Sie sollte sich nicht weiter einmischen. Pia war schon drauf und dran, zur Feier zurückzugehen, doch dann sah sie wieder Jackie in ihrem Büro vor sich, wie sie Alexander ausfragte. Die Hotelmanagerin hatte ihn zweimal gefragt, ob sein Vater noch mit ihm geredet hatte. Olaf Jordan und sie hatten Steffen Jordan beide geliebt – und Steffen war von jemandem verraten worden. Pia dachte daran, wie Jackie von Kieslow Alexander eben das Bootshaus angeboten hatte. Da war etwas in ihrem Tonfall gewesen, eine Dringlichkeit, die sie vor Pia hatte verbergen wollen. Das Gefühl von Gefahr, das Pia seit dem Gespräch mit Rolf nicht mehr losließ, verstärkte sich.

15. Kapitel

Wenn man aus Richtung Schloss kam, war das Bootshaus unter den Bäumen, die das Ufer säumten, kaum zu sehen. Pia erreichte den See, der etwa fünfzig Meter von dem Gebäude entfernt lag. Doch als sie nun über das Wasser schaute, konnte sie weiter rechts die Umrisse des Stegs und das tief gezogene Dach des Bootshauses gegen den grau schimmernden See gut erkennen.

Die Schuhe hatte Pia ausgezogen, sodass sie nah am Ufer weitergehen konnte. Ein paarmal fluchte sie leise, als sie auf spitze Steine trat. Das Seewasser und der nasse Sand fühlten sich eisig an.

Das Bootshaus stand teils auf dem Uferstreifen unter Bäumen, teils auf Pfählen im Wasser. Als Pia näher kam, sah sie, dass ein Steg daran entlang- und weiter auf den See hinausführte. An der ihr zugewandten Seite gab es nur ein winziges Fenster, durch das kein Licht fiel. Wahrscheinlich befand Alexander sich auf dem Dachboden, in Gesellschaft von Jackies Flasche Whisky, vielleicht auch von Jackie selbst.

Pia stand einen Moment nur da. Wäre der Wind aus der anderen Richtung gekommen, hätte sie es wohl gar nicht bemerkt: den Geruch nach verbranntem Holz oder Kohle. Sie sah zum Schornstein, doch es stieg kein Rauch auf. Trotzdem wurde der Geruch minütlich ausgeprägter. Pia musste sich davon überzeugen, dass alles in Ordnung war.

Auf ihr Klopfen an der Vordertür reagierte niemand. Sie lauschte. Von innen war nichts zu hören. Auch an der Vorderfront des Holzhauses befand sich ein kleines Fenster mit Einfachverglasung. Die karierten Vorhänge waren zugezogen. Pia sah auch von hier aus kein Licht im Innenraum.

»Alexander? Ist alles in Ordnung bei Ihnen?«

Eilig ging sie am Haus entlang. Die Holzbretter des Stegs fühlten sich warm unter ihren Fußsohlen an, nachdem sie auf Gras und nassem Sand gelaufen war. Pia legte die Hände an ihr Gesicht, um durch das seitliche Fenster, das keine Vorhänge hatte, ins Haus schauen zu können. Hier war der Verbrennungsgeruch wieder intensiver. Und nun sah sie drinnen einen sehr schwachen, rötlichen Lichtschein. Es war nur ein Glimmen, als hätte Alexander ein Feuer im Ofen angezündet, das nicht richtig in Gang gekommen war. Die Tür des Kaminofens stand offen, und Qualm quoll heraus.

Pia ließ die Schuhe fallen. Sie rannte wieder zum Eingang und klopfte mit der Faust gegen die Tür. Mehrfach drückte sie die Klinke hinunter, doch die Eingangstür war verschlossen. »Alexander, aufmachen!«, rief sie nun sehr viel lauter und hämmerte mit aller Kraft gegen das Holz.

Durch eines der kleinen Fenster hineinzukommen war unmöglich, doch dies war ein Bootshaus. Sie lief den Steg entlang zur Seeseite des Gebäudes. Das zweiflügelige Tor, durch das man mit einem Boot hinausfahren konnte, bestand aus mehrheitlich vertikalen Holzlatten, deren Unterkanten bis knapp über das Wasser reichten. Im Mondlicht erkannte Pia eine massive Metallkette mit Vorhängeschloss, die die Torflügel miteinander verband.

Pia nahm ihr Handy aus der Tasche und rief Lars an. Sie erklärte ihm, wo sie war und was sie befürchtete. Dann sah sie an ihrem Kleid hinunter. Es hatte schon einen Riss an der Vorderseite. Falls bei Alexander wider Erwarten alles in Ordnung war, wollte sie nicht in Unterwäsche bei ihm auftauchen. Sie knotete den unteren Teil ihres Abendkleides auf der Hüfte zusammen und stieg an der Leiter ins Wasser. Ihr Täschchen und das Handy ließ sie auf dem Steg liegen. Sie holte tief Luft und tauchte unter dem Tor hindurch. Im Schuppen befand sich kein Boot, was ihr Vorhaben erleichterte. Doch hier drinnen war auch der Brandgeruch intensiver. Im stockdunklen Inneren suchte sie nach einer zweiten Leiter. Triefend wie eine nasse Katze stieg Pia aus dem Wasser und tastete die rückwärtige Wand des Bootshauses ab. Sie fand eine Klinke, drückte sie runter, und die Tür schwang auf. Beißender Qualm quoll ihr entgegen. Pia hustete.

Sie durchmaß den Wohnraum, den sie im schwachen Licht der Glut im Ofen und dem, was durch die zwei Fensterchen hereinfiel, erkennen konnte. Alexander lag auf dem Sofa. Ein Bein war heruntergerutscht, ein Arm nach oben ausgestreckt. Er rührte sich nicht. Beißender Rauch entwich dem Ofen. Pia versuchte, die Ofentür zu schließen, doch sie klemmte. Außerdem musste etwas das Abzugsrohr verstopfen, aber der Ofen war zu heiß, um hineinzugreifen. Sie stieß das kleine Fenster auf, doch der Rauch zog kaum ab.

Pia kniete sich neben den Bewusstlosen und rüttelte ihn. »Alexander, wachen Sie auf! Wir müssen hier raus.«

Er reagierte nicht. Sie konnte schwach seinen Puls fühlen. Und sie meinte, trotz des durchdringenden Gestanks nach Rauch auch den säuerlichen nach Erbrochenem und Alkohol wahrzunehmen. Beim Aufstehen stieß ihr Fuß gegen etwas, das polternd über die Holzdielen rollte. Die leere Whiskyflasche. Na toll, Jackie!

Sie rannte zur Vordertür, erwartete, dass der Schlüssel von innen steckte und sie Alexander irgendwie dorthinausbugsieren könnte. Doch da war kein Schlüssel. In dem kleinen Vorraum war die Luft noch schlechter. Pia lief wieder zum

Fenster. Nach einem erneuten tiefen Atemzug hastete sie zum Sofa. Sie musste Alexander auf dem Weg hinausschaffen, auf dem sie hereingelangt war. Und sie konnte nicht auf Hilfe warten. Die Luft war grau von Qualm, der Gestank beißend. Pia packte den Bewusstlosen unter den Achseln und zog ihn vom Sofa in Richtung der Tür, die in den Bootsschuppen führte. Verdammt, war der Mann schwer! Es dauerte einen Moment, bis sie realisierte, dass das tierisch klingende Schnaufen von ihr herrührte. Sie zog ihn auf den Steg, von dem man normalerweise sein Boot besteigen konnte, und warf die Tür zum Wohnbereich zu, um den Qualm dort einzuschließen. Sie hustete, und ihre Augen tränten. Das dunkle Wasser unterhalb des Stegs schwappte mit einem hohl klingenden Geräusch gegen die Innenwände des Bootshauses. Es führte für sie beide nur ein Weg hier hinaus.

Pia zog Alexander bis an den Rand des Stegs und ließ sich wieder ins Wasser gleiten. Obwohl sie schon nass war, schnappte sie nach Luft, als sie bis zur Brust eintauchte. Als Lübeckerin hatte Pia beinahe während ihrer gesamten Schulzeit Schwimmunterricht gehabt und auch einen Rettungsschein gemacht. Nur war das schon ein paar Jahre her. Nun musste sie einen bewusstlosen Mann unter dem Tor hindurch nach draußen und dann ans Ufer transportieren.

Pia zog ihn zu sich herunter, während sie darauf achtete, seinen Kopf über Wasser zu halten und ihn nicht zu verletzen. Sie packte ihn im Rettungsgriff und schwamm rückwärts in Richtung Tor. Pia keuchte vor Anstrengung. Als sie mit dem Hinterkopf gegen eine Latte des Tores stieß, lauschte sie angespannt. War Lars schon in der Nähe? Und hatte er Helfer mitgebracht? Doch bis auf das Schlagen der Wellen war nichts zu hören. Sie wägte die Risiken ab. Sollte sie auf Hilfe warten oder es allein versuchen?

Mit der Hand, mit der sie seinen Kopf über Wasser hielt, verschloss Pia Alexander Mund und Nase und tauchte, ihn mit sich ziehend, unter. Es war schwieriger als gedacht, da sie zu viel Auftrieb hatten. Als sie endlich beide auf der anderen Seite auftauchten, hustete er und bewegte sich ruckartig, sodass Pia Mühe hatte, ihn zu halten. Immerhin, es war noch Leben in ihm.

Sie wollte ihn beruhigen, schon um ihn besser halten zu können und damit er sie nicht mit sich unter Wasser zog, doch zum Sprechen fehlte Pia die Luft. Durch die heftigen Bewegungen löste sich der Knoten in ihrem Kleid, und der Stoff verhedderte sich um ihre Beine. Sie ging unter, kam wieder hoch, zog Alexander schwimmend und keuchend in Richtung Ufer. Es schien Ewigkeiten zu dauern, bis sie endlich den schlammigen Grund des Sees unter ihren Füßen spürte.

Im Wald erklangen Stimmen, und ein Lichtstrahl huschte über sie hinweg. Wasser spritzte auf. Es klang, als durchquerte eine Herde Büffel einen Fluss. Dann wurde alles dunkel. Pia konnte den sternenklaren Himmel über sich nicht mehr sehen.

»Loslassen, du kannst ihn jetzt loslassen!« Ihre Muskeln waren so verkrampft, dass sie ihr Alexander beinahe entreißen mussten. Doch mit einem Mal wurde alles leicht, und sie sank zurück. Pia hustete und spuckte, als das Wasser über ihrem Kopf zusammenschlug.

16. Kapitel

Sie lag auf dem Rücken am Ufer, Arme und Beine von sich gestreckt wie eine Marionette. Pias Brustkorb pumpte, als hätte sie einen Tausendmeterlauf hinter sich. Flirrende Lichtpunkte tanzten vor ihren Augen, und der Untergrund, der sich doch eigentlich wie Gras anfühlte, schwankte. Ihre Helfer mussten eine Taschenlampe neben ihr abgelegt haben. Der Lichtkegel fiel flach über das Gras und beleuchtete knorriges Totholz, das bizarre Schatten warf. Pia blinzelte. Als der Schwindel nachließ, drehte sie sich zu Alexander um, der irgendwo neben ihr liegen musste. Zwei Helfer verdeckten ihn, sodass sie ihn nicht sehen konnte. »Lebt er noch?«

Wie zur Antwort hörte sie Alexander husten und dann würgen.

»Er hat wahrscheinlich eine Rauchvergiftung und zu viel getrunken und ... hoffentlich nicht zu viel Wasser geschluckt«, erklärte sie mit klappernden Zähnen.

»Ruhig, Pia. Sie kümmern sich um ihn.« Lars tauchte als dunkler Umriss neben ihr auf. Er hustete ebenfalls. »Jemand sollte den Räucherofen da drinnen löschen.«

Pia setzte sich auf.

»Geht's wieder?« Lars' weißes Hemd schimmerte im Mondlicht, als er die Anzugjacke auszog. Seinen Gesichtsausdruck konnte Pia nicht erkennen. Er legte das Jackett um ihre Schultern und zog sie an sich. »Besser?«

»Ja, aber du ruinierst dir deinen Anzug.« Pia wollte es, doch sie konnte nicht aufhören zu zittern.

»Was meinst du, wie dein Kleid aussieht?«, fragte er. Pia hörte, dass er lächelte. »Außerdem ist der Stoff nass verdammt durchsichtig.«

Vom Schloss her näherten sich Fahrzeuge mit Blaulicht.

Nachdem sie heiß geduscht und sich umgezogen hatte, fuhr Pia mit Martin Hensel und Antje Wiesmann, die mit einiger Verspätung ebenfalls eingetroffen waren, aufs Polizeirevier, um ihre Aussage zu machen. Der Notarzt hatte sie untersucht und für gesund genug dafür befunden. Pia hatte die Kollegen dazu gedrängt, Jackie von Kieslow mitzunehmen, vorgeblich, damit sie befragt werden konnte. Sie fürchtete, dass sich die Frau absetzen könnte, sobald sie mitbekam, dass Alexander noch am Leben war. Außerdem vergewisserte sie sich, dass die Spurensicherung das Bootshaus unter die Lupe nehmen würde.

Auf dem Weg zur Polizeistation saß Pia im Fond, ging im Geiste immer wieder die Ereignisse der letzten Tage und Stunden durch und hoffte, dass die einzelnen Fakten, die sie zusammengetragen hatte, sich im Gespräch mit ihren Kollegen zu einem sinnvollen Ganzen fügen würden.

Sie hatte Lars gebeten, Nele und Markus in groben Zügen über das zu informieren, was vorgefallen war. Pia beneidete ihn nicht um diese Aufgabe und freute sich, wenn auch ein wenig beschämt, dass sie in diesem Moment aus der Schusslinie sein würde. Lars mit seinem Charme und seinen Erfahrungen, Krisensitzungen betreffend, würde das schon hinbekommen. Was Pia in diesem Moment wirklich bedauerte, war, dass sie so wenig von der Hochzeitsfeier ihrer Schwester mitbekommen hatte. Wieso hatte sie sich nicht aus allen Schwierigkeiten heraushalten können? Und Lars gegenüber hatte sie sich auch nicht gerade fair verhalten ... Das musste sie wiedergutmachen, wenn sie denn noch die Gelegenheit dazu bekam.

Auf dem Polizeirevier, das um diese Uhrzeit still und verlassen war, setzten sie sich zu dritt in einen zu großen Besprechungsraum. Martin Hensel kochte Kaffee, und Antje Wiesmann installierte ein Aufnahmegerät, das das Gespräch aufzeichnen sollte.

Pia berichtete von Anfang an. Sie schilderte den Abend ihrer Ankunft, sagte, wer da schon anwesend gewesen war und wie die Hochzeitsgäste miteinander in Verbindung standen.

»Der junge Mann, der in den Keller gestürzt ist und den Knochen entdeckt hat, Jakob Blank, der meinte ja, dass jemand in dieser Nacht in Blenkow war. Dieser Jemand kam nach den drei Jugendlichen an und hat ihnen zugerufen, sie sollten verschwinden. Außerdem drohte er damit, die Polizei zu rufen oder seine Hunde auf sie zu hetzen.«

»Das ist uns doch schon bekannt«, sagte Antje Wiesmann.

»Woher wusste der Mann, dass die Jugendlichen dort herumstöbern wollten, und warum hat es ihn so sehr gestört?«

»Er könnte zufällig dort gewesen sein«, sagte Martin Hensel.

»Sicher. Aber die Regengüsse in den Tagen zuvor sind so stark gewesen, dass jemand, der tatsächlich eine Leiche in einem der Keller dort versteckt hat, deswegen beunruhigt gewesen sein könnte.«

»Warum hat derjenige nicht gleich nach den Regenfällen nachgesehen?«

»Das hat er ja vielleicht getan. Doch Jakob hat den Erdrutsch, der den Zugang zu dem bewussten Keller freilegte, ja erst ausgelöst.«

Antje Wiesmann nickte.

»Ich habe mich gefragt, warum der Mann ausgerechnet zu

dem Zeitpunkt dort auftauchte, als die Jugendlichen sich vor Ort umsehen wollten«, sagte Pia. »Besonders im Hinblick auf die Tatsache, dass ein menschlicher Knochen und ein altes Hörgerät in dem Keller lagen.«

»Wir haben uns erkundigt«, sagte Hensel. »Es ist ein DDR-Modell, Baujahr 1984. Das Dorf wurde aber schon 1976 geschleift.«

Pia nickte.

»Ich hätte die Jugendlichen auch gewarnt, dort nicht herumzuturnen, wenn ich dort gewesen wäre«, sagte Antje Wiesmann.

»Gehst du nachts da spazieren?«, fragte Hensel. »Oder an ähnlich abgelegenen Orten?«

Sie schüttelte den Kopf und bedeutete Pia weiterzusprechen.

»Angenommen, es war kein Zufall. Wer konnte wissen, dass die Jugendlichen dorthin fahren? Nur die Hotelgäste, die in der Jägerstube saßen, und die Angestellten Alexander Jordan und Ramona Winkler, mit geringer Chance auch Jackie von Kieslow. Von denen hätte einzig Ramona Winkler die Zeit gehabt, nach Blenkow zu fahren, weil sie früh genug Feierabend gemacht hat. Alle anderen waren nachweislich im Hotel. Die Stimme, die Jakob gehört hat, gehörte jedoch einem Mann. Das hat mich lange Zeit irritiert. In der Nacht darauf wurde Ramona Winkler ermordet. Sie hatte einen Fünfhundert-Euro-Schein in ihrem Besitz. Einen Schein, den man sich normalerweise nicht aus dem Geldautomaten zieht, wenn man Haushaltsgeld abhebt. Ich habe zuerst an Erpressung gedacht.«

»Wir natürlich auch«, sagte Hensel. »Nur – wen hat sie erpresst und weshalb?«

»Ich vermute, sie hat das Geld für etwas anderes erhalten. Einige der beteiligten Personen verbindet eine gemeinsame

Geschichte. Alle kannten Steffen Jordan, Olaf Jordans älteren Bruder, der nach seiner versuchten Republikflucht im Jahr 1986 gestorben ist. Ich habe mich unter anderem mit Olaf Jordan darüber unterhalten.«

»Sie haben *was?*«, fuhr Antje Wiesmann sie an.

»Und ich hatte den Eindruck, dass er den Tod seines Bruders nie verwunden hat. Frank Winkler erzählte mir, dass Steffens Freundin Jackie – damals Hüttmann – sich nach dessen Tod schnell mit Bastian Rauch getröstet hätte. Aber Olaf Jordan schien Jackie nichts in der Richtung anzulasten. Ferner stellte sich heraus, dass Bastian Rauch oder zumindest seine Familie der SED nahestanden. Wieso hätte Jackie, die angeblich am Boden zerstört war, sich ausgerechnet mit Bastian Rauch einlassen sollen? Das passte nicht. Oder gerade doch, wenn man berücksichtigt, dass Bastian Rauch spurlos verschwunden ist. Angeblich ist er in den Westen gegangen, aber er ist nie wieder irgendwo in Erscheinung getreten. Es gibt nur dieses Gerücht über seine Flucht.«

»Ja, das haben wir auch schon festgestellt. Bastian Rauch hat nämlich ein Hörgerät getragen«, sagte Antje Wiesmann. »Modell und Baujahr passen zu dem Kellerfund. Wir halten es inzwischen für wahrscheinlich, dass es sich in dem Keller in Blenkow um seine sterblichen Überreste handelt.«

»Meine Vermutung ist, dass Jackie von Kieslow Bastian Rauch die Schuld an Steffens Tod gab. Rauch hatte ihn verraten, und sie suchte deswegen den Kontakt zu ihm. Sie und Steffen Jordans Bruder Olaf haben Bastian Rauch möglicherweise in das geschleifte Dorf gelockt und dort ermordet«, sagte Pia. »Aus Rache für den Verrat an Steffen Jordan und seinen Tod. Doch beweisen kann ich das nicht. Sie könnten von vornherein geplant haben, seinen Leichnam in einem der alten Keller zu verstecken. Jackie von Kieslow kannte sich dort aus. Vielleicht lag der Zugang 1986 oder 1987 schon einmal frei. Falls nicht, hätten sie zumindest gewusst, wo sie einfach graben können. Und hier kommt jetzt Ramona Winkler ins Spiel. Ich vermute, dass sie ihrer Chefin an dem Abend gesagt hat, dass sich die jungen Leute in Blenkow umschauen wollen. Jackie gab ihr Geld für Informationen dieser Art. Das zumindest hat Frank Winkler angedeutet. Da Jackie von Kieslow im Hotel bleiben musste und außerdem auf ihr Alibi geachtet hat, rief sie ihren damaligen Komplizen Olaf Jordan an und legte ihm in beiderseitigem Interesse nahe, die Jugendlichen aus Blenkow zu vertreiben. Doch das gelang ihm nicht. Jakob stürzte ausgerechnet in besagten Keller ein. Als Bastian Rauchs Leiche aufgetaucht war, zumindest sein Hörgerät und ein Knochen, legte Jackie ihrem Komplizen nahe, Ramona Winkler schnellstmöglich zum Schweigen zu bringen, wenn ihr Geheimnis gewahrt bleiben solle. Außerdem vermute ich, dass Olaf Jordan auch den anonymen Anruf getätigt hat, bei dem Rolf Blank beschuldigt wurde, heimlich mit Ramona gesprochen zu haben. Jackie könnte Olaf Jordan von dem Gespräch auf dem Parkplatz berichtet haben.«

»Woher sollte Frau von Kieslow überhaupt wissen, dass der junge Mann einen Knochen entdeckt hat?«

»Von Olaf Jordan. Er könnte nach unserer Rettungsaktion nachgesehen und festgestellt haben, dass ausgerechnet dieser Keller offen liegt.«

»Nun gut. Aber warum musste Ramona Winkler sterben?«

»Ramona Winkler war Bastian Rauchs Cousine. Sie wusste, dass er in der Zeit nach Steffen Jordans Tod verschwunden ist, und seit Kurzem auch, dass er wohl niemals im Westen angekommen ist. Sie hatte deswegen am Abend vor ihrem Tod noch eine lebhafte Diskussion mit Rolf Blank, der ihr bei der Suche nach Rauch geholfen hat. Sie wusste von Bastians Hörgerät, und, weitaus schlimmer, sie wusste, wem sie gesagt hatte, dass die Jugendlichen in Blenkow herumstöbern wollen. Dieses Wissen führte direkt zu Frau von Kieslow. Ich denke, Ramona Winkler war Jackie von Kieslows besonderes Interesse an Blenkow bekannt. Sie hätte nach dem Leichenfund eins und eins zusammenzählen können.«

Hensel stieß einen leisen Pfiff aus. »Möglicherweise.«

Antje Wiesmann warf ihm einen mahnenden Blick zu. »Aber wie soll Olaf Jordan das bewerkstelligt haben?«, fragte sie. »Einen kaltblütigen Mord? Inzwischen wissen wir nämlich, dass Ramona Winkler mit einem Mauerstein erschlagen wurde, einem von der Sorte, die ihr Mann im Carport gelagert hat.«

Pia zuckte mit den Schultern. »Er könnte nachts hingefahren sein, kurz nachdem Ramona Winkler im Hotel aufgebrochen war. Die beiden kannten sich. Vielleicht hat er sie vor ihrem Haus abgefangen und sie gebeten, im Garten mit ihm zu reden? Oder er folgte ihr hinter das Haus, als Ramona wieder herauskam, nachdem sie ihren Mann zusammen mit einer ihr unbekannten Frau im Wohnzimmer gesehen hatte. Es wird schwierig werden, das noch herauszufinden«, räumte Pia ein.

»Angenommen, es war so. Dann hätte Jackie von Kieslow nach Olaf Jordans Tod doch nichts weiter unternehmen müssen.«

»Sein Sohn hat mir erzählt, dass ihr einen Suizid für wahrscheinlich haltet«, sagte Pia.

»Es spricht einiges dafür. Er war nicht angeschnallt. Es gibt keine Bremsspuren, aber auch keinen Abschiedsbrief«, erklärte Antje Wiesmann.

»Alexander Jordan war verstört, als er aus dem Krankenhaus zurückkehrte. So verstört, dass er sich in seinem Zustand hinter die Bar stellen und weiterarbeiten wollte. Vor allen

Dingen wollte er nicht allein nach Hause fahren. Ich dachte, seine Chefin könnte vielleicht helfen. Mir fiel sonst niemand ein. Doch sie hat seltsam reagiert«, sagte Pia. »Sie war offensichtlich schockiert, als sie von Olaf Jordans Tod hörte. Doch sie fasste sich schnell und wollte unbedingt wissen, ob Olaf Jordan noch mal bei Bewusstsein gewesen war. Ob er seinem Sohn vor seinem Tod noch etwas gesagt hat. Aber Alexander ist ihr ausgewichen.« Pia zog die Augenbrauen zusammen. »Sie bot ihm daraufhin das Bootshaus zum Übernachten an und erwähnte in meiner Gegenwart den Ofen, mit dem er heizen könne. Sie gab ihm noch eine Flasche Whisky mit.«

»Wenn sein Vater ihm von Jackie von Kieslows Mitschuld erzählt hätte, hätte Alexander doch wohl anders reagiert?«

»Er war zu fertig, um klar zu denken. Vielleicht wusste er auch nichts von Jackies Beteiligung. Aber sie konnte sich einfach nicht sicher sein, was sein Vater Alexander erzählt hat und was nicht.«

Antje Wiesmann lehnte sich zurück. »Soso. Was glaubst du, was dann passiert ist?«

»Frau von Kieslow hat Alexander zum Bootshaus begleitet, oder sie ist ihm gefolgt. Sie hat ihn dazu gebracht, genügend Whisky zu trinken. Als er eingeschlafen war, heizte sie den Ofen mit wer weiß was an. Sie verstopfte den Abzug und ließ die Ofenklappe offen stehen. Es sollte nach einem Unfall oder ebenfalls Suizid aussehen. Dann schloss sie Alexander im Bootshaus ein. Als ich die Tür von innen öffnen wollte, steckte kein Schlüssel im Schloss.«

Antje Wiesmann nickte. »So weit waren wir auch schon. Wir werden ja sehen, was die Untersuchung des Bootshauses ergibt.« Sie sah Martin Hensel an. »Haben wir noch Fragen an die Kollegin?«

»Was ist mit dem Schlüssel? Ein fehlender Schlüssel bei verschlossener Tür und ein Toter im Bootshaus hätten uns doch stutzig gemacht.«

Pia hob die Schultern. »Entweder hatte sie vor, den Toten selbst zu ›entdecken‹. Dann hätte sie den Schlüssel wieder von innen aufstecken können. Sie hätte allerdings darauf achten müssen, dass Alexanders Fingerabdrücke darauf sind. Oder sie hat den Schlüssel von außen durch den Türspalt geschoben, damit er im Haus auf dem Boden liegt, als wäre er Alexander runtergefallen. Ich habe in der Eile nicht danach gesucht«, schloss sie müde.

Als Pia das Polizeirevier verließ, war es halb vier in der Frühe. Die Kollegen hatten inzwischen auch Jackie von Kieslow vernommen. Martin Hensel hatte Pia gegenüber beim Abschied angedeutet, dass sie wohl richtiglag mit ihren Vermutungen. Jackie von Kieslow würde sich nicht mehr herausreden können: Sie war an den Morden an Bastian Rauch und Ramona Winkler beteiligt. Pia fühlte sich aufgewühlt und erschlagen zugleich. Antje Wiesmann fuhr sie zum Hotel zurück. Auf dem Parkplatz angekommen, sah Pia, dass im Marstall noch Licht brannte. Die Fackeln waren erloschen, doch der Nachtwind trug Fetzen von Musik zu ihr herüber.

17. Kapitel

Pia blieb im Eingangsbereich des Marstalls stehen. Einige unermüdliche Paare drehten sich auf der Tanzfläche. Der Saal hatte sich geleert, doch an den Seiten saßen noch Gäste in Grüppchen an den Tischen zusammen, auf denen sich Flaschen und Gläser angesammelt hatten. Der Bar-Ersatzmann stand hinter dem Tresen und gähnte verstohlen.

Weder Nele noch Markus waren zu sehen. Pia konnte auch Lars nicht entdecken. Sie hatte ihm noch nicht einmal ihre Zimmernummer gesagt oder ihm einen zweiten Schlüssel organisiert. Ihr wurde beklommen zumute. War er überhaupt noch hier, oder war er vielleicht schon zu sich nach Hause nach Lübeck gefahren?

Am Rande der Tanzfläche saß Jakob; sein Fuß lag auf einem weiteren Stuhl. Die Krücken lehnten am Tisch. Nicht weit von ihm entfernt tanzten Mathilda und Leon eng umschlungen.

»He, Jakob!«

Er zuckte zusammen, drehte sich zu ihr um. »Pia! Mein Vater hat mir erzählt, was vorhin unten am See los war. Wie geht es dem Barkeeper jetzt?«

»Das weiß ich leider nicht.« Sie zog sich einen Stuhl heran und setzte sich. »Ich war bis eben bei der Polizei, um meine Aussage zu Protokoll zu geben. Hat es hier irgendwelche Störungen gegeben?«

»Nein. Dein Freund Lars hat nur ein paar Leute darüber informiert, was vorgefallen ist.«

»Verstehe. Als die Sanitäter Alexander mitgenommen haben,

war sein Zustand stabil. Ich hoffe, es geht ihm bald wieder gut.«

»Das hoffe ich auch. Er ist ein cooler Typ, finde ich.« Jakobs Blick war wieder auf Mathilda und seinen Cousin gerichtet. Leons Hand glitt Mathildas Rücken hinunter und landete auf ihrem Po. Sie flüsterte ihm etwas ins Ohr. Jakobs Wangen brannten.

»Hast du Lars gesehen?« Der junge Mann neben ihr konnte im Moment bestimmt jede Ablenkung gebrauchen, die zu kriegen war.

Jakob schüttelte den Kopf, ohne die beiden aus den Augen zu lassen. »Die Autobahn war übrigens heute Nachmittag voll gesperrt«, bemerkte er nach ein paar Sekunden beiläufig.

»Welche Autobahn?«

»Die aus Hamburg. Das hat dein Freund jedenfalls erwähnt.«

»Oh … Ich verstehe.«

»Es ist nicht immer so, wie man denkt«, sagte Jakob.

Mathilda und Leon lösten sich voneinander und verließen Hand in Hand den Saal. Der junge Mann sah ihnen nach, die Kiefer fest aufeinandergepresst. »Manchmal aber schon.«

Pia fiel nichts Tröstliches ein, was sie ihm sagen konnte, das nicht banal oder altklug geklungen hätte. »Willst du auch noch was trinken?«

Er schüttelte den Kopf.

Sie ging an die Bar und bestellte sich ein Mineralwasser. Auf dem Revier hatte sie nur Kaffee getrunken, und ihr Hals war trocken. Mit dem Glas in der Hand kehrte sie zu ihrem Platz zurück. Der Discjockey spielte jetzt eindeutig Rausschmeißer-Songs. Auf der Tanzfläche drehten sich nur noch zwei nimmermüde Paare. Pia trank aus und erhob sich dann. »Ich geh rüber ins Hotel.«

Jakob nickte. Auf dem Weg zur Tür stieß Pia mit Lars zusammen.

»He, da bist du ja wieder!« Er hielt sie an den Oberarmen fest und musterte sie. »Alles klar bei dir?« Er trug wie sie jetzt Freizeitkleidung. Sein Haar sah noch feucht aus.

Pia zog ihn ein Stück von der Eingangstür weg, weil ein paar der Anwesenden neugierig zu ihnen herübersahen. »Und bei dir?« War er sauer auf sie, so wie vor einigen Monaten, nachdem dieser Stalker ihr aufgelauert und sie sich ungewollt in Gefahr gebracht hatte? Die Beule in der Edelstahltür seines Kühlschranks erinnerte Pia stets daran, wenn sie in Lars' Wohnung war.

»Zumindest war es heute Abend nicht langweilig. Aber das ist es ja nie, wenn ich mit dir zusammen bin.«

Pia atmete erleichtert aus. »Danke, dass du vorhin so schnell da warst. Und dass du Rolf und ... diese Frau im rosa Kleid mitgebracht hast.«

»Sie heißt Sarah. Sie hatte allen erzählt, dass sie Medizin studiert. Da konnte sie ihre Kenntnisse gleich unter Beweis stellen. War doch praktisch, oder?«

»Wenn es Alexander geholfen hat.«

»Alexander«, wiederholte Lars. »Muss ich mir Gedanken machen?«

Sie schüttelte den Kopf. »Und ich hab gehört, dass die Autobahn voll gesperrt war.«

»Tut mir trotzdem leid. Ich bin zu spät losgefahren.«

Vorsichtig wischte er mit dem Finger unter Pias linkem Auge entlang.

Sie runzelte die Stirn.

»Da war noch ein bisschen Wimperntusche.«

Die Tür flog auf, und Mathilda kam mit klappernden Absätzen, an denen Grashalme und Erde klebten, hereingestürmt. Leon folgte ihr, die Hände in den Hosentaschen versenkt, in einigem Abstand. Er schlenderte zur Bar hinüber. Mathilda sah sich um, hob das Kinn und setzte sich neben Jakob auf den Stuhl, den Pia zuvor verlassen hatte.

»So ein Spinner! Ich fasse es nicht. Du hast einen Idioten zum Cousin, Jakob.«

»Erzähl mir was Neues«, gab er zurück.

»Stell dir vor: Leon und ich waren eben in dem kleinen Pavillon unten am See. Er baggert mich den ganzen Abend über an wie sonst was. Wir küssen uns. Richtig. Und dann … klingelt Leons Handy, und er telefoniert erst mal stundenlang mit einem Kerl namens Matze oder so.«

»Warum erzählst du mir das?«

»Das ist doch … Das ist doch voll krass! Ich meine, was bildet Leon sich ein, wie er mich behandeln kann?!«

»Du darfst ihn eben nicht so ernst nehmen, Mathilda. Er meint nichts von dem ernst, was er den lieben langen Tag so von sich gibt. Hast du das noch nicht mitbekommen?«

»Leon ist so ein Idiot!«

Jakob zuckte mit den Schultern. Er beglückwünschte sich dazu, dass er so ruhig blieb. Aus Mathildas Hochsteckfrisur hatten sich Strähnen gelöst, ihre Lippen waren gerötet, allerdings nicht mehr vom Lippenstift, und ihre Augen funkelten.

Sie legte ihre kleine Hand auf Jakobs. »Eigentlich finde ich dich sowieso viel cooler als Leon.«

Meinte sie das jetzt ernst? Doch, das tat sie.

»Ich hätte übrigens viel lieber mit dir getanzt. Echt. Aber das ging ja nicht.« Sie deutete auf seinen verletzten Fuß.

Eben noch, und eigentlich die ganzen letzten Tage, hatte Mathilda vor seinen Augen mit Leon geflirtet, und nun, nachdem da was schiefgegangen war, baggerte sie ihn an? Sollte er jetzt das Trostpflaster sein, oder wollte sie sich damit an Leon rächen? Egal. Auf jeden Fall war sie wohl nicht die tolle und bewundernswerte Frau, für die er sie gehalten hatte. Jakob zog seine Hand unter ihrer weg, griff nach den Krücken und erhob sich.

»Wo willst du denn hin, Jakob?«

»Ich gehe zum Hotel rüber.« Er humpelte zum Ausgang. Bevor er die Tür aufzog, sah er zu Pia hinüber.

Sie nickte ihm in stillem Einverständnis zu.

Nachwort zu Dunkler Abgrund

Wie immer ist die Handlung des Krimis frei erfunden, und jede Ähnlichkeit mit lebenden oder toten Personen ist rein zufällig und nicht von mir gewollt. Die Idee zu diesem Krimi verdanke ich meinem Mann Hans-Christian, der auf einer Tour mit seinem Landrover einen alten Kolonnenweg entdeckt hat, der ihn zu einem 1976 zerstörten Grenzdorf namens Lankow führte. Ein Ortsschild weist noch auf das ehemalige Dorf hin. Es gibt Hinweistafeln, die die Lage der früheren Gebäude zeigen und über die Geschichte des Ortes informieren, ebenso einen Gedenkstein, auf dem steht: *Lankow 1209–1976 Geschleift*. Auf der Wiese und im Wald kann man alte Fliesen, Mauersteine, Schächte und Fundamentreste der ehemaligen Gebäude entdecken. Ich bekam sogleich ein paar Fotos von ihm geschickt mit der Frage, ob das nicht mal etwas für einen meiner Krimis wäre. Während einer Recherchetour dorthin und einem anschließenden Besuch im Grenzhus, einem Museum zur Geschichte der innerdeutschen Grenze, nahm die Idee zu *Dunkler Abgrund* weiter Gestalt an. Die von mir erfundene Wüstung heißt Blenkow, aber die Lage am See entspricht weitestgehend der von Lankow. Da ein Verbrechen in dieser Region jedoch nicht in die Zuständigkeit der Bezirkskriminalinspektion Lübeck fallen würde, passte der Stoff gut zu einem der »Urlaubskrimis«, und es hat großen Spaß gemacht, Kommissarin Pia Korittki abseits der üblichen Polizeiarbeit ermitteln zu lassen.